思考出版
文 化 的 力 量

广 西 师 范 大 学 出 版 社 30 年 经 营 实 务

GUANGXI NORMAL UNIVERSITY PRESS
广西师范大学出版社
·桂林·

图书在版编目（CIP）数据

思考出版. 文化的力量：广西师范大学出版社30年
经营实务 / 广西师范大学出版社编. —桂林：广西师
范大学出版社，2016.11
　ISBN 978-7-5495-9066-7

　Ⅰ．①思… Ⅱ．①广… Ⅲ．①广西师范大学－出
版社－经营管理－案例 Ⅳ．①G239.276.7

　中国版本图书馆CIP数据核字（2016）第261822号

广西师范大学出版社出版发行

（广西桂林市中华路22号　邮政编码：541001）

　网址：http://www.bbtpress.com

出版人：张艺兵

全国新华书店经销

桂林广大印务有限责任公司印刷

（桂林市临桂县秧塘工业园西城大道北侧广西师范大学出版社集团

有限公司创意产业园　邮政编码：541100）

开本：787 mm × 1 092 mm　1/16

印张：19.875　　字数：260千字

2016年11月第1版　　2016年11月第1次印刷

印数：0 001~3 000 册　　定价：42.00元

为了人与书的相遇

——写在广西师范大学出版社而立之年

◎　张艺兵

　　不敢说广西师范大学出版社有多少好书让大家爱不释手，也不敢说广西师范大学出版社有多少成绩值得娓娓道来，但我想，广西师范大学出版社这几十年摸爬滚打走过的路，以及这一路上的酸甜苦辣，是可以作为中国出版界的一个颇有意义的样本的。

　　到今年的 11 月 18 日，广西师范大学出版社就整整三十岁了。

　　2006 年的这个时候，广西师范大学出版社成立 20 周年时，我们曾出版了一本《思考出版：人心即市场的彼岸——广西师范大学出版社 20 周年经营案例》，在该书的代前言中，时任社长肖启明先生作为一位 1987 年入社、几乎全程经历了出版社 20 年发展的亲历者和见证者，怀着深厚的感情回忆了创业、发展的种种不易。

　　一转眼，时间又过去了 10 年。今天，在广西师范大学出版社而立之年，我们又编选了一本经营案例集，仍然取名为《思考出版》。这或许是我们的一种坚持，但我更愿意把这理解为：我们一直在思考，一直在前行的路上，埋头拉车并不时仰望星空。

这十年，广西师范大学出版社在时代大潮中风雨兼程，用一份坚毅、一份执着、一种情怀和不懈的努力收获了一个个饱满的果实。

这十年，是我们实施跨地域发展与集团化发展战略极为重要的时期。

早在世纪之交，我们规划出版社"十五"发展规划和未来十年的发展的时候，专门请证券公司按照上市公司的框架做了规划设计。后来上市的事情因为我们的发展战略和理念等原因搁浅，到外面寻求发展的构想由此却开始落地。从 2000 年开始，我们用了几年的时间，在北京、上海、广州、南京、南宁五地创办了"贝贝特"公司，开启了跨地域发展的新篇章。现在看来，这一举措有效地解决了我们发展资源匮乏和发展空间有限的瓶颈。可以说，跨地域发展是广西师范大学出版社的重要战略，是"内涵发展，自我裂变"的广西师范大学出版社模式的核心内容。我们在五地设立贝贝特公司，构建了以桂林为总部、辐射主要一线城市的格局，我们称之为第一轮跨地域发展。过去的十年间，我们总结经验，梳理思路，启动了第二轮跨地域发展，布局则转向二、三线城市，以"制播分离"的发展模式为指导思想，以战略合作为主要形式。2015 年，我们先后在济南、玉林、呼和浩特、成都等地成立分社。当年 12 月 29 日，出版社集团旗下的广西师范大学报刊传媒集团与同属于"广西四大期刊集群"之一的广西出版杂志社整合重组，更名为广西期刊传媒集团，成为广西首家期刊传媒集团、全国首家高校期刊集团，迈出了期刊跨地域战略发展的重要步伐。2016 年，出版社集团又跨出跨地域发展的重要一步，正式进军深圳。6 月 26 日，集团全资子公司深圳贝贝特公司和与当地企业战略合作共建的深圳分社同日揭牌，开始探索"出版＋，深圳＋"发展新模式。这标志着我们集团第一轮和第二轮跨地域发展的格局基本完成。

跨地域发展，也成为我们出版社集团化发展的一条重要路径。作为全国高校出版社第一批 18 家转企改制试点单位之一，出版社自 2006 年以来积极投身转企改制的大潮。"贝贝特"序列的异地公司成为我们集团最早一批企业成员。2008 年开始，出版社股份制改造向内转，把社里的各编辑室全部改为分社，将营销业务拆分到各分社，各分社独立经营，后来有的分社还进行公司化运作，逐步分类推进股份制改造。2009 年 6 月 28 日，我们社转企改制工作取得了实质性成果，组建广西师范大学出版社集团，成为广西首家出版集团、我国首家地方大学出版集团，集团化发展取得了里程碑式的成果。

从某种意义上说，跨地域发展是我们战略突围的必然选择。我们社地处边远小城桂林，离首府南宁也有近千里之遥，倚靠的大学也只是广西区内的一所高校，在品牌、渠道、地域、资源各方面，我们并不具有天然优势。为了获得更丰富的出版资源，拓展更广阔的发展空间，我们必须走出去。作为跨地域发展的一个战略延伸，出版社近年来以更积极主动的姿态投身中国"文化走出去"的战略机遇期和时代大潮。可以说，国际化发展，既响应了国家的大政方针和战略规划，又符合自身发展的需要。我们有一个发展愿景，就是要成为有世界影响力和美誉度的文化机构。而毫无疑问，国际化发展战略是我们实现这一愿景的重要战略支撑。

2014 年 7 月 1 日，在经过近一年的接洽谈判和评估等大量基础工作后，我们集团与澳大利亚视觉出版集团（Images 公司）正式交割，完成了对该集团的收购。该收购案成为中国出版企业资本"走出去"的典型范例，由此开启了出版社集团的国际化发展进程，跨地域发展战略进入一个新的层次。2016 年 8 月 15 日，我们又成功收购英国 ACC 出版集团，成为中国首家以并购方式构建的具有成熟的完整产业链的跨国出版集团，也成为中国首家艺术与设计类国际出版集团。至此，我们完成国际化出版发行完整产业链布局。媒体评论该收购案为中国出版走出去"提供了一个鲜活的范本"。在 2016 年 10 月举办的第 68 届法兰克福国际图书博览会上，由我们集团牵头打造的中国"文化走出去"第三方平台"艺术之桥"——中国艺术设计类图书出版销售联盟首次亮相。该平台以我们集团旗下的 Images 和 ACC 品牌资源与国际渠道资源为依托，联合国内艺术与设计类出版社及部分顶级民营书商，构建起中外艺术与设计类图书之间交流与合作的桥梁，切实推动中国出版创意与服务"走出去"，提升中国文化的传播力与影响力。

"艺术之桥"的构建，既标志着我们国际化发展布局和模式的基本形成，又意味着我们已初步建设成为具有平台化服务功能的跨国出版集团，基本实现全球品牌、内容、人力与资金资源的集约调配的"一体化"，同时又将这种"一体化"发展形成了协同发展效应，将其"平台化"，为中国出版创意与服务"走出去"做好铺垫。可以说，"艺术之桥"是我们跨地域发展和集团化发展的一个阶段性的标志性成果。

在这十年间，我们"一轴（教育出版）两翼（学术人文和珍稀文献出版）"的出版格局得到了进一步的强化。

从出版社创立到 20 世纪末的十多年，最突出的成绩就是出版社从无到有、从小到大，逐渐发展成为一个受到媒体和社会关注与重视的出版社，尤其是在教育出版领域声名鹊起，为出版社的发展完成了重要的原始积累。从 2006 年开始，我们着手整合出版社和杂志社基础教育板块，成立基础教育出版事业部（基础教育图书出版分社前身），继续推进出版社在教育出版领域的创新发展。最近这十年，教育出版的形势一波三折，形成了巨大的挑战，甚至不乏危及出版社生存的危急时刻，但我们仍然顶住压力，调整思路，不断顽强地向着有限的生存空间拓展前行。2014 年 5 月 13 日，集团参股公司北京昊福公司在全国中小企业股份转让系统挂牌，成为"书业新三板第一家"，标志着中国新闻出版业混合所有制经营向资本市场迈出重要一步。我们近年与亲近母语研究院推出"亲近母语"品牌系列产品，树立起阅读推广和教育界的一个领军品牌和旗帜，成为我们教育出版的一个标志性品牌。

人文学术出版领域，则以品牌化建设为驱动，以"出好书"为核心理念，日益赢得大家的认可和肯定。2010 年，北京贝贝特公司在成立 10 周年之际推出了"理想国年度文化沙龙"，"理想国"品牌正式亮相，开始了集团文化品牌运营的基本模式和路径，也成为行业的一个典型样本。此后，"新民说""魔法象"等文化品牌相继推出，逐渐形成了出版社集团的品牌发展格局。整个"十二五"期间，集团完成了从产品品牌向文化品牌的转型，品牌的影响力得到质的提升。2016 年 8 月 24 日，我们与克罗地亚儿童图书出版社签署战略合作协议，随后，集团旗下童书品牌"魔法象"成立公司，开始公司化运作，并在克罗地亚成立全资子公司 Magic Elephant Books，集团品牌开启国际化发展进程。

珍稀文献出版板块着眼文化传承，特别是对意义重大、影响深远的国家级文化抢救和文化建设项目不遗余力，推出了一批受到学界和社会珍视与赞誉的珍稀文献图书。2014 年 1 月 4 日，第三届中国出版政府奖在北京揭晓，我社的《汉画总录》和《美国哈佛大学哈佛燕京图书馆藏中文善本书志》荣获中国新闻出版领域最高奖——"中国出版政府奖图书奖"，系广西出版界首次荣获中国出版政府奖图书奖。

这十年间，被称为"广西师范大学出版社模式"的发展路径和实践一次又一次地吸引了业界和社会的关注。

说了这么多，或许只是一种貌似"宏大叙事"的勾勒。而事实上，我相信，十年的发展，肯定是有无数这样那样的细节，印证着我们的喜怒哀乐、荣辱进退。而正是在这个意义上，这本集子里所收录的"案例"，更是出版社发展历程的一个个鲜活的注脚。

这十年间，我们如何改革创新，努力向前，这里只是鳞爪一现，但也多少可以窥见些许。这些不是"故事"（既是一种个人的讲述，亦可以理解为一种经过爬梳的过往）的全部，但可以得见全部"故事"的精要：其实无论是埋头做好书，还是尽心做好营销，抑或是用心做好服务，这几个章节所汇集的叙述或者梳理，一言以蔽之，就是"为了人与书的相遇"。

这里虽有我们这十年间的所作所为、所思所想，但我想，这本集子不是我们的总结，这只是我们的一个回顾，多是希望能把行将远去的发展历程和轨迹留存下来，是想把我们起伏回环的过往中充满着"敝帚自珍"的情愫记录下来。这些都是可以分享的——不管是一种彼此呼应般的共鸣，还是一种"他山之石"式的启示。我想，这也是这个集子之所以成集的意义所在。

是为序。

目 录

1 品牌，是理想也是坚持

2　营销，用我们的故事打动人

期刊，在变革时代迎风生长

服务，所有的事都是一件事

1

品牌，是理想也是坚持

品牌体现价值，没有品牌建设就没有出版社的知名度、美誉度和影响力。这是我们的理想。但"不积跬步，无以至千里"，品牌的打造不是一朝一夕之事，需要长期的不懈努力与坚持。

　　广西师范大学出版社从 1998 年在教辅出版中声名鹊起，到 2000 年毅然调整出版方向，将眼光投向思想文化、人文学术出版，经过十几年的努力，在全国五百多家出版社中脱颖而出，出版社的名字也逐渐深入人心。而当产品达到一定的量和知名度，且渐具美誉度的时候，广西师范大学出版社开始考虑树立自己的立体形象，并在经营实践中逐渐从产品品牌建设向文化品牌建设过渡。

　　读者的需求是立体多元的，树立文化品牌，也是为了更好地服务读者。与产品品牌建设不同的是，文化品牌的建设更具综合立体的品牌内涵。而在这个文化创意空间里，充满了无限的想象。通过这些文化品牌平台，让更多的人对社会怀有责任感，对文化和理想有所追求。

　　所以我们理解的"品牌"应该是这样：它是品牌图书，单本的图书铸就一种潮流。它是图书品牌，书系和丛书品牌收获良好口碑。它还是文化品牌，凝聚的文化资源和能量实现文化理想。出版社集团旗下的"理想国""新民说"文化品牌，已在业界、文化界和普通读者中引起了巨大反响；仍在培育中的"魔法象""神秘岛""国富论"等，也含苞待放……

2006 ～ 2016：广西师范大学出版社基础教育图书经营纪实

◎ 杨 蕾

1986 年我毕业于南京大学物理系，在桂林电器科学研究所做了十年的科研工作；1996 年调到广西师范大学杂志社后做了十年的杂志出版工作；2006 年调到出版社，开始了又一个十年的图书出版工作。

记得 2006 年 9 月 26 日星期二，在广西师范大学王城校区的礼堂，召开了出版社和杂志社全体人员会议，会上宣布要整合出版社和杂志社基础教育图书板块，在出版社成立基础教育出版事业部（即现在的基础教育图书出版分社的前身）。不知是时任社长肖启明有心还是巧合，那天正好是我的生日。

2006 年 9 月 30 日下午四点半，在杂志社六楼会议室，事业部全体人员 43 人和所有未出差的出版社领导参加了事业部成立以来第一次全体会议。会议由当时分管事业部的副总编辑孙杰远主持，会上肖启明社长对事业部成立的背景和战略意义进行了阐述，王建周书记向事业部成员提出了如何面对机遇、发挥才干和勇于挑战的课题，孙杰远副总编辑代表出版社社委会明确了事业部实行社委会领导下的主任负责制，事业部主任由杂志社原副总编辑杨蕾担任，副主任由梁再农、姚永清（兼营销部主管）担任。事业部下设四个编辑部和一个营销中心：高中编辑室主任莫少清，副主任蓝双秀；初中编辑室主任李苏澜，副主任吴娟；小学编辑室主任杨小雪，副主任黄辛；学前编辑室主任伍兵，副主任黄斌；营销部副主管赵春花。会上我就事业部的运营规划进行了说明，孙杰远代表出版社表达了社委会在事业部的发展过程中将给予领导持续支持的态度，并确定了事业部定位的 24 字方针：地位突出，责任重大；科学决策，精细操作；积极拓展，做强做大。

这次会议后，事业部完成了组建，开启了十年经营的第一步。此后的十年，事业部的发展大致可以分为两个重要的阶段：2006 年 9 月至 2010 年 4 月的自我发展阶段，是为第一阶段；2010 年 5 月至今的三社合作阶段，是为第二阶段。

一、第一阶段：自我发展

在第一阶段，值得一提的主要有三方面的工作：

1. 产品结构的调整

事业部共接收了基础教育类教材、教辅产品 1245 种，但很多产品不同程度地存在这样或那样的缺陷，质量有待迅速提高。质量缺陷会使我们的营销进入一个负循环，而我们需要从负循环走向正循环。许多同类型的产品需要整合，对占用资源较多又不能产生相应回报的产品要进一步作结构性调整。

事业部在全面分析了 2002 ～ 2006 年出版社基础教育类主要教材、教辅产品的财务数据的基础上，通过大量的测算，用数学建模的方式，提出了事业部产品结构的战略性调整规划，并希望通过三年的努力，实现产品结构的优化和升级。具体步骤是：

第一步（2007年秋季~2008年春季）：结构调整，产业规模缩小，生产力解放。这个阶段需要我们能从战略高度来认识结构调整的意义，要有能忍受短期码洋下降的心态，迅速打造出一支具有研发能力的编辑队伍，并快速提升现有产品的质量。

第二步（2008年秋季~2009年春季）：结构优化，产品质量提升，新产品推出，产业规模扩大，形成新的生产能力。

第三步（2009年秋季~2010年春季）：结构升级，打造一批精品，产业规模和能力提升。

虽然放弃是一件不容易的事情，但如果没有当初的"舍"，我们就很难保证后来的"得"。我们必须用管理中的ABC法则去抓住具有很好盈利性的关键的少数，在兼顾重要的多数时，敢于放弃不重要的产品，调整和优化我们的资源配置。

2. 主流产品的项目试运作

实际上，对原有产品的结构性调整只能在原有的产业规模上提高效益，我们急需构建新的产品集群来支撑出版社的产业规模和利润水平，这对事业部来说是一个十分严峻的挑战，也是成功的关键所在。

我们花了几个月的时间去了解学校师生的需求，反复与各方面发行商沟通，最终确定学生的第一需求就是同步学习和测试。而我们一套课标版（不配版本）的单元测试类的产品《新课程学习与测评》已经在广西教育厅的目录上，当年年发行码洋只有1300多万。如何把这套上目录的不配版本的单元卷改造成为配版本的同步学习和测试类产品，并再一次重新立项、送审上目录呢？我们与社领导和发行商反复筹谋，最终形成了运作方案。

2006年12月21日，出版社向广西教育厅递交了《关于与原创社合作开发教学用书的请示》，2007年2月5日得到了广西教育厅的回复："同意你社与教材原创社共同对供九年义务教育阶段学生使用的《新课程学习与测评》进行改编。具体合作事宜由你社出面负责洽谈。"拿着广西教育厅的批复，2007年3月开始，出版社领导进行了分工，齐头并进，先后取得了人教社等六家出版社的授权，其他社的授权也通过广西教材课程发展中心转授我社。

这是一个大项目，人力、物力投入都很大。编辑策划、组稿的工作一直在紧张地开展，而事业部前期生产力的解放使我们有了上新产品的基础。2007年秋季一些品种已在广西部分地区试用。在试用期间，我们多次进行了调研，并对书稿进行了修订，修订后的《新课程学习与测评》得到了广大师生的好评。2010年1月29日，出版社向广西教育厅递交了上册的送审报告，2010年10月8日又递交了下册的送审报告。经过几轮送审修改，《新课程学习与测评》最终全部审定通过。正是这历经三年多经过改编的两套教辅——《新课程学习与测评同步学习》和《新课程学习与测评单元双测》，成为为我社带来规模和效益最大的产品集群。而其项目式运作取得的成功，对出版社发展起到了决定性的作用。

与此同时，2007年开始，我社先后有三套教材通过成功改造租型上了重庆教育厅的教材目录：一是由32开改为16开的《法制教育》（小学到高中）；二是由《心理素质教育》（小学到高中）改编成的《健康教育》；三是《综合实践活动》（九年义务教育阶段）。另外，我们的课程资源《实验报告册》通过租型合作，上了四川省目录；我们的《新课程学习与测评》版权也成功输出到四川、河南等省。区外租型合作的教材教辅，除了为省外市场带来 2000 多万元的码洋增长，还为出版社实现由出版商向出版商和内容提供商双重角色的转变提供了思路。

就在紧张地开发主流产品并进行项目式运作的同时，我们遭遇了一个意料之外的政策改革，那就是从 2008 年春季开始，广西农村义务教育阶段免费教科书由政府采购，涉及国家课程、辅助资源和少数原实行"两免一补"的地方课程教材均被取消，仅有的少数几种地方课程教材在农村也只配给学校，不直接发给学生个人；原拟从 2008 年秋季开始的新一轮教材招投标工作被取消。仅此两项，出版社至少损失码洋 1.2 亿元。

如果没有《新课程学习与测评》的快速增长，没有省外市场的拓展，出版社遭遇这样的损失，其后果是难以想象的。

3. 营销创新和过程管理

有了市场需求的产品，如何在市场上取得较大的发行量，那就是营销的任务。而当时广西市场每个地市县都有各自不同的情况，如何结合不同的市场，扩大发行量呢？我们通过行政和市场双轨制、多种发行模式并行的方式进行营销，实现了营销模式的创新。这种创新型营销降低了内部竞争度，提高了外部竞争力，共同开发用户资源，分享利益，达到了多赢的目的。最终我们在竞争中获得了绝对的优势，取得了良好的经营业绩。

事业部还加强了对营销过程的管理，特别是教辅报印数管理和结算管理。通过加强报印数管理，在提高规模印制数量的同时，使库存控制在 3% 以内。通过加强对结算的管理，使结算单做得逐步准确、及时、完整、规范，对回款起到了强有力的推动作用。三年来，回款基本上能做到半年一结清，当季回款率高达 99.8%。

通过总体规划、整合经营、产品结构调整、生产方式的转变、营销创新和加强过程管理，事业部通过三年的努力，实现了总码洋比 2006 年度翻一番，并确保利润与码洋的同方向增长的目标。

4. 荣誉与收获

2007 年、2008 年，出版社进行了两届优秀团队的评选，当时优秀团队奖的评选标准是：团队具有较强的凝聚力、战斗力和创造力，工作业绩突出，为出版社的社会效益或者经济效益做出了突出贡献。事业部在 2007 年和 2008 年连续两年获得了由广西师范大学出版社党委、社委会联合颁发的优秀团队奖。记得颁奖词还是我们集团副总裁、广西期刊传媒集团总经理沈伟东的手笔。

事业部 2007 年获得优秀团队奖的颁奖词写道：面对地方教材的大幅缩水和教辅的地方化，事业部以敏锐的感觉和精明的头脑，取得了良好的经营业绩，为出版社走出 2006 年的困境起了决定性的作用。编辑和营销的互动，"开源"与"节流"并重，让基础教育出版事业部成为 2007 年度管理创新的一个典范。

事业部 2008 年获得优秀团队奖的颁奖词写道：事业部作为出版社利润的核心贡献者，从经济上保证了出版社的生存和发展，延伸了出版社的教育品牌，为出版社未来的发展，从制度、组织、运作机制上提供了宝贵范例。

几年的一起工作，我不同程度地接触了这个团队的大部分成员，我的感觉是，大多数人非常优秀，有些比我想象中的还能干很多。为什么这样一支优秀的团队在事业部成立以后，每一个人都不同程度地感受到压力并时常感到受挫呢？我觉得不是我们不够优秀，是企业的使命、社领导和全社员工的期望、事业快速发展的要求与我们现有的能力之间还存在相当的差距，在质量攻坚战、营销攻坚战、经营攻坚战中，不到最后关头绝不轻言放弃的信念有时会动摇。记得在事业部一次中层会议上，孙杰远副总编辑说过一句话：事业部是以业绩来考核人的，如果事业部的工作不能带来业绩的增长，其编辑和发行工作将被全盘否定。这句话使人感到其分量和压力，但事后才体会到其中所蕴含的深刻的管理学道理。判断经营管理好坏的标准就是效率的高低和效果的好坏。而效果应放在首位，如果没有业绩，没有效果，所有的忙碌、努力都是徒劳的。

二、第二阶段：三社合作

2010 年对基础教育图书出版分社（由事业部更名）来说，是变化最大的一年。2010 年 1 月，学校从整体考虑，将分管基教分社的常务副总编辑孙杰远同志从出版社调回学校工作，出版社也给了我更重的担子。2010 年 6 月，我被学校任命担任出版社副总编辑，分管基教分社并兼任基教分社社长。就在这一年，发生了几件重要的事情，打破了我们对未来发展的憧憬。

由于 2008 年地方教材的损失，广西区内出版社均加大了教辅板块竞争的程度，先是产品同质化，接下来是折扣的竞争，企业利润被逐渐摊薄。2010 年人教社决定，各省人教版教辅的授权只给代理人教社教材的当地出版集团，《新课程学习与测评》与人教社合同 2010 年 3 月 31 日到期后无法续签，广西教育社捕得先机，从他们的出版传媒集团拿到了人教版教辅的授权，一纸授权有可能改变市场格局。尽管如此，广西师范大学出版社、广西教育出版社、接力出版社（以下简称"三社"）仍希望共同努力，更好地整合出版资源，做强做大广西出版文化产业，适应新发展形势的需要，在广西区教育厅的指导下，于 2010 年 4 月 30 日签署了三社合作协议。至此，我们进入了第二个发展阶段，即三社合作阶段。

　　基础教育教材教辅的市场很大，利润空间也相对较大，但是这个板块受政策影响的风险很大，每一次政策的调整和变化，甚至一个政府文件，就意味着市场格局的变化和调整。这个板块既有政府这只看得见的手，又有市场这只看不见的手，还有不同利益主体的博弈，在这个舞台上，没有点功夫是站不住脚的。

　　几年合作下来，不仅教辅板块取得了可观的效益，地方教材、课程资源也成绩斐然。由我社主导，先后开发的《养成教育》《廉洁教育》、高中《综合实践活动》均通过审定上了目录。

　　没有纳入三社合作的还有国标教材，在这一块，此前九义阶段我们没有较好的业绩。高中当时还是人教大纲版的市场。高中课改于2004年启动，各省先后进入，广西成为当时全国唯一一个尚未进入高中课改的地区，这是我们的一个机会。2009年9月，在社领导的带领下，我和事业部营销主管李云飞一起奔赴全国各地，开启了为争取国标教材租型代理权与教材原创社的谈判。后来与几家北京出版社的谈判，大都是2008年3月就调离我社的肖启明社长帮张罗的。但当时许多教材早已经签给了民营公司，而我们社此前没有很好的表现，原创社很难相信把教材交给我们能够上广西目录，并能够在广西各地市选用中胜出，谈判异常艰难，那种不被信任的感觉让我心灵备受煎熬。

　　教材得以使用对原创社来说意味着领地的占领，而租型代理的出版社都把此项工作当作社长一把手工程来抓。如果争取到了一些原创社的教材租型权，却没有能力上目录，承受的压力将会是巨大的。2012年秋季我们租型代理的大多数版本的教材如愿以偿上了目录，并取得了一定的市场份额，这令我们兴奋不已。只可惜高兴得太早，就在当年，其中7个版本的教材，原创社以达不到他们要求的市场份额为由将他们的教材改为直供。昨天还是合作伙伴，一起并肩作战，今天就形同陌路，成为竞争对手，让我感觉又一次受到践踏和蹂躏。剩下的 9 个版本的教材，由于是从起始年级开始逐年递增的，缓慢的发展亦达不到我们快速增长的期望。

值得一提的是，没有纳入三社合作范畴的《实验报告册》2013 年通过改版取得政府采购，与星球社合作《历史地图册》2013 年首次获得政府采购资金。

所有这些使我们超额完成了"十二五规划"的任务。但好景不长，就在我回顾十年发展历程，写这篇文章的时候，我们又遭遇了更大的困难……

2016 年 7 月 25 日至 27 日，出版社在北京召开了年中工作总结会，确定集团"十三五规划"目标。我们急需涅槃重生，而我似乎心里又有了一盏指路明灯，看到了未来发展的道路。

科学策划、精细管理、贴心服务

——《新课程学习与测评》出版十年记

◎ 李苏澜

　　《新课程学习与测评》是一套"同步＋测试"的教辅丛书，目前是我集团公司重要的支柱型产品之一，她从诞生到经历了近十年的发展，至今已成为广西销量最大的教辅丛书，创造了良好的社会效益和经济效益。

　　《新课程学习与测评》出版的十年，充满了波折和坎坷。尽管如此，在集团领导的带领下，在基础教育图书出版分社所有工作人员的共同努力和其他部门的协同帮助下，丛书得以茁壮地发展，在广西教辅市场上立于不败之地。如今，《新课程学习与测评》几乎在广西的每个地市都有学校使用，可谓是遍布广西，拥有众多的使用者。

　　《新课程学习与测评》从起步至今，经历了三个阶段。第一阶段：起步成长阶段（2007 年至 2010 年）；第二阶段：修订发展阶段（2011 年至 2013 年）；第三阶段：成熟稳定阶段（2014 年至今）。尽管发展的过程稳步前进，但每一步都十分艰辛。可以说，《新课程学习与测评》一直是在克服困难、解决问题中成长的，所有的编辑、营销等工作人员为此付出了艰苦的努力、辛勤的汗水。

《新课程学习与测评》取得这样有目共睹的成绩，在广西教辅市场独占鳌头，得益于在其策划研发、编辑生产、营销服务等方面的精准、周密、创新、到位。其中的酸甜苦辣，值得回味，其过程和经验也值得深入总结。

一、科学策划赢在先

1. 研究市场，发挥优势，准确判断

在多年的教辅类图书编辑、出版过程中，我们认识到，在众多的教辅品种中，同步类教辅所占的比重最大。要想在教辅市场上立足，必须在同步类教辅图书上有所突破，这样才能取得良好的经济效益和社会效益。在当今其他各类出版物都普遍面临竞争激烈、难以盈利的情况下，编辑出版这类图书尤其显得重要。

2007 年，在基础教育图书出版事业部（基础教育图书出版分社的前身）成立的初期，结合大量的前期教辅市场调研，我们发现广西当时没有一套能真正适合广西使用的、配齐教材版本的、销售量较大的此类教辅图书，而我社也没有一套同步类教辅，这是一个巨大的缺口。而我们有教辅类书刊的编辑历史和丰富的经验，有一支优秀的编辑队伍，应当充分发挥这些优势，组织编辑出版同步类图书。时任基础教育图书出版事业部主任、我出版集团现任副总编辑杨蕾就敏锐地意识到这一点，并立即组织相关编辑室行动，就这一缺口展开研发策划工作。

应如何打造一套有销量的同步类教辅？针对以上谈及的广西市场情况，经过集思广益，多次论证，我们当时就确定此套教辅产品的定位：这是一套适用于广西的"同步＋测试"的教辅图书；丛书分为两部分——《新课

程学习与测评同步学习》和《新课程学习与测评单元双测》，配齐广西小学到高中所有的教材版本。之所以这样定位，主要是基于以下考虑。一是在广西范围内，此类图书虽已有之，但缺乏有足够影响力的品牌。如果能专门针对广西市场精心编出一套高质量的同步类教辅图书，面临的竞争压力相对较小，容易铺开，能迅速占领市场。二是分"同步学习"与"单元双测"，不仅可以丰富这套丛书的内容，而且各有侧重，共同作用，可让学生获得更好的使用效果。三是从小学一直到高中全面铺开，可以不留死角，全面占领市场。从九年制义务教育阶段启动，基于小学生人数众多，有数量上的优势；中学生需求更强，有更多的刚性需要。这两者可以保证有足够的发行量。由于定位准确，这套丛书从一开始就有了良好的基础。

2. 科学论证，积极研发

有了基本定位，接下来就对这套图书进行科学规划，设计合适的体例，针对"什么样的同步类教辅图书才适合广西中小学生学习需要"这一问题寻求答案。

刚开始，我们想过向兄弟社学习取经，模仿他们的成功作品，借鉴他们的成功经验，为我所用。当时在市场上已有了不少类似的图书，简单的仿效并不是一件困难的事，这样可以达到立竿见影的效果，省时省力。但是，图书市场上的这类教辅大多只是针对课程标准、教学内容编写的，并非针对广西教学的要求、特点、水平，并不很适合广西使用。模仿这条路是走不通的，必须另起炉灶，走自己的路。我们要充分发挥自己的策划能力，用集体的智慧圆满地解决这一问题。

在拟写体例的过程中，杨蕾副总编辑带领我们首先策划出基本方案，形成了一个大致框架，然后再组织编辑反复进行论证。在论证中，我们从课程标准出发，根据广西各地的教学实际，充分考虑各年级、各学科的要求和特点，结合发行部门的意见，反复对体例进行修改完善，一直到各方面达成共识才确定《新课程学习与测评》的体例。之后，每个学科编辑就按照体例，撰写样章。

撰写样章这个过程很重要，编辑撰写样章是通过实践发现问题的过程。比如，在撰写讲解部分的时候，用什么样的形式呈现最好。用叙述的方式概括归纳知识点的内容通常是最稳妥的做法，但是这样的方式平铺直叙，对学生的引导和启发不够，编辑们对此的看法各不相同，提出的方案也各有特点和侧重。最后大家形成一个共识：重要的知识点用填空、选择或设问等形式表现，在叙述中带着问题，引导学生思考，调动学生的思维。这样让学生边学习边思考，更有助于知识的巩固和能力的提升。同时，样章的写作也需充分考虑学科特点，即使是以上提到的将填空、选择或设问融入知识点叙述中的办法，也要根据各个学科的特点调整形式，如有的用直接填空，有的用选择填空，有的用设问，等等，一切根据各学科讲述内容的需要灵活处理。只有这样，才能最好地体现《新课程学习与测评》的定位。

经过了多次论证修改，每个学科的编辑都按照体例写出了样章。再根据各学科的特点，进行差异化调整，使样章真正体现出学科特色。

二、生产严控保质量

产品要立足于市场，除了营销方法，最根本的是质量。教辅图书的质量不只是编校、装帧设计和印刷质量，更重要的是内容质量。教辅图书的内容是否科学、准确、适用，是影响其内容质量好坏的重要方面。这些取决于多方面，比如书稿策划水平、作者的写作水平、责任编辑的编审能力等。

1. 网罗人才，组建作者强队

组建一支高水平的作者队伍，是《新课程学习与测评》内容质量的保证。多年的编辑经验告诉我们，这是影响图书质量很关键的一步。有好的作者才有好的图书，图书的质量往往取决于作者的素质。

在组建作者队伍时，我们拟定了挑选作者的四条标准。一是专业知识扎实，业务能力强，有一定的教学经验。这一点容易理解，也容易被大家接受，当然也就理所当然地成了大家的共识。二是有较强的写作能力和写作热情。这一点是对作者的基本要求。有的教师口头表达能力很强，富有教学经验，教学效果也非常好，但是写作能力一般，或者没有写作的兴趣。这样的老师勉强接受写作任务，写出来的稿子往往质量不高，达不到编写要求，不能挑选这样的教师来写作。三是熟悉相关内容，教学时使用过与写作内容对应版本的教材。建立这一条标准，主要是考虑尽量利用作者使用相关教材的经验，特别是对教材内容、特点、要求的总体把握和了解，切中实际，避免隔靴搔痒、闭门造车。四是做事认真，易于沟通。认真的态度是保证图书质量的基本前提；善于沟通，让《新课程学习与测评》的策划思路易于被接受，作者和编辑容易取得共识，提高写作的效率。

上述标准的确立，为保证丛书的编写质量奠定了基础。根据这些标准和尺度，编辑们利用自己在以往工作中积累的人脉关系，对应学段和学科，筛选最符合上述四条标准的作者。经过多方努力，圈定了本丛书作者的大名单。在此基础上，请这些作者试写部分内容，再经过认真筛选，优中选优，才最终确定丛书的作者，让他们全身心地投入到《新课程学习与测评》的写作中。可以说，本丛书的作者是找来的，同时也是选出来的。由于在作者选择上从严要求、一丝不苟，因此保证了本丛书高质量、高效率的出版。

2. 对编辑严格要求和培养

在图书的编辑生产过程中，图书的质量是与编辑的责任心、素质、工作方法有着紧密联系的。素质问题的解决不可能一蹴而就，但通过科学到位的管理，责任心和工作方法是可以提高和优化，并迅速收到成效的。

首先，在图书编辑过程中，我们要求责任编辑注重学习和提高，把握各个环节，多方面保证图书质量。要求每个责任编辑能做其所编辑图书的主编，能与作者就专业问题对话，无障碍地进行业务沟通交流，不只是做听取意见的编辑。同时，责编要能指导老师使用《新课程学习与测评》，引导老师了解并喜欢我们的图书。

其次，加强编辑业务上的拓展和提升，要求责任编辑做到"五熟悉"：熟悉课程标准、熟悉教材、熟悉教学、熟悉市场、熟悉中高考。正是因为这些要求，编辑们在工作中能做到常年关注并研究各版本教材、教学动态和各类各级考试的命题，在审稿的过程中，对稿件是否超纲、难度是否合适、梯度是否合理、题型是否科学、题目设置是否符合中高考发展趋势等，都能做到心中有数，并游刃有余地进行处理，指导作者按要求修改稿件，极大程度地保证和提升了书稿的质量。

3. 关注市场信息，及时调整

编辑部门与营销发行部门保持密切联系。从制订生产计划开始，营销发行部门就参与进来，各片区的发行人员会将本片区的市场要求和特点作为意见与建议提供给编辑部门参考。在编辑生产的过程中，发行部门也会根据市场情况，随时提供信息。编辑部门在收到这些信息后，都会综合分析和利用，如有必要，随时调整编辑方案，使书稿做到切合市场的需要。

4. 调研工作常规化、制度化

《新课程学习与测评》出版以来，我们一直非常注重市场反馈，形成惯例地到教学一线进行市场调研。我们十分重视调研工作，也很珍惜每次调研的机会，每次调研如无特殊情况都要求全体编辑参加。从 2007 年，我们就针对《新课程学习与测评》开始了市场调研。每年的春季和秋季学期，通常在 4 ~ 5 月、10 ~ 11 月，我们会和各地市的教育管理部门联系，联合到学校调研。这些年，我们为这套书几乎走遍了广西，足迹遍布广西十四个地市，深入县、乡一级学校，与教研员、任课老师座谈，面对面地交流。

市场调研给我们的帮助很大，可深入学校了解到第一手的信息，对师生的需求也有了切实的体会，这是只专注案头的编辑了解不到的。调研可谓"一举三得"：首先，编辑通过调研可以直接了解到《新课程学习与测评》的在校使用情况，收集老师们的意见和建议，有助于改进；其次，编辑利用调研的机会了解教学现状和需求，开阔自己的教育眼界，提升能力；再次，编辑通过与教师的交流，可以筛选一些有水平、有写作兴趣的老师为我们审稿、写稿，对建设作者队伍十分有利。最终，这些因素都会有助于我们的书稿质量得到不断提高。

每次调研结束，编辑部会及时联合营销客服部召开专题会议，对调研做总结，对了解到的信息和情况做归纳、分析。对于优点，将会继续发扬；对于问题和意见，我们会结合调研地区的教学特点进行思考，查找原因，讨论解决的办法。会后，每个编辑根据自己负责的《新课程学习与测评》相关的学段、学科的情况，对调研做书面总结，并拿出本学科的整改方案。汇总各学科的总结和方案后，基教分社在综合分析的基础上，拟订出下一季《新课程学习与测评》的修订编写方案，并付诸实施。

5. 学习、借鉴、优化产品

除此之外，我们还注重在与同行的交流和对外合作中学习，取长补短，提升自己。在对外的业务合作中，有些同行的做法和意见确实给我们的编辑生产带来启发，推动我们优化编辑生产方案。如在 2010 年与四川新华图书发行所的合作中，发行所租型我们的书稿在四川等地发行，他们提出要将《新课程学习与测评同步学习》按章节编写的内容改成按课时编写，供他们使用。我们针对他们的要求在作者中广泛征求意见，同时编辑也反复思考斟酌调整的方案，最终按四川合作方的要求，结合我们的设想做了调整。调整后，我们同时在区内推广，得到了市场的好评。老师们对我们的同步学习按课时编写非常认可。由于我们论证充分，调整方案周全，划分课时得当，改版后非但没有影响使用，反而更便于教学。这次整改让《新课程学习与测评》的功能得到细化、强化，更实用，质量得到质的飞跃，市场认可度提升一大步。

三、合作共赢争效益

把《新课程学习与测评》作为一个项目运作，是否能成功还涉及种种因素。首先要得到广西壮族自治区教育厅的支持。再加上其中的"同步学习"系列是根据教材编写的，要取得教材原创社的授权。在这些方面，社领导高瞻远瞩，版权意识鲜明，积极联系原创社争取授权。2006 年 12 月 21 日，我社向广西壮族自治区教育厅递交了《关于与原创社合作开发教学用书的请示》，得到了教育厅的许可批复。次年，在我集团公司领导的带领下，我们取得了人教社、外研社、星球社、湖南师大社、湖南教育社、岳麓社等出版社的授权，其他出版社的授权也通过广西课程教材发展中心授予了我们。有了这些授权，我们编写《新课程学习与测评》的"同步学习"就名正言顺了。

在广西课程教材发展中心的指导和组织下，我们的图书在 2007 年编写完成，并在广西的部分地区试用。试用期间我们多次深入相关学校调研，并及时根据反馈意见进行修订。修订后的《新课程学习与测评》得到市场的广泛好评。

2010 年，我们正式启动了《新课程学习与测评》送教育厅的审查工作。送审品种繁多，送审工作庞大繁杂。我们按照送审的要求和规范，积极做好各方面的联络、沟通和落实，同时按照审查意见，及时组织作者、编辑进行修改。历时将近两年，经过数次审查、修改，《新课程学习与测评》终于全部通过审查。2013 年秋季，《新课程学习与测评》正式列入《广西壮族自治区中小学教辅材料推荐目录》，意味着可进入学校征订。《新课程学习与测评》凭借自身过硬的质量为广大师生服务了。

四、营销创新赢市场

面对激烈的市场竞争，质量再好的产品没有营销策略也是不行的。在《新课程学习与测评》的营销上，我们进行了创新。

首先，《新课程学习与测评》的营销主市场是广西，广西有多个地市，各地有不同的市场需要。为满足不同地区的需要，我们采取了不同的出书形式，提高了生产率，也扩大了销量，并且很好地满足了客户的需求。

其次，根据市场的情况，采用系统征订和市场征订相结合的方法，多种发行模式并行，降低内部竞争消耗，提高外部竞争力，共同开发用户资源，聚集多方的发行力量，达到双赢、多赢的目的。

在提高市场竞争力的同时，制订一系列内部管理制度，规范发行人员的工作，加强和完善市场营销部的内部管理，提高工作效率。比如对《新课程学习与测评》报印数的管理和结算管理。通过加强报印数管理，减少、避免不科学的、无规划的短板报印数，提高了规模印制数量，库存也得到很好的控制，能做到库存控制在 3% 以内；通过加强结算的管理，使结算做到了准确、及时、完整、规范，对回款起到了强有力的推动作用，账期缩短，回款率高达 99%，并且做到半年一结清。

营销发行工作不仅仅是提出目标，还注重对过程的把控，时时监督，及时发现问题，及时处理，把问题消灭在萌芽状态，避免因延误出现不可控局面。

所有的这些创新和精细化管理，都造就了《新课程学习与测评》的业绩。《新课程学习与测评》的销量逐步上涨，码洋逐年创新高。

五、服务到位留客户

要想基层学校长期订阅和使用《新课程学习与测评》，还需要做好服务工作，解决老师们的后顾之忧，让他们的使用过程变得有效而愉快。

除了编辑深入学校调研，发行人员也会经常到学校回访，了解学校在使用《新课程学习与测评》过程中遇到的问题，把问题及时反馈给相关编辑或部门，及时解决。

同时，为方便和加强与读者的联系，及时了解到《新课程学习与测评》的一些动态反馈，我们在《新课程学习与测评》的版权页上标注了读者反馈意见的联系电话和邮箱。这个联系方式公布以来，经常会收到读者的电话，有质疑、有咨询、有交流。对每一个联系的读者，营销客服都会认真对待，耐心服务，有关图书内容的专业问题请相关责编解答并跟进后续。通过这个联系方式，我们解决了不少问题，也增进了与读者的沟通和交流。

接下来，我们计划做《新课程学习与测评》的使用培训。按教材培训的方式和标准做教辅的培训，这也是我们精细化经营的内容之一。我们希望通过培训，帮助老师们了解《新课程学习与测评》，用好《新课程学习与测评》。

这么多年来，通过《新课程学习与测评》售后的服务工作，我们认识和团结了一批客户、教师，与他们沟通互助，提升了我们产品的知名度，增强了读者的黏性。

从 2007 年到 2016 年这十年中，《新课程学习与测评》一直在不断地修订、完善，在未来的发展中，面临的困难还很多，市场竞争更加激烈。不断完善，与时俱进，改变创新，任重而道远。

品牌运营的探索

——以"新民说"为例

◎ 汤文辉

一、"新民说"品牌的缘起

1. 从出版社办社宗旨说起

广西师范大学出版社的办社宗旨是"开启民智，传承文明"，这八个字的表述质朴而明晰，内涵集中并具有开放性。在我社用近三十年形成的文化传统中，我们考虑自己的工作，已经能够比较自觉地从这八个字出发，做一个项目也好，开启一个方向也好，我们会问：要做的事情，与这八个字相符吗？

当前我社在出版主业上的结构，是以大教育、人文社科学术出版、珍稀文献出版组成的"一轴两翼"格局。在这"两翼"之中，珍稀文献的出版致力文献的发掘、整理、保存，主要与"传承文明"相对应；人文社科学术出版则主要对应于"开启民智"。

2. 理念与历史的结合

"开启民智"是一个宏观的理念，下一步，如要开启一个品牌，我们需要一个更具象化的表述，作为理念的具体表达。在2012年，我们想到了梁任公的《新民说》。

1902～1906年，梁启超在《新民丛报》上发表了一系列文章，其后集结为《新民说》，他在文中提出："新民为今日中国第一急务"，因为，"未有其民愚陋怯弱涣散混浊，而国犹能立者。故欲其身之长生久视，则摄生之术不可不明；欲其国之安富尊荣，则新民之道不可不讲"。他并进一步指出："新民云者，非新者一人，而新之者又一人也，则在吾民之各自新而已。"

虽然在梁启超以前，新民的呼吁已经出现，比如严复《原强》里面提倡"鼓民力、开民智、新民德"，但是都没有梁启超《新民说》那么系统、雄辩，且任公雄文，"笔端常带感情"，影响巨大，因此开启了近代中国思想演进的最重要线索之一。百年以来的中国思想脉络，无论自觉不自觉，均不离梁启超提出的"新民"。

找到"新民说"这三个字时，我们非常兴奋，"新民说"将理念带入历史，使我们希望表达的理念与历史有完美的结合，获得了最佳的表达；而我们的工作，也可以在"新民说"的大背景下得到充分的诠释和理解。

二、"新民说"品牌的立意

有任公《新民说》这个"前理解"背景，我们可以较好地描述出"新民说"品牌的立意。

1. 启蒙：梁启超《新民说》的内核

"新民"源于《大学》，《大学》首章中说"大学之道，在明明德，在亲民，在止于至善"。程子和朱子根据下文"汤之《盘铭》曰：'苟日新，日日新，又日新'"，把"亲民"的"亲"改作"新"。程子说：《大学》……'在新民'者，使人用此道以自新"；朱子在《大学章句》中说："'新'者，革其旧之谓也。"梁启超的《新民说》远绍中华文化传统和先贤哲思，而启蒙的意义更为彰显，正如许纪霖教授所说："中国的启蒙，非自五四起，实乃从《新民说》而始。"

2. 新民：百年未竟之使命

启蒙是一个漫长的历史过程，康德说：启蒙就是人类脱离自己所加之于自己的不成熟状态。而发端于梁启超的近代启蒙思潮，在其后复杂的历史进程中并没有接近其理想，无论是"救亡压倒启蒙"观点的分析，还是对五四激烈反传统思潮的揭示，都说明《新民说》代表的启蒙思潮并非一帆风顺。今天及未来，新民理念都需要心平气和、脚踏实地地推进。

3. 中华民族的伟大复兴始于新民

当年梁启超先生在中西文化交汇之际，揭示了"新民"的两层含义："新民云者，非欲吾民尽弃其旧以从人也。新之义有二：一曰，淬励其所本有而新之；二曰，采其所本无而新之。"当一个世纪过去，我们从历史的迷思中走出，重新重视中华文化的价值，才会感慨任公的思想并没有得到充分理解。党的"十八大"提出中华民族的伟大复兴之路，令人振奋。在这个历史进程中，我们要做的工作，就是以出版为平台，凝聚各方的力量，以"自新""革其旧"的方式，服务于中华民族的伟大复兴。

三、性质及运营

1. 立足于图书，但又不止于图书的文化品牌

我国出版行业谈到品牌时，多指一个书系，比如商务印书馆的"汉译世界名著"丛书，中华书局的"中国古典名著译注"丛书等，往往为读者首选。我社"理想国""新民说"的定位是"文化品牌"，非丛书品牌。出版社领导多次表达："出版是干什么的？我认为，出版不仅仅是出书，而应该以出版为平台，构建文化事业，实现文化理想。"因此，我社的文化品牌运营，从形式上看，除了图书出版，还有论坛、沙龙、分享，甚至还有音乐会；从介质上看，有纸质、有数字、有口头传播；更重要的是，从目标上看，文化品牌已经跳出了只专注于图书甚至只专注于商品销售的层面，以文化事业和影响力传播为目标。在这种情况下，图书及作为商品的销售反而有可能做得更好。

2. 文化品牌与服务升级

出版行业本质是服务行业，构建文化品牌可以在多个层面上升级我们的服务。第一，服务好作者。在知识生产的体系中，作者处于核心，传播要围绕作者进行；传播的介质和形式不宜自我设限，应当系统、丰富。当我们出版一部好作品，并用论坛、沙龙等各种形式分享传播时，我们是这样理解的：后者并不仅是为了前者的销售，而都是为了传播作者的研究成果；图书本身，也应该被理解为传播知识的载体。当文化品牌能从这个角度考虑时，品牌可以为读者提供更好、更多的服务。第二，为读者服务。《读库》张立宪先生曾说，编辑的核心是判断和决断、发现和呈现，如何在信息过剩时代更好地为读者判断、发现、呈现？无疑一个文化品牌会做得更好。首

先，文化品牌大于一套丛书、一个出版板块，它面对的是一个较广泛的读者群。作为一个读者，您不会觉得读几套形成品牌的丛书就够了吧，您会不会希望，有那么一些文化品牌为您挑选内容，跨学科、多领域，以省去挑选之烦（难）？其次，文化品牌可以提供多介质、多形式的服务，而不只是图书。"理想国""新民说"均组织大量分享活动，其服务远远超出图书的出版。例如2014年11月，"新民说"与深圳市福田区政府、凤凰网、法治周末报社结合十八届四中全会"依法治国"的主题，共同策划和组织了"法治的突破：1978～2014影响中国法制进程十大好书评选暨新民说文化沙龙"大型活动，为期一个月，请来了包括"法治三老"郭道辉、江平、李步云等法学界的重量级学者，开展了一系列文化沙龙、阅读分享等活动。在类似的活动中，纸质的图书只是其中的一部分，而广义的"阅读"是其主体。

3. 升级服务的要义在于重视传播

为做好传播，"新民说"专设了品牌运营总监岗位，这在其他行业数见不鲜，在出版行业可能是比较早的。升级对作者及读者的服务，我们须做好广义的传播，多介质、多形式，对作者而言，是以传播作者的研究成果、扩大影响力为核心；对读者而言，是判断并呈现，为读者提供优质内容为核心。

在"新民说"品牌运营中，我们尤其重视以下两方面的传播实践。第一，重视与其他形式媒体的合作。"新民说"与凤凰网、《经济观察报》《法治周末》《生活》等媒体有较深的合作，这种合作不是出版社出内容、其他媒体刊发书评这种狭义的合作，而是共同产生内容、传播内容，或者是互为传播媒介。比如2013年的"新民说年度文化沙龙"，就是我社与凤凰网、《经济观察报》"一社、一网、一报"共同主办；其他媒体如凤凰网、《生活》中的优质内容，也能以书的形式结集出版，此时，出版社是其他媒介的传播平台。以这样较深度的合作打通不同媒体，传播就更为系统、深远。第二，重视不同媒介之间的互动互补，特别是口头传播对其他传播形式的补充。我社"理想国""新民说"都很重视讲座、论坛等面对面的口头交流，而且取得了良好的效果。从传播学和媒介研究的角度来看，加拿大传播学者伊尼斯的相关研究可以帮助我们理解为什么应该重视口头传播。伊尼斯指出，任何一种媒介都有自己的"偏向"，或偏向于时间，或偏向于空间，偏向时间有利于在时间维度上的传播，偏向空间则有利于在空间维度的传播；传播媒介会对人的心理结构以及社会结构都产生非常重要的影响，因此应当高度重视媒介的偏向及其影响。伊尼斯对古希腊的"口头传统"有非常高的评价，对书面文字媒介则颇有批评：首先，鉴于真理的动态性，它适合在辩论、会谈、质询等方式的口语媒介中展现自身，而书写媒介则与之相反，倾向于形成教条和垄断，因为观点或立场一旦被写下，就要求并意味着一种完成，虽然这种完成是一种虚假的完成。其次，在口头传统中，对真理的探寻、开放的讨论，避免了垄断的形成，而在书面文字媒介占主导地位的情况下，"个体的阅读和阅读中的观众代替了阅读中的公众以及公共的讨论"。无疑，单向的传播并不是探寻真理的最佳途径，因此伊尼斯提出重视媒介的偏向和媒介之间的平衡，尤其是口语媒介对书面语媒介的平衡。

从广西师范大学出版社文化品牌运营的实践来看，口语媒介的广泛使用激发了思想的交锋、创造力的迸发，通过切磋砥砺带来了更深刻的思考、更睿智的表达、更及时的质疑和回应，形成了独特的、使参与其中的所有人都能从中受益的"场域"。在其中，口语媒介的交流传播与书面文字的阅读之间形成良性的互动和平衡，一定程度上减轻了单一媒体传播的偏向和弊端，为知识的生产和传播创造了更有利的条件，这是我社品牌运营实践中一条非常有价值的感受和认识。

近几年来，根据权威机构发布的"中国纸质媒体书摘年度报告"统计，在对北京、上海、广东等地媒体摘录次数最多的 20 家出版社排名中，我社一直名列前茅，充分说明我社文化品牌运营重视传播的效果。

4. 运营文化品牌的重点在长远规划

品牌本身内含了时间的维度，要打造文化品牌，需要长远的规划、持续的努力。出版社领导认为，广西师范大学出版社之所以能够以一家地处偏远的小社得到读者的青睐，其中一条重要因素就是一群并不算聪明的人在持之以恒地向一个方向努力。通过近 30 年的经营，广西师范大学出版社在人文社科领域有所累积，又自觉地、创造性地产生了"理想国"这样的文化品牌，因此"新民说"借势推出时，已有事半功倍之效。比如就"新民说"旗下法学系列而言，2012 年我们筹建了法政编辑室，2013 年推出"新民说"，几年来，法政类图书已在读者中有一定的影响。如 2015 年 1 月，《法治周末》评出"2014 十大法治图书"，"新民说"旗下有三种入选；2015 年 3 月，中纪委官网推荐百余种图书，"新民说"旗下《法治是什么》《法的中国性》入选。

2015 年，"新民说"将推出"年轮""自然"两个出版板块："年轮"系列包括历史亲历者的人生行迹、对历史长河某些关键细节的切片式的知识考古等类型；"自然"系列非指自然科学，而是取其哲学意味，试图在现代社会中探讨什么样的观念、方式、视角是合乎自然的，为在后工业科技社会中"道法自然"提供更多的可能。

下一步，我们会在"新民说"系列积累了一定的影响和数量之际，对旗下系列图书进行整合梳理，理出数条主要线索，以便能让读者看到一个更清晰可辨的脉络图。当然，这些线索都将指向品牌的核心概念：新民。

四、探索及意义

打造"新民说"文化品牌的努力将会是有意义的探索，体现在以下几个方面：

1. 向文化事业方向拓展的探索

出版事业是文化事业的一部分，从图书出版的角度看待一项工作，可能其发展有一定的局限性；如果从文化事业的角度看，空间可能豁然开朗。出版社积累文化品牌，让我们有可能从文化的角度思考更多的可能，对于探索出版企业拓展发展空间是有价值和意义的。2015 年 1 月，"理想国"携手土豆网推出视频节目，这种跨媒介、多媒介合作的方式，或许会让读者想起诠释"理想国"的那句话：想象另一种可能。

2. 媒体融合的探索

媒体融合是大势所趋，传统出版行业不会固步自封，文化品牌，而不是丛书品牌，能够更具开放性地利用各种媒介形式，服务于读者和作者，服务于阅读。从媒介的角度看，文化品牌本身具备了容纳多种媒体的开放性，具备从全媒体的角度生产内容、提供服务的可能，并且在某些方面更具竞争力。比如说，利用微信等新媒体平台的自媒体刚刚兴起，而如果传统出版企业（包括图书、杂志、报纸）进入和运用这样的新媒体平台，会发现自身的价值和竞争力可以较好地平移过来，这个价值就是上文所说的：判断、呈现、传播。总之，用文化品牌的方式运营，可以在媒体融合方面有所作为。

3. 对出版企业经营方面的意义

文化品牌的培育无疑会对出版企业在经营方面提出要求。首先是长远的规划，将长远社会效益而非当前经济效益放在首位的布局；其次是保持团队的稳定，因为文化品牌的经营与特定的人才队伍是分不开的，不同的文化品牌，会打上不同团队的独特烙印。一个出版企业要不要培育文化品牌，如何培养，以什么样的机制和企业文化与之相适应，都是经营者所需要考虑的问题。广西师范大学出版社培育"新民说"的实践，无疑具有一定探索的意义。

五、结语：文化品牌，广西师范大学出版社模式的新阶段

广西师范大学出版社用近三十年的时间，走出了一条较为独特的发展道路，被研究者总结为"内涵发展、自我裂变"的广西师范大学出版社模式。在这个发展过程中，观察者尤其会注意到广西师范大学出版社的跨地域发展，即用十余年的时间，在北京、上海、广州、南京、南宁设置出版分社，因地制宜，拓展不同的板块和领域。两年来，这个战略引领下的"裂变"仍在推进，其他地区也在布局之中；与此同时，广西师范大学出版社的文化品牌战略也在积极推进，"理想国"在不断给读者带来惊喜，"新民说"用两年时间获得读者一定认可；2015 年初，我们推出一个品牌名为"魔法象"的少儿产品系列。文化品牌战略是跨地域发展战略的有力补充，如今，广西师范大学出版社已经是家有二十余个法人实体的集团公司。或许不远的将来，读者会注意到，在旗下多个文化品牌的簇拥下，广西师范大学出版社集团呈现为更为丰富可感的形态。

"一带一路"背景下客家文化区域研究的
实践与思路

◎　王建周

　　客家人是在长期迁徙中形成的族群。唐宋开始，客家先辈从中原大地迁移到南方各省。明清以来，客家祖辈再从南方沿海向海外各国播迁。清末民国，逐渐形成了一个"聚居闽粤赣，散居海内外"的汉族族群，其所居地大多位于"一带一路"的国家和地区。无论走到那里，他们坚守"宁卖祖宗田，不丢祖宗言"的格训，传承着客家文化传统，同时又以"开放包容，开拓进取"的精神，吸收各种先进文化，融入当地社会，形成了一种既有客家传统又有地域特色的客家文化。本文以"一带一路"战略为契机，以客家区域为视野，在多年区域研究的实践基础上，为当前客家文化区域研究提出一些新的思路。

一、"一带一路"的战略为客家文化区域研究带来的新机遇

1."一带一路"战略构想的提出

"一带一路"是"丝绸之路经济带"和"21世纪海上丝绸之路"的简称。这一战略构想源于2013年9月5日，国家主席习近平在哈萨克斯坦访问时提出，为了使欧亚各国经济联系更加紧密、相互合作更加深入、发展空间更加广阔，可以用创新的合作模式，共同建设"丝绸之路经济带"。同年10月，习近平主席在出访东盟国家时又提出，中国愿同东盟国家加强海上合作，发展海洋合作伙伴关系，共同建设21世纪"海上丝绸之路"。

2014年5月21日，习近平主席在亚信峰会上指出，中国将同各国一道，加快推进"丝绸之路经济带"和"21世纪海上丝绸之路"建设，尽早启动亚洲基础设施投资银行（简称亚投行），更加深入参与区域合作进程，推动亚洲发展和安全相互促进、相得益彰。

2015年博鳌亚洲论坛开幕式上，习近平主席发表主旨演讲，表示"一带一路"建设不是要替代现有地区合作机制和倡议，而是要在已有基础上，推动沿线各国实现经济战略相互对接、优势互补。

2016年8月，在人民大会堂举行的推进"一带一路"建设工作座谈会上，习近平主席指出，目前已经有100多个国家和国际组织参与其中，我们同30多个沿线国家签署了共建"一带一路"合作协议、同20多个国家开展国际产能合作，联合国等国际组织也态度积极，以亚投行、丝路基金为代表的金融合作不断深入，一批有影响力的标志性项目逐步落地。"一带一路"建设从无到有、由点及面，进度和成果超出预期。

"一带一路"的战略构想，不仅跨越时空，也赋予古老的丝绸之路以崭新的时代内涵。它不是单纯的贸易之路，而且肩负了特殊的文化使命，是一条文化之路。

2. 客家文化区域研究的"天时、地利、人和"

（1）"天时"——政策机遇

随着社会的进步、科技的发展，全球化时代的到来，各种文化相互交融，相互渗透。受多方面因素的影响，客家文化在传承和发扬上也出现了一些危机，尤其是海外一些经济发达的国家和地区，如作为客家文化核心元素之一的客家语言，出现了逐渐消失的趋势。《星洲日报》副刊就曾于 2006 年做过一个名叫"乡音变了调"的系列专题调查。客家人在马来西亚是第二大汉族族群，到现在还能讲流利客家话的人大约只有 60%。[1] 随着时代变迁和生活习惯的改变，客家山歌、客家民居、客家饮食、客家传统工艺等传统的客家文化也面临着流失的危险，因此，如何继承和发扬客家文化，成为一个严峻的课题。

2015 年 11 月 26 日，《人民日报》发文指出，"一带一路"建设立足亚洲、欧洲、非洲经济贸易和人文交流的历史通道，坚持"和平合作、开放包容、互学互鉴、互利共赢"的丝路精神，顺应世界多极化、经济全球化、文化多样化、社会信息化的时代潮流，致力于发展全球自由贸易体系和开放型世界经济。其中，人文精神烘托的经济合作和开放发展彰显了文化的力量。正如习近平主席指出："一项没有文化支撑的事业难以持续长久。"文化是"一带一路"建设的重要力量。客家人分布在全球近百个（有专家说超过

1　许小平、曾琬苓：《论客家文化的海外传播》，载《科学·经济·社会》，2009（4）。

100 个）国家和地区，特别是东南亚，乃至印度洋海域周边一些非洲东部国家，都有一定数量客家人。他们在这些国家和地区的政治、经济和文化中有相当的影响力。客家人或者客家文化，对于融入和推动"一带一路"建设，将会发挥重要桥梁作用。因此，习主席提出的"一带一路"战略构想，对深入挖掘和研究客家文化资源，保护和弘扬客家文化，开展客家文化区域研究是一个极好的时机。

（2）"地利"——地缘优势

在"一带一路"战略构想所涉及的国内 17 省份和其他 65 个国家、地区中，聚居着近一亿客家人。其中福建、广东、广西、海南四省区，不仅是历史上的"海上丝绸之路"的始发地和贸易地区，而且还是今天"一带一路"战略建设的重要地区。

在海外的 65 个国家和地区中，客家人也有不少。其中旅居亚洲的有 21个国家和地区，约 380 万人——印度尼西亚约为 150 万，马来西亚 125 万，泰国 55 万，新加坡 20 万，缅甸 10 余万，越南约 15 万，菲律宾约 6800 人，印度约 2.5 万人，日本约 1.2 万人；旅居大洋洲的有 11 个国家和地区，约 6万人，其中澳大利亚 4.3 万人，在大溪地、斐济、新西兰、所罗门、马绍尔群岛、巴布亚新几内亚、瑙鲁、西萨摩亚也有客家人聚居。此外，旅居美洲的有 21 个国家和地区，约 46 万人；旅居欧洲的客家人约有 20 万，分布在16 个国家和地区，其中英国最多，约有 15 万人，法国约有 3 万人，荷兰、比利时、卢森堡也有数千人至上万客家人；旅居非洲的客家人约 8 万人，分布在 12 个国家和地区。据不完全统计，目前海外客家人总数为 454.629万人，分布在五大洲近百个国家和地区[1]，这些国家和地区，有不少是海外客

1　世界客家人及客家方言分布，见 http://fj.sina.com.cn/news/z/2010‑06‑11/13564
　　4840.html。

家人聚居地区。因此，客家人在"一带一路"战略建设中，有着得天独厚的地缘优势。

（3）"人和"——组织优势

客家人是世界上分布范围广阔、影响深远的族群之一，全球近一亿多客家人分布在近百个国家和地区。他们在长期迁徙过程中，形成"吃苦耐劳、勇于开拓、溯本思源、克勤克俭、精诚团结"的客家精神，不仅是中华民族精神的充分体现，也是客家人凝聚力和向心力的表现。

客家人有着浓厚的亲情、乡情观念和宗族情结、家国情怀，无论走到那里，他们都不忘家园和国土，因此到了异国他乡后，为联络乡情、团结互助而建立了带有地缘性质的会馆组织。18世纪末至19世纪，大批客家人漂洋过海到南洋谋生，马来西亚便是其中一个目的地。据了解，客家人到马来西亚最早是在槟城，马来西亚最早的华人会馆即为1801年成立的槟城嘉应会馆。1805年惠州府属龙川、河源、紫金、和平等县在马六甲建立惠州会馆，以"海山公司"名称活动。这两个会馆组织都是以府属各县为对象建立的联合组织。在美国南加州的客家侨胞约有5万人，2013年在邱启宜的奔走之下，成立了全美第一座客家会馆，提供客家侨胞休闲、娱乐与聚会的地方，也凝聚客家侨胞的向心力。从20世纪70年代开始，为了加强全球范围客家人的联系和团结，弘扬客家精神和传承客家文化，由香港崇正总会发起并于1971年9月28日举行了第一届世界客属恳亲大会，20世纪基本上每两年举行一届，21世纪以来每年举办一届，目前已在亚、美、非三大洲11个国家和地区举办28次大会，并且规模逐渐扩大。世界客属恳亲大会是国际上具有广泛影响力的华人盛会之一，现已由单纯的恳亲联谊发展为融经济合作、文化交流和学术研讨于一体的活动载体，也是各国各地区客家人开展经济合作与文化交流的重要舞台。

由于客家人在分布地区、人口数量、经济实力和文化资源具有较大的优势，因此，"一带一路"战略构想，不仅给海内外的客家地区社会经济发展和文化建设带来新的机遇，同时也让广大参与"一带一路"战略实施提供了重要的舞台。

二、客家区域文化研究的实践

1. 客家文化区域研究的渊源

客家文化区域研究源于罗香林的学术思想。自 19 世纪 60 年代开始，到 20 世纪 30 年代，客家文化研究逐渐成为学术界新兴的研究领域，有不少的学者投身于客家研究，成果最为显著的是我国著名的历史学家罗香林先生，他所著的《客家研究导论》，标志着客家研究进入了一个新的发展阶段，也标志着客家学成为一门新兴的学科。他不仅为客家学的形成和发展做出了巨大的贡献，而且还为后来的客家研究留下了极为宝贵的文献资料。客家研究成为罗香林先生一生中研究的重点，罗先生为之付出了毕生的精力和心血。在《客家研究导论》自序中，他提出了 12 点研究计划，包括客家问题的论述、测定客家人的形体特征、客家住地的区域调查、客家地区的方言、客家活动的史料、客家住地的自然资源、客家人的特殊文化与习俗和海外客家侨民的数据等，其中的第五点计划就是关于开展客家区域研究工作的。在这个计划中他提出，"对客家住地划分为若干区域逐一加以考察访问，举凡他们的地理环境、社会组织、市民行业、生产方式、分配状况、消费状况、教育状况、人口分布、生育常率、死亡常率、婚姻常律、特殊文化、特殊工具、民情风俗、群众心理、团体情绪、历史传说、新旧著作"等。[1]在当时社会背景之下，罗香林能够提出这个研究计划，的确令人叹服。他提出将客家住地划分为若干区域逐一加以考察访问，这就是其所倡导的客家区域研究。通过开展客家区域研究，不仅有助于了解不同地区客家人的差异性，更有利于把握客家人的整体性，从而确立客家研究的系统性；但受到各种主、客观原因的限制，他没有完全做到，但却为后来的客家研究指出了可行之路和发展方向。

事隔七十多年后的今天，与罗香林先生所处的时代相比，客家地区的自然环境和社会环境都随着社会的变革而向前发展，客家人的社会生活、思想观念和经济面貌都发生了深刻的变化，各地的差异性也更大，这就要求当前的客家研究既要传承和弘扬过去大多以粤北、闽西、赣南地区为中心，集中研究客家人的迁徙，论证客家人的种族血统渊缘的研究基础，又要从宏观上去研究客家的历史、现在和未来发展趋势，也要从微观上去研究客家地区不同的经济文化生活特征，那么开展客家区域研究是实现这一突破的重要方法和途径。

2. 客家文化区域研究的奠基

2003 年 10 月 8 日，温家宝总理在印尼巴厘岛举行的第七次中国与东盟（10 + 1）领导人会议上建议，从 2004 年起，每年在中国广西南宁举办中国—东盟博览会，得到了东盟 10 国领导人普遍欢迎。这预示着广西从边远省份一跃而成为开放前沿，可对接东南亚，迈向世界。在广西 5002 万人口中，客家人有 560 万，分布于广西各地，相对集中于广西北部湾经济区，与

1　罗香林:《客家研究导论》，台北:众文图书股份有限公司，1982，1 页。

东盟各国客家人有着密切联系。因此，我们紧紧抓住这一有利时机，以广西师范大学为阵地，着手筹划客家文化区域研究工作。

2004 年 6 月，在广西师范大学以及广西师范大学出版社的大力支持下，广西师范大学客家文化研究所在桂林成立，它以客家区域文化作为研究重点，在国内以一省（区），在国外以一国作为研究单位，研究成果由广西师范大学出版社汇编为"客家区域研究丛书"出版，著名历史学家、广西师范大学历史系教授钟文典担任总主编（2004 ~ 2010 年），由我担任总策划。

为了开展客家区域研究，研究所着重做到了以下两个方面：一方面，把罗香林的学术思想与区域研究计划作为指导思想和工作原则，全面深入开展客家区域研究工作。在著名历史学家、广西师范大学历史系教授钟文典的带领下，一大批专家学者积极参加该项研究工作，客家研究的气氛渐浓，得到学校批准立项的客家研究课题达 11 项。另一方面，该所还把目光瞄准海内外，把客家人较为集中的省区和国外人数较多的国家作为研究单位。为此，研究所在 2004 年 7 月邀请了国内外的著名客家学者前来桂林，共同探讨客家区域研究工作。大家经过协商，最终达成一致意见，由与会的部分专家学者挂帅，组织当地的研究力量全面开展研究工作。

经过研究团队的努力，客家区域研究工作已取得了初步的成果，在 2005 年 9 月，广西师范大学出版社推出了三个系列，一是"客家区域文化丛书"，首先推出了《广西客家》（钟文典著）、《福建客家》（谢重光著）、《四川客家》（陈世松等著）和《香港客家》（刘义章等著）等四部专著；二是"客家著名人物丛书"，有《罗尔纲传》（郭毅生著）、《江应梁传》（江晓林著）等两部著作；三是"客家文化综论"，有《广西客家研究综论》（王建周主编）、《观澜溯源话客家》（刘佐泉著）等两部著作。这套丛书还于同年的 11 月在成都举行的第 20 届世界客属恳亲大会上举行首发仪式，与广大读者见面，为这次客家恳亲大会献上了一份珍贵的厚礼。2007 年，广西师范大学出版社继续出版了《江西客家》（周建新等著）、《新加坡客家》（黄贤强等著）、《湖南客家》（杨宗铮著）、《客家文化与产业发展研究》（王建周主编）等，2008 年出版了《澳大利亚客家》（罗可群著）、《海南客家》（古小彬著）等，2009 年出版了《信仰与秩序：广西客家民间信仰研究》（刘道超著），2010 年出版了《贺州客家》（韦祖庆、杨保雄著）。2011 年是客家文化区域研究成果取得重大突破的一年，利用广西北海举行世界客属恳亲大会的时机，广西师范大学出版社出版了《广东客家》（邓开颂、丘斌等）、《台湾客家》（邱昌泰著）、《印度尼西亚客家》（罗英祥著）、《陆川客家》、《北海客家》、《柳州客家》、《桂林客家》、《疾风劲草：秦似传》（王小莘著）、《客家文化与社会和谐——世界客属第 24 届恳亲大会国际客家文化学术研讨会论文集》、《广西客家方言研究》（刘村汉等），等等。

3. 客家文化区域研究的发展

2013 年，国家主席习近平提出的"一带一路"战略构想，为客家文化区域研究带来了新的机遇。为了配合这一国家战略，客家文化区域研究提升到一个新的高度，突出表现在以下两个方面。

（1）成立"客家研究院"，科研队伍不断壮大

2004 年挂靠在广西师范大学出版社的广西师范大学客家文化研究所成立后，得到了更多学者的支持和参与。该所现有专职研究人员 8 人，校内兼职研究人员 12 人，特聘研究员包括中国大陆、港澳台地区及海外的著名客家学者 10 人，其中，高级职称 27 人，中级职称 3 人，具有博士学位 12 人。随着客家文化区域研究的深入，研究成果不断的涌现，受到了广西壮族自治区主管部门和学校领导的高度肯定。2010 年，以客家文化研究所为基础，

成立了广西人文中心客家研究院，广西师范大学出版社继续在资金、人员等方面给予大力的支持。现在的客家研究院规模不断扩大，队伍得到了很大发展，拥有了一支以教授、博士为主团队，各个学科骨干人员参加的研究团队，形成一支由本校教师、研究生、校外专家组成的多梯次研究队伍。

（2）研究区域逐渐扩大，新的研究成果不断增多

2013 年后，客家文化区域研究进一步扩大，尤其是与"一带一路"战略构想有关的国家和地区，一方面继续做好东南亚地区的客家文化研究，组织人员编写《马来西亚客家》《泰国客家》《越南客家》《文莱客家》等。另一方面，也把研究区域拓展到欧洲、美洲地区，其中的《美国客家》（林祥任著）一书于 2015 年 12 月正式出版，是客家文化区域研究的一个新突破。该书记述了近 200 年来移美客家人在美国开矿、筑路、建设美国西部中所受的艰难困苦、冒险犯难而百折不回的坚强奋斗的精神，介绍了他们热爱祖国，对祖国革命、抗日和建设所做的无私奉献，并重点介绍了清末外交家黄遵宪、革命先行者孙中山、社会活动家陈香梅、数学家丘成桐等众多杰出客家人的奋斗历程和爱国精神。此外，区域研究内容也在民间文化领域有了新的进展，经过三年的组织和准备，由梅州客家书画院院长陈平先生编写的《中国客家楹联大典》也于 2015 年 3 月出版，全书分上、下卷。该书在近几年征集的近 10 万副客家对联中，精选了其中较有代表性的作品 3 万余副，编纂成这部《中国客家对联大典》。全书 3 万多副对联中，古今作者共 1600 多人，其中清代以前举人以上文人名士就有 600 多人，还收录了晚清和民国以后近现代很多文化和社会名流的作品。本书的出版，对弘扬客家精神和优秀中华民族文化有积极作用。

广西客家文化区域研究从 2004 年开始，至今已经走过了十余年的历程。作为客家文化区域研究的重要成果的客家区域文化丛书，其特点归纳起

来有以下三点。一是研究的视野宽广。这套丛书是以国内的几个客家大省（区）和客家移民较多的国家和地区为基点，采用一省（区）、一国一书的形式。"过去研究客家文化的著作大多是从整个族群、源流、风俗来研究，且大都集中在闽粤赣的客家地区，其他地区则较少的关注到"，而"我们这个系列的书视角更独特，区域文化研究就具体到了每一个地区的客家人及客家文化"。这与过去相比，视野更大、范围更广。二是研究的内容更丰富、全面。体现在以下三个方面：第一，反映该省（区）和国家的客家人的社会历史发展变化；第二，论述该省（区）和国家的客家人的经济、政治、文化与宗教及其历史地位与作用等；第三，说明该省（区）和国家的客家人与周邻居民的交往、发展、变化以及相互认同的过程等。这样使读者对客家民系的全貌得到比较真实全面的认识。三是研究上有创新之处。这套丛书的研究以文献资料与社会调查相结合，以理论创新与研究方法创新相结合，综论客家文化的重大问题，既看到民族传统文化的根本，又理出客家人在不同时期、不同地区在对外交往中出现的新事物，使研究在学习前人的基础上更进一步。因此，这套丛书出版，正如 2005 年 11 月 17 日《科学时报》所评，"是客家的，更是世界的"[1]。

三、客家文化区域研究的新思路

客家文化研究到今天已有一个半世纪的历史，也取得了累累硕果，解决了客家许多重大的问题。但是，当代社会正处于全面变革的进程中，古今中外各种文化的相互交流日益频繁，彼此影响无所不在。特别是在"一带一

1　李芸：《科学时报》，2005-11-17（B02）。

路"战略提出以后，客家文化研究如何取得新的进展和突破，我们结合客家文化区域研究的一些体会和经验，对当前的客家研究提出一些新的思路。

第一，客家文化研究要结合时代要求，配合国家发展战略。国家发展战略就是实现国家总目标而制定的，是实现国家目标的艺术和科学，是指导国家各个领域的总方略，其任务是依据国际国内情况，综合运用政治、军事、经济、科技、文化等国家力量，筹划指导国家建设与发展，维护国家安全，达成国家目标。客家文化研究是中国文化建设的重要组成部分，同样要结合国家发展战略要求，这样才能够找准方向。"一带一路"战略，是世界经济全球化趋势下的新战略思维，坚持"和平合作、开放包容、互学互鉴、互利共赢"的丝路精神，顺应世界多极化、经济全球化、文化多样化、社会信息化的时代潮流，致力于发展全球自由贸易体系和开放型世界经济。面对"一带一路"战略带来的"新空间"，客家文化研究需要抓住机遇、迎接挑战，努力实现"大利好"。客家文化随着客家移民的外迁，也被带到了世界各地，在语言文化、风俗习惯、经济生活等方面具有相互融通的优势，在"一带一路"战略实施中有着重要的作用。

第二，要与时俱进，开拓创新，以全球视野进行客家文化研究。创新是学术研究的生命所在，没有创新，学术研究就失去其意义。客家学作为人文学科，更需要从理论和方法上进行创新。回顾过去的客家研究，大都集中在移民史方面，且"仍局限 70 年前罗香林所制定的汉人由中原南迁的圈子，较少去拓展新的研究领域，不去研究全球化趋势下客家人由原乡向外，乃至向海外移民的历史问题，那么这样的学术研究就很有可能走进死胡同"。因此，在全球化的今天，必须以全球视野来研究客家文化，一方面要突破过去对客家原乡的研究，在内容和方法上要进行创新，如谢重光教授所著的《福建客家》就有新的突破，不仅对福建客家的形成以新的视角探讨，并且从福建客家的发展壮大、社会文化面貌的演变、对外拓展及近现代福建客家社会的变迁等方面对福建客家进行重新的研究，使人对客家原乡有一个新的认识。另一方面，随着社会的发展，客家人向外拓展的空间也在不断的扩大，对客家人播迁地也要进行研究，只有这样，对客家人的历史才能有一个全面的认识，这在过去的研究中往往容易被忽视了。这套丛书中的《广西客家》《四川客家》和《香港客家》在此也有新的突破，分别从客家人迁入的历史、客家文化的传承与发展、地区的经济开发与贡献等角度对客家人外迁地进行研究，"了解客家人的现状，发展的前景，他们在每一个地区、每一个国家怎样融入社会，有利于了解客家，有利于客家的发展，也有利于国家的对外交往"，"只有这样，通过创新客家研究才有可能获得继续向前发展的动力"。[1]

第三，开展跨学科研究，发挥各学科优势，深入研究各个领域。客家学是一个边缘学科，研究内容广泛，涵盖历史学、民族学、民俗学、人类学、社会学和语言学等诸多学科，因而在客家研究中，需要运用不同的学科理论和方法，从不同的领域开展研究，才能对客家学进行深入而又全面细致的研究，才能提高客家学的研究水平。在过去的研究中，从事客家研究的大多数是历史研究者，研究也多是从历史学角度进行的，这在以往的研究成果中足以可见。当前科学发展迅速，学科渗透加强，在此形势之下必须走跨学科研究之路，这是目前客家研究面对的现实问题。广西师范大学客家文化研究所成立后，在广西师范大学出版社的支持下，每年拿出数万元的经费设立客家文化研究专项资金，鼓励不同院系的教师从不同的学科开展研究，实行

---

[1] 陈世松：《走客家研究创新之路》，见《"移民与客家文化"国际学术研讨会论文集》，桂林：广西师范大学出版社，2005，30 页。

跨学科合作研究，现在已有多个课题得到立项通过，分别有以下几个方面：广西客家方言研究，广西客家饮食文化调查与开发，广西客家人与壮、瑶、苗、仫佬等少数民族的关系，广西客家的民俗研究与旅游资源开发，客家人与近代广西的经济开发，广西客家文学研究（包括诗歌、小说、采茶戏、道场、山歌等），广西客家地区教育的现状与发展方向等。这些不同学科课题的参加人员由校内各院（系）多个学科教师组成，集中了各个学科优秀力量。从现在的研究进程来看，已经取得了初步的成果。随着我们研究的全面深入，广西客家研究的水平将会跃上一个新的台阶。

第四，科研与教学相结合，扶植后起之秀。要保证客家文化研究的长期顺利推进，就必须面向未来，将科研与教学结合起来，努力培养人才，扶植后起之秀。一是要以科研课题带动研究生的培养。客家文化研究所从广西客家方言、文学、音乐、教育、民俗、旅游、经济等方面提出研究课题，交给学校科研处，申报成功者，由出版社通过科研处给予资助。此外，在职的硕士研究生导师才有资格申报课题，申报成功者，一般都带着硕士生从事有关课题的研究。经过各课题组师生的努力，已有部分课题基本完成，并有多篇论文发表，硕士生得到了较多的锻炼，开拓了视野。二是引导本科生对客家文化研究的浓厚兴趣。客家文化研究所成立后，硕士生纷纷参加导师的课题组活动，这引发了本科生的浓厚兴趣，于是学校便成立了大学生客家文化研究会，定期邀请校内和海外专家学者的讲学，还鼓励学生利用寒暑假做田野调查，写作调查报告或论文。学生们从调查提纲拟定到形成文章，都得到老教授的指导，进步很快。

第五，实行跨区域合作，联合各地客家研究的优势力量，促进客家研究的全面发展。客家人分布在国内的数个省区及世界各地，客家文化有着传统的一面，也有发展的一面，因而不同地区的客家文化既有共性的一面，也有个性的一面，但都统一于整个客家文化系统。以往的研究较多地集中在客家原乡，对客家人的外迁地关注相对较少，这就不能全面而又系统地了解客家文化。为此，广西师范大学客家文化研究所从 2004 年 7 月开始，不断邀请国内外著名客家学者来桂共商合作研究事宜，得到了他们的热情支持，并就当前客家文化研究的一些问题进行了探讨，不断地创新区域研究的内容、方式和合作计划。

第六，客家文化研究工作要与当地经济发展相结合，努力促进和谐社会的形成。文化是服务于社会的，作为一种社会意识形态，优秀的文化对社会的发展起到积极的作用。那么，在客家文化研究中如何把其积极因素转化为社会发展的精神力量，也是客家研究面临的一个重要课题。客家人是一个不断迁徙所系，在此过程中形成了勤劳刻苦、开拓进取、爱国爱乡、尊老爱幼、敬祖睦邻、知书达礼、崇尚文化等优秀精神品格，这是客家文化的精髓！因此，客家研究必须把这一精神与当前促进经济发展和构建和谐社会的主题结合起来，让客家文化研究起到积极作用。广西是一个多民族、多民系的地区，与其他省份相比较为落后，在研究之始，我们就注意到这个问题。如经济方面，提出了客家人与广西经济发展的研究、广西客家乡镇经济建设等；和谐社会构建方面，开展了广西客家人与壮、瑶、苗、仫佬等少数民族的关系等课题研究；文化建设方面，组织专家、学者到灵川县大圩镇进行调查研究，以促进"中国历史文化名镇"的开发与建设。这些都是我们进行客家研究的初步尝试，随着研究工作的不断开展和深入，将会在广西的经济、文化建设中起到更大的作用。

从 0 到 1，从 1 到 ∞

◎ 王　津

2014 年 9 月 16 日 14 时 13 分 12 秒，这是我晋升的东八区时间，不知道这一生中还会不会有第二次，但至少这一次让我终生难忘。从孙子、儿子摇身一变当上了爸爸，我想任何形式的升级都没有如此的惊心动魄。因为和太太都在出版行业，所以儿子的乳名早在他报到的前几天就想好了——图图——当然，叫这个名字耳朵可不能太小。

2008 年，我作为一个外行进入出版社，应聘的是编辑岗位，最开始接触的都是外国文学；2013 年 12 月开始学习少儿出版，可以说做少儿出版是跟还在娘胎的儿子一起成长的；2015 年 3 月加盟广西师范大学出版社，也是在这一年，我第二次晋升，迎来了我们的第二个"孩子"——神秘岛。

《神秘岛》是法国著名作家儒勒·凡尔纳 1874 年的作品，是"凡尔纳三部曲"的第三部。作品继承了凡尔纳科幻小说的一贯特点：虚幻但不过分脱离现实。他的幻想，都是基于科学知识，因此并不会让人产生高不可攀的感觉。作品中巧妙地融入了丰富的科学知识，让读者在欣赏故事的过程中也自然而然地受到了科普知识的熏陶。其中蕴含的冶金学、爆破学、工程学、水利学、动植物学、天文学、物理学等各方面的科学知识，让这部作品既引人入胜，又极富教育意义。书中的许多情节，今天已经成为许多国家科普教科书中的经典实例，在一代又一代科学爱好者们中间广泛流传。可以说，凡尔纳的想象和推理，是建立在对科学的深刻理解和把握上的，他的预见不是某种概率上的巧合，而是在科学基础上的大胆推测，凡尔纳因而被誉为"科学时代的预言家"。他的科幻作品给予后代的科学家们无限的启迪。科学精神与民主和人文思想的紧密结合，是凡尔纳作品的一个非常鲜明的特色。《神秘岛》的成功之处，不仅在于情节的波澜起伏、人物的逼真刻画、幻想和科学的完美结合，更重要的是贯穿于全书中的一种人文主义精神与爱国主义情怀。因此，我们认为"神秘岛"作为广西师范大学出版社青少年文化产品系列的名称最为合适。

以中国 3600 多万个家庭中的孩子作为调研对象，近一年中，0～2 岁的孩子平均阅读量为 11 本，3～6 岁为 18 本，7～10 岁和 11～14 岁均为21 本；童书占中国家庭藏书量的 36%；73.6% 的家长认为坚持陪伴孩子阅读非常重要；71.7% 的孩子因为家长喜欢读书而爱上阅读；"实用主义"是中国目前家长选书的主要衡量标准，其中扩充知识、长见识（即科普类）占77.4%，促进思考、讲故事（即文学类）占 62.2%，陶冶情操、助成长（即励志类）占 36%。（数据来自当当网）基于以上数据分析，我们首先确定了读者对象为 7～14 岁的青少年；其次选择了这个领域里占市场份额最大的科普、文学、励志三大板块作为产品线。

"神秘岛（Mysterium）——从此登陆未来"作为广西师范大学出版社集团旗下的青少年系列文化产品，秉承我社"开启民智，传承文明"的企业精神，以"和孩子一起成长"为宗旨，以"引进世界优秀青少年读物和出版原创精品图书"为使命，设立未知书系、未解书系、未来书系，即青少年文学、青少年科普、青少年励志为三大产品线板块，致力把全世界有趣味、有知识、有营养的精品图书带给孩子，让孩子用故事认知世界、用科学探知世界、用心灵感知世界。

"神秘岛"青少年系列文化产品名称源于古拉丁语的 Mysterium，选取其中"My"作为主要元素。"My"在英文中的解释为"我的"，寓意这是属于青少年自己的文化品牌；在孩子的母语习惯中，"我""我的"出现频率非常高，有亲和感、易记忆；随着英语学习的低龄化，"I""My"也成为孩子英语学习中使用最多、最容易记忆的词语；以"70后""80后"为主的一代父母，大都有一定的英语基础，虽然水平参差不齐，但对于"I""My"的印象非常深刻。

值得一提的是，广西师范大学出版社一直以来非常重视营销，并在方式、方法上有所创新和突破。为此，"神秘岛"团队以图书出版为开端，以畅销书为核心，也开始着手建立与终端读者互动的数据平台。平台功能的研发：1.与终端读者互动，了解阅读反馈，为后续作品更能满足读者需求提供修正；2.作为后续图书的调研平台，以投票进行选取方式，为书名和封面的最终选取提供意见；3.不定期发布作者信息及后续新书信息，提高读者的购买欲望，为市场提供需求；4.在平台上建立奖励机制，不定期地配发小礼品，可以提高读者的兴趣度和互动性，小读者在向小伙伴们炫耀的同时，为图书提供推广；5.以学校为单位，划分小读者，为进校园埋下伏笔，营造前期校园氛围，为进一步的校园推广提供环境；6.以公心为出发点，整合各出版机构少儿及青少年信息，提供互动发布的服务。目前共与近100个妈妈阅读分享QQ群保持良好的合作关系，建立全国小记者站13个、中小学生阅读QQ群9个、微信平台1个，覆盖全国各个省市及重点媒体。

2015年11月21日，"神秘岛"推出第一部作品——刘慈欣少年科幻科学小说系列，首印 3 万套，入库第三天实现第一次重印，截至 2016 年 6 月累计发行量达 30 万册；2016 年 1 月将中文繁体版权输出香港和澳门地区；2016 年 3 月将音频改编权和播放权授权北京人民广播电台；同时，获得本套书影视改编权的非独家代理权。2016 年 3 月，"神秘岛"成功跨越出版领域，直接代理毕淑敏若干作品的影视改编权；同年 6 月，出版"毕淑敏给孩子的心灵成长书"，首印 2 万套，上市一个月实现重印，截止到 8 月，累计发行量 20 多万册；2016 年 7 月与"罗辑思维"签订合作协议，首批合作共计两个项目 14 个品种 14 多万册图书总码洋 680 万元。自"神秘岛"成立以来，15 个月累计完成造货码洋 2000 多万元，平均单品种起印量约为 1 万册。可以说，"神秘岛"朝着集团所规划的立体出版方向坚实地迈出了一小步。

不到园林，怎知春色如许

——广西师范大学出版社稀见戏曲文献的整理与出版

◎　刘隆进

一、不到园林，怎知春色如许

在明朝戏剧家汤显祖笔下，养在深闺的杜丽娘第一次到自家的后花园游玩，顿时发出了"不到园林，怎知春色如许"的感慨。明朝万历二十六年（1598），汤显祖创作完成了一部不朽的传奇——《牡丹亭》；万历四十四年（1616），汤显祖逝世，同年，英国戏剧家莎士比亚逝世。时光转到公元2016年，东西方两大戏剧家逝世已经四百年了，世界各地都举办了各种纪念活动。而整理、编辑、出版相关的文献资料，既是对大师的一种缅怀，也是我们对文化传承与发展的历史担当。秉持"开启民智，传承文明"精神的广西师范大学出版社，一直以来都注重中国戏曲文献的整理与出版工作。当我们进入了戏曲文献这一"园林"，便可一览传统戏曲文化的"如许春色"。

2016年9月，由中山大学黄仕忠教授、日本京都大学金文京教授等合编的《日本所藏稀见中国戏曲文献丛刊·第二辑》在我社出版。本辑共20

册，收录日本公私所藏的中国古代戏曲文献 30 余种，其中杂剧 8 种，传奇 14 种，曲学文献 8 种，多系明刊本和清抄本，以及部分民国刻本，其中不乏海内孤本。这些材料对于研究中国戏曲的发展、版本源流、曲学思想等均有重要的历史文化价值。黄仕忠教授为本辑所收录的各书精心撰写了解题，从学术上梳理说明所收诸本源流和版本特征，并系统介绍了收藏单位的情况与内容概况，对于部分作品假托李贽、汤显祖等人之名的现象进行了辨析，可为研究者使用提供帮助。本辑所录，就包括各家所整理、删改的汤显祖著作，如《镌新编出像〈南柯梦记〉》《重校〈紫钗记〉》，亦有托名汤显祖的《玉茗堂重校音释〈昙花记〉》《临川玉茗堂批评〈西楼记〉》，足见汤显祖及其戏曲之魅力。

主编黄仕忠教授长期以来致力海外戏曲文献的访求，尤以在日本公私所藏相关文献的汇集整理方面成果最为显著，在"日藏戏曲第二辑"出版后，黄教授感慨道："大略言之，日本所存孤本珍稀中国戏曲文献（地方戏曲俗曲除外），除去此前已经获得影印者，经此二辑，已经囊括殆尽。"这就不能不提到我社 2006 年出版的《日本所藏稀见中国戏曲文献丛刊·第一辑》。第一辑共 18 册，所收诸书主要为明刊本和清抄本，半数属于没有别本流传的海内孤本，其余也多为最早的传本及抄本。可以说，日本所藏中国戏曲的精粹便汇集于此，其对于中国戏曲与传统文化的研究价值巨大。

如许之春色，这仅仅是湖山一角。

二、如花美眷，似水流年

宋元以降，中国戏曲繁荣发展，到明清时期达到全盛，并影响了周边国家。但自近代以来，颇有式微之趋势。在这漫长的历史进程中，中国古代戏曲文献大量传入或流失到海外，很多保存到现在的曲本，在国内已是罕见。其中，日本所藏中国古籍之繁富，久为国人所知。自近代以来，黄遵宪、杨守敬、盛宣怀等人在日本访购中国古籍，所得之唐钞、宋刻、元椠等惊艳于世。戏曲文献亦是当中较为丰富的一类。日本所藏中国戏曲典籍的来源大致有二：一是日本江户时代自中国江南传入；二是近代以来由于日本引入西方学术观念，同时又受到王国维等人的影响，日本学者开始关注通俗戏曲的研究，此后便从中国收集了大量的戏曲典籍。

"原来姹紫嫣红开遍，似这般都付与断井颓垣，良辰美景奈何天，便赏心乐事谁家院。"这是《牡丹亭》中，杜丽娘游园时的无奈与伤感。而到了当下，为了重现"姹紫嫣红"的盛景，为了珍贵的戏曲文献不再沉默于异国他乡，国内的学者与出版机构都在努力做一些事情。

中山大学黄仕忠教授曾于 2001 年 4 月到 2002 年 5 月在日本访学，其主要精力便放在戏曲文献的研究上。在访学期间，黄教授走访日本公私收藏戏曲文献的重要机构，逐册检核，回国后编辑而成《日本所藏中国戏曲文献综录》。此书几经打磨，最后在 2010 年由我社出版。大体而言，本书是黄教授在日本访学、收集日藏中国戏曲文献馆藏信息的成果汇总，是对散藏在日本公私图书机构的中国古代戏曲及相关文献较为全面的著录。本书所录文献版本，大致以清末为限，对于极为稀见的现代钞本、花部的清末民初刻本与石印本等，则根据研究价值亦收录其中。同时，对中国戏曲的译本，重点收录了日本刻本及早于明治时期的版本。可以说，本书是戏曲研究者案头必备的工具书之一。此外，《日本所藏稀见中国戏曲文献丛刊·第一辑》亦是从中挑选出孤本及稀见之本八十余种予以影印。我社只是为散落海外的古代文献的回归以及当代学者的整理工作做好服务，希望学者与出版社的良性互动与互利合作，能够为中国文化的传承与现代的学术研究稍尽绵薄之力。而这仅仅是一个开始。

黄教授一以贯之地关注戏曲文献，利用多次在日本访学的机会，不断整理流失海外的稀见戏曲典籍，并与日本学者进行了有效合作。在 2013 年，我社影印出版了黄仕忠教授与日本大木康教授合编的《日本东京大学东洋文化研究所双红堂文库藏稀见中国钞本曲本汇刊》，一共 32 册，内含传奇、昆曲、高腔、乱弹、皮黄、梆子、影戏、曲谱、鼓词、子弟书、莲花落、快书、石派书、岔曲、杂曲等 15 类，以及两部戏曲绘本，凡 172 部书 852 种曲，编者对每种曲目均撰写了解题。"双红堂"，是日本学者长泽规矩也（1902 ～ 1980）的书斋名，因其收藏了明宣德刊本《新编金童玉女娇红记》和明崇祯刊本《新镌节义鸳鸯冢娇红记》而命名。东京大学东洋文化研究所为收藏长泽规矩也的藏书而设立了"双红堂文库"。而这套书的影印出版，是黄教授日本访学的重要成果之一。

除了影印整理的海外藏珍稀中国戏曲俗曲文献，我社在 2014 年推出了黄仕忠教授编校的排印本《明清孤本稀见戏曲汇刊》，共两册，收录明清孤本稀见戏曲三十余种，分为杂剧、传奇两部分。文献主要来自日本各大图书馆所藏，少数来源于中国国家图书馆等国内单位，其中多数为海内外孤本，研究价值不言而喻。尤其值得注意的是，本书收录了部分少数民族曲家的剧作，从而可以扩大我们对传统戏曲与文化研究的视野。这是黄教授在日本及国内游学访书的又一力作。

"则为你如花美眷，似水流年"，这是《牡丹亭》中柳梦梅与杜丽娘在梦中相会时，柳梦梅的感叹。我社出版《日本所藏稀见中国戏曲文献丛刊》，从第一辑到第二辑，其间还有多种戏曲文献及目录的整理出版，虽然前后长达十年的时间，但黄仕忠教授持续在为让这些流失海外的珍贵戏曲文献回归中国而努力，只希望这些"如花美眷"，不再"似水流年"般沉默下去。十年一梦，还好，这个梦是美好的。

三、情不知所起，一往而深

"情不知所起，一往而深；生者可以死，死可以生，生而不可与死，死而不可复生者，皆非情之至也。"汤显祖在《牡丹亭》中刻画出一往情深的杜丽娘，虽有波澜，但终成圆满。黄仕忠教授的日本访学，其对中国戏曲文献的情浓与意重，与我社对珍稀文献的整理出版之"情"，两者交融，情之所至，遂使得今日广西师范大学出版社的稀见戏曲文献出版初具规模。这其中，黄仕忠教授几十年如一日投入古代戏曲典籍的整理工作，惠及学林；而我社的组稿领导、每一部书的责任编辑，更多的是要做好相应的服务工作，为作者服务、为研究者服务、为传统文献的回归与"复生"而服务。总之，出版社与某一领域的权威学者保持长久而高效的合作，这是一种"情"的契合，也是对彼此信念、价值、责任与担当的肯定。

"但是相思莫相负，牡丹亭上三生路"，在纪念汤显祖逝世四百周年之时，又逢我社三十周年社庆之际，推出《日本所藏稀见中国戏曲文献丛刊·第二辑》，同时对我社近十年来所出版的珍稀戏曲文献做一梳理，这应该是对汤显祖以及众多中国古代戏曲家最好的缅怀，同时也是对我们自身工作的鞭策与激励。"不到园林，怎知春色如许"，流失海外的中国典籍是我国传世文献"园林"中的一朵奇葩，而我们所做的工作，就是要让国内学人能够看到"姹紫嫣红"的"满园春色"。因此，整理、出版海外珍稀文献，让流失的瑰宝回归中国，这不仅仅是对国内文献的一种补充，更是一种视野的开阔与整体的提升。

传承文明，开启民智，前路漫漫，未尽之情，犹待再续。行文至此，更起情思，太湖石山，牡丹亭畔，梦入临川。末附拙诗一首，是为记。

> 游园肠断柳梅边，缘是南安府里仙。
>
> 骨冷香消三五夜，梦回莺啭几千年。
>
> 无端雨打闲庭院，忍看风吹海上田。
>
> 明月愁心何处遣，幽窗素影独堪怜。

为文物做嫁衣

——博物馆藏品画册出版杂记

◎ 贾宁宁

引　言

　　桂林的春天，总是离不开"湿""冷"二字，今年也不例外。3月的一个下午，我站在桂林博物馆门口的公交站等车，被春寒逮个正着。此时我怀里还揣着一沓三百多页的数码样，又大又重，腾不出手撑伞，想必看起来凄凉极了。但我也无意伤春，因为怀抱的"书胎"总算得到了作者的认可，可以在不久的将来付梓。掐指一算，近五年里，我在出版社与这个站台之间往返的次数早就记不清了，而眼下这本未成型的画册，大概是排行老七吧。如果得知自己还有其他博物馆的十几个兄弟姐妹，他恐怕要乐开了花。作为这一系列画册的"幕后主使"之一，我很欣慰，也很感慨。

　　我一直相信，博物馆是了解一座城市乃至一个国家、一个民族历史文化发展的重要窗口。每到一个城市，它的博物馆一定是必去景点。徜徉在博物馆中，细细观赏其中的展品，我们可以发古幽思，尽情想象；也可以踩着历史的足迹，展望未来。博物馆一般有常设展和临时展，尽管展览种类繁多、层出不穷，但是能够展出的作品往往是九牛一毛。多数情况下，博物馆内的藏品是"养在深闺人未识"，一般人很难一窥庐山真面目。且受展览时间、地域限制，观看展览常常是乘兴而去，但多少感到意犹未尽。于是，对于普通观众以及研究者来讲，阅读藏品画册无疑成为了解藏品既简单又快捷的途径；而对于博物馆人来讲，出版藏品画册既是对藏品的系统梳理，对藏品研究成果的展示，还可以有效传播博物馆文化、扩大博物馆影响力、推动博物馆文化建设。由此，博物馆藏品画册出版便成了一个稍显冷门又十分必要的领域。

自 2012 年起，我社艺术分社积极与桂林博物馆、贵州省博物馆等文物单位合作，相继出版"桂林博物馆藏文物精品系列""贵州省博物馆藏书画（瓷器）精品""贵州省博物馆藏文物精选"等十几部画册，在既有的艺术出版领域内开拓出博物馆藏品出版这一新方向。在该系列项目的实施和推进过程中，笔者有幸担任责任编辑，全程跟踪各个环节，在工作中受益良多，在此仅就些许故事与大家分享。

一、摸着石头过河

2012 年春天，我第一次和领导踏入桂林博物馆的大门。那时候我刚来出版社不久，对出版懵懵懂懂，对画册类图书更没有什么认识。当时只知道是要去和博物馆的一位领导谈项目，我们一行三人在博物馆的楼道里七拐八拐，走进了一个办公室。似乎那天馆长不在，接待我们的是一位主任。简短的自我介绍后，同行的领导和他攀谈了起来，我坐在一旁仔细听着。他们俨然已经忽视了我这个娃娃脸的山东妹子，用桂林话聊得兴致盎然，我只好用普通话翻译给自己听。经过蹩脚的翻译，加上观察双方的表情动作，我大概明白，当时我们是向博物馆表达出版藏品画册的意向，而博物馆方面虽然已经出过一些画册，但当时似乎还没有特别迫切的需求（抑或整理出版画册并不是那位领导的职责所在，他也无法定夺），我们并没有取得确切的答复。

而没过多久，两沓厚厚的藏品目录就摆在了我面前。横向装订的 A4 纸上，整齐地列出一件件藏品的年代、名称、尺寸、缩略图、简介、完残情况等，让人忍不住一睹为快。其中一册是古代扇面藏品，一册是近现代书画藏品，每册收录有百余件作品，前者便是后来的《箑风雅韵》（另一本因为版权问题暂时搁浅）。

那时候，初出茅庐的自己，做事谨小慎微，即便是普通的一本书都当作大部头的书来做，不敢有丝毫马虎。与博物馆的合作，于出版社而言不过是众多的项目之一，可对我来讲却是一项宏伟的工程。从与桂林博物馆的初步合作，到与贵州省博物馆的深入合作，我从头到尾诚惶诚恐、不敢懈怠。鉴于出版社此前几乎未系统出版过类似的画册，除了编校、印制方面能向前辈请教，其余关于设计编排和形式体例等方面的种种问题，于所有人几乎都是新问题，整个团队只能集思广益，摸着石头过河。

二、思前想后定形态

在前期洽谈中，出版社一般会与博物馆方就图书形态（开本、纸张、装订形式）、印数以及其他方面的问题达成共识。尤其是图书形态方面，要兼顾图书的内容、功能、定位、成本、读者群体等多项因素。在确定形态的时候，可以从一个点出发，再旁涉其他，用排除法。

就已出版的桂林博物馆、贵州省博物馆系列文物画册而言，其主体内容为文物图片，包括书画、瓷器、玉器、青铜器、银器、服饰等；文字内容较少，主要是序言、前言、文物说明文字（名称、年代、材质、尺寸等）、作者简介、索引等。文字内容或是对博物馆藏品的研究综述，或是对藏品的简要说明，学术性有余，而趣味性欠缺。这就从内容上框定了文物画册的读者群体，应该以书画爱好者，文物收藏者，文物鉴定、研究人员，历史研究者，以及广大的相关专业学生为主。我们也很难想象，一个对文物毫无兴趣的人，会花不菲的价钱买一本厚重的画册。因此，我们在确定图书形态的时候，可以站在这类读者的角度，来琢磨他们的需求，进而做出最佳方案。

画册的功能，大抵是记录、展示文物藏品，供读者阅读或研究。书画爱好者需要清晰、原汁原味的图像，品味其笔精墨妙之处；美术史学者、历史学者、文物鉴定家也要在细节中抽丝剥茧，著书立说。因此，作为研究参考资料的画册，应真实还原文物的风貌，形态、色彩真实，比例准确；还要尽可能地将图片放大，以突出细节或纹理；文字方面，提供详细的文物信息。以需求反推形态，那么，印刷时色彩还原度不高的内文纸张、小于16开的开本，就可以暂不考虑了。

对于博物馆方面而言，编辑大型画册是一项耗费人力、物力和财力的工程。一部画册的编撰，从筛选、拍摄，到整理、编校等，往往要动用整个保管部的人员。为了给从不轻易示人的文物留下影像，更要安排一整个摄影团队、全套拍摄器材，在库房小心翼翼地拍摄、记录，动辄数月。由此产生的各项费用，也非常可观。因此，对于中小型博物馆而言，出版一部乃至一套画册是非常难得的。在决定出版之时，大家无不是怀着做精品画册的雄心，下定要做就做最好的决心。由此，在选择材料方面，不仅要选用优质材料，还要考虑其实用性、持久性，尽量使用坚实耐磨、抗皱、易保存的纸张；在装订形式上，考虑硬壳精装、锁线，甚至加函套，既保护书心，又不易散页。譬如美术史研究中的重要画册，如《中国美术全集》《中国古代书画图目》、"故宫博物院藏品大系"等大型画册，几乎都采用精装形式，在图书馆内任凭读者翻阅而鲜有破损，其细节的巧妙之处非常值得借鉴。换句话说，文物与它的图录一起传诸后世，那是大家最美丽的期许。

然而，所有的考量都应在控制成本的前提下进行。尽管画册的出版有一定的经费支持，不必刻意节省，但这并不意味着可以在选材用料上极尽奢华，采用繁缛的工艺、花哨的装帧、贵重的材料。书籍的开本也不是越大越好，还要考虑到放置、携带等实际因素。譬如，在确定贵州省博物馆藏品画册的形态时，最初计划将馆藏的几本册页分别成书，几本书组成一套，书中图片做到与原图等大。但几本册页尺寸不一，宽度最大的可达43厘米，最小者仅十几厘米，开本必须选用4开；册页薄厚不一，从2页至30页不等。如果这样的话，为了兼顾套书的整体感，娇小身躯的册页也必须穿"大衣"，页面必然空荡。再考虑市面上的画册，除非专供学习临摹的画册，很少选择4开的尺寸。即使从视觉上看，如此大的画册，也过于"豪放"。且一套书中，每本薄厚差距悬殊，显得很零散。最后，我们放弃了这个计划，在与博物馆商讨后，大幅度增加其他作品，改成统一的大16开，做出了8本普及版的"贵州省博物馆藏文物精选"。总之，书籍的形态始终要与内容相统一，文物还是需要与其气质相匹配的衣饰，彼此才能相得益彰。

作为套书的画册，其内容多种多样，有书画、有瓷器、有服饰，等等。因此，画册形态在统一性的前提下，要兼容不同的内容，具有延续性、包容性。例如，在基本确定"桂林博物馆馆藏精品"的形态（常见的竖长形）之后，我们在编排中立即遇到了问题，即《箑风雅韵》这本书收录的皆为扇面，除少数几件接近圆形的纨扇外，其余都是横长竖短的折扇扇面。如果将扁长的扇面放在竖长的版面中，不仅浪费了上下的大部分空间，而且扇面也无法放大，显得非常局促。此时，我们不得不为这本书另辟蹊径，将书"横"过来排。但是，在制作函套时，依然保持其竖长形的姿态，与其他书一致。这样，这本书虽然看似"卧倒"，但和其他的书站在一起时亦能统一。

最后，双方对每种图书的形态达成了共识：馆藏精品类画册，采用正度 8 开，精装、锁线，正文用超白哑粉纸；普及本画册，采用大度 16 开，平装、锁线，正文用超白哑粉纸。应博物馆要求，部分精品画册还配有函套。考虑到函套的位置和保护作用，在用料上，特别在函套的上下两端采用布面，避免因经常摩擦而过早破损。

看似简单的书籍形态问题，其实要综合种种因素。而看似要全面考虑各个方面，但从项目洽谈到做出最终的选择，经常就是一下午的事情。从成品反观最初的方案，其中有深思熟虑之处，也有天然偶得的成分；有预想到的情况，也有意料外的事件。方案由构思到实践，还是一个不断修正的过程。

三、在博物馆拍文物

纵览画册的整个编辑工作，在博物馆拍文物是最有意思的，当然也是难度最大的。

任何画册交稿前都需要将作品进行数字化，博物馆藏品画册也不例外。数字化，顾名思义，即是采用技术手段将实物转换为达到出版要求的图片，常用的方式有扫描、拍摄等。一些经常出画册的艺术家，往往会提前做好作品数字化工作，交稿时直接提供图片，这样双方都能省去一定的人力、物力。而现在的博物馆虽然一直在做藏品数据库工作，拥有专业的摄影人员，但囿于设备、拍摄条件，拍摄的图片并不能达到理想的印刷效果，这会对图书质量造成很大的负面影响。与我方合作的两家博物馆也面临着同样的问题。因此在出版前，我们会提供专业的摄影器材和摄影师，协助博物馆的工作人员进行文物数字化工作。

与博物馆达成合作共识后，我们便及时安排摄影师到馆内进行拍摄。第一次拍摄是在桂林博物馆的一个展厅里，时间大概是 2012 年初，尔后的 2012 年冬天、2013 年夏天又补拍两次，前后时间加起来差不多一个月，共拍摄两千四百余件作品。2014 年和贵州省博物馆商定出版事宜后，我们又两次远赴贵州贵阳，在那里前后工作四十几天，拍摄书画和瓷器共计四千余件。可以说，在博物馆里拍文物，于视觉上，无疑是一场文物的饕餮盛宴、跨越时空的亲密接触；于工作上，更是难得的经历和考验。

第一次在博物馆拍摄文物的场面让人印象深刻。那天我和另外一位经验丰富的同事与摄影师一同赶去博物馆，博物馆里的工作人员早就收拾好了场地，拖出了大大的文物箱——那里面就藏着他们的至宝。摄影师看起来年纪轻轻、身形瘦弱，却身经百战、经验丰富，不紧不慢地从车内扛出一件件设备，开包、组装、拉线、调试，有条不紊。那些各式各样的设备和道具，直把我看得傻了眼——我从未想过画册中光鲜亮丽的图片竟然要经过如此复杂的程序。

初次拍摄的东西是平面的书画作品。拍摄书画看起来并不复杂，但需要耐心细致。博物馆里协助摄影的馆员合理分工，各司其职。一般是馆内人员将作品提出，然后将作品用磁铁固定在一面装有铁皮的墙上。他们会提前用马克笔在准备好的小卡片上写下藏品编号，拍摄时将卡片贴在作品附近，并在稿纸上记下拍摄序号和对应的藏品编号，以备后期图文对照。一件藏品拍摄完毕，又会有专门的人将作品取走，妥善安放。整个过程井然有序。看得出来，馆员们在这方面比我经验丰富得多。而作为出版方负责人的我，依然需要记下拍摄序号和藏品编号。这项看似重复的工作，其实并不多余，这样既能跟踪工作进度、统计拍摄数量，还便于后期与博物馆方提供的材料进行核查。

虽然负责的摄影师会筛选出不合格的照片，但作为编辑也要随时核查拍摄质量。文物不像普通的书画作品，后者可以随时补拍，而书画文物本已经过了时间的"摧残"，对光线、温度、湿度等极为敏感，用博物馆人的话说，文物每提取一次就有可能减少几年寿命。因而，文物拍摄几乎是不可重复的，务必一次就过。一张合格的"文物肖像"，应该满足如下基本要求：作品完整，画质清晰，不偏色，不变形，分多个镜头拍摄的作品（长卷、长幅立轴）能够完整拼接，多幅册页顺序正确、不漏拍，等等。对于页码较多的古本书籍文献，应考虑到整部书的篇幅与规模，合理选取其中有代表性的页面，如封面、扉页、部分正文等；若在未来不计划出版单行本，节约成本起见，不建议全书拍摄。在拍摄时，尽可能地在画面中保留文物编号，方便编辑过程中的查询、核对。

相比之下，瓷器、青铜器、银器、玉器、玻璃器、家具，还有样式各异的民族服装等，其拍摄的难度系数就会大很多。服装姑且可以用磁铁或其他工具固定在木板上，当作平面作品来拍，而立体的器物则需要专门的拍摄台、背景纸和灯光等。每件器物体量大小不一、形状各异、纹理有别、质感不同，拍摄前均需要推敲摆放的位置，不断调试光线，甚至反复拍摄以达到最佳效果，因此拍摄的速度相当缓慢，一点都心急不得。一开始我曾天真地以为大件的器物难拍，小件的物品容易拍。其实恰好相反。尤其是小件的玉器、钱币等，器物颜色浅，表面的纹理繁密，甚至细若游丝，不容易显现，需要非常高的拍摄技巧和相当的耐心。

为了更好地将文物的面貌呈现出来，有些作品就需要拍摄多个镜头。譬如书画长卷就要分多个镜头拍摄，后期进行拼接。为了展现器物的整体面貌，尤其是展示重要器物的落款、题字等，就必须从多个角度拍摄——正面、侧面、底面等。博物馆馆员对藏品如数家珍，往往会特别嘱咐哪些器物较为珍贵独特，需要补充哪个角度的图像。作为编辑，则须前瞻性地从编排的角度出发，对拍摄提出合理化建议。比如编号不同的十几个瓷盘，其形状、纹样、色泽等几乎一样，大抵出自同一窑口，虽然它们是十几件单独的器物，但是没有必要逐个拍摄，只需选择品相较好的一个或一对做代表即可。还有些历史久远的文物，虽然珍贵无比，可残损厉害，拍摄时就要选取一个较为美观的角度，弱化缺点；若根本看不出样貌，有时候就要忍痛割爱了。

在贵州省博物馆拍瓷器时，我们首次遭到了馆里一位资深摄影师的质疑。他看到我们拍的瓷碗，一直摇头，说碗口留得太大了，以至于整个碗看起来都变形了。当时我们在贵州已经待了半月之久，大家都很焦灼，这个时候听到他的批评，心里自然不是滋味。摄影师有些不服气。我也大致看了一下图片，感觉确实有些失真。他善意的提醒，让我反思自己单纯给文物拍照的急功近利心态，开始从一个文物工作者、艺术品欣赏者的角度来观察和思考：面对一件精美的器物，人们欣赏的角度有很多，可是一部画册却不可能做到面面俱到，只能选取有代表性、美丽动人的一面或几面。至于如何去选，我满怀茫然、心里没底，便去网上查阅类似的文物画册，仔细研究拍摄的构图、角度、光影等细节，边拍边学。后来我逐渐意识到，碗口留得太大，器物本身的图案、形状就会变形；留得太小，立体感就会不足，真有"差之毫厘，谬以千里"之感。由此而引起的细节问题，还有盘子口沿的大小（太小的话，会降低立体感、盘子的识别度）；瓷碗或瓷盘内部纹样的展示（当碗或盘内部有图案时，需要注意是否加拍）；瓷器身上的反光——素面、光滑、深色的瓷器会将整个摄影棚的人和物尽收器表，要提前清理掉器物周边的辅助物品、拍摄场地的无用设备，提醒工作人员回避，以免为后期修图带来麻烦；方形器物的摆放角度（不至于看起来像长方体）；等等。博物馆的人似乎对怎么拍没有特别的要求，他们已经将全部的信任寄托在我们身上。摄影师虽然富有经验、技术卓越，但是惯性的工作往往疏忽细节、过于程式化，这就需要另一个旁观者来提出问题并商讨方案。后来每拍摄一件器物前，我几乎都要审核器物的摆放角度，尽量保证完美呈现。

四、编校路上的攻坚战

紧张的拍摄工作结束之后，便进入常规的编辑流程。就程序而言，出版画册与纯文字类的图书并无太大区别。纯文字类图书中的常见疑难杂症，在画册中也多少会出现，不过是换了种形式。然而，以图片为主的画册，自有其特殊性，虽然看似文字少，编校工作量小，但是对技术层面的东西要求很高。也就是说，编辑在咬文嚼字的同时，还得跟成百上千的图片较真儿，既要图文兼顾，又不能顾此失彼。

1. 检查图片

拿到摄影师拍摄的图片，首要任务是应该宏观地检查图片数量是否与自己的记录有出入，并进一步检查有无拍虚、变形的图片，还要注意图片上是否有杂质。记得第二次在桂林博物馆拍摄书画作品，我无意中在一张图片上发现一个色斑，本以为是画作年久形成的霉斑或折痕，但进一步检查其他图片，色斑持续出现在一个相对固定的位置，我才意识到极有可能是拍摄时设备上沾了异物，进而"污染"了一整批图片。如果不将图片放大，这种色斑很难发现，所以随机挑选图片进行放大检查，以小窥大，不失为一个好办法。

由多个镜头拍摄、在后期进行拼接组合的图片，更需要认真检查。拍摄的时候往往是按照前后顺序依次完成的，拼接的时候很少出现前后颠倒的问题。较为严重的问题在于，拼图时内容重复或缺少部分内容，甚至是由于操作疏忽抹掉部分字迹。由于书法创作是从右往左、从上向下书写，每一列从形式上大致是统一的，书法横卷不像国画那样有图案或线条上的连续性，拼接时更易出现重复或缺少内容的问题。因拼图时不小心摁错快捷键而人为破坏了画面，在以往编辑画册的过程中经常遇见。这一点除了细心检查，别无他法。

2. 理清思路

一般来说，博物馆的工作人员会根据藏品目录来挑选作品，并根据作品的内容分门别类，提交一本书收录藏品的目录。从藏品目录中，我们大抵可以领会对方的整理思路，并顺着走下去。例如，从桂林博物馆整理出版的一系列画册，首先是作品形式上的区分，《箑风雅韵》一书收录的为扇面作品，而《颜筋柳骨》《妙手丹青》收录的分别是书法、绘画作品，《藏宝集萃》收录的是书画、瓷器、杂项、服饰等，《外邦粹礼》收录的是外国政要友人馈赠给桂林的工艺品，《背上摇篮》收录的则是中国南方少数民族背带。其次，每本书中再以风格、技法或表现内容来划分，比如《箑风雅韵》一书以山水、花鸟、人物、书法等排序，《颜筋柳骨》一书中以篆书、隶书、行书、草书等分门别类。再者，每一章节以时间先后排序，在同类作品中，年代早的在前，晚的在后，不确定的放最后。

在编辑一本画册之前，不必急着将图片名字与藏品名字一一对应，而是应先理清作者的思路，并在既有的方向上完善它，比如根据作品风格调整其所在章节，根据年代调整先后顺序，等等。譬如在编辑《藏宝集萃》《外邦粹礼》时，主编人员只将内容分成了大的章节，确定了章节的顺序，而章节下的文物排序毫无规律。这时，就要"自作主张"地为它们确定一个规则，比如以材质、时间先后、地点排序等，然后再进行编排。编辑《贵州省博物馆藏书画精品》时，对方提供的作品目录中有书法、绘画、手稿等内容，但每类之间并未作区分。意识到这个问题之后，我便与对方联系，提出分类的建议，在征得同意后进行了调整，将其划分为三个板块。以此类推，该丛书中的其他部画册也如此编辑。这样，一本书乃至一套书从整体到细节，才会有逻辑性、有章法。

图片的顺序定下来，再回头整理图片的文字目录：按顺序为每件作品编号，规范命名、材质、年代等格式体例。文字目录一般会保留该藏品的馆藏编号，找图时，先将图片名称修改为对应的文物编号，以文物编号为纽带，联系起作品名称与图片名称，进而修改图片名称，重新编号。在图文匹配的过程中，还应该参考拍摄时记录下的图片名称和文物编号，多方验证，避免对错号。

有时候，有些作品看似为一件，其实是不同作者的作品。比如装裱在同一个册页或卷轴上的书法和绘画作品，可能是一人写字、一人画画；一把扇子的正反两面，也有可能是两个人的作品。在图文对照的时候，要注意筛选和标注，不能张冠李戴。一件长卷上，可能主体部分很小，题跋很长，不可喧宾夺主。

先定顺序再找图，可以直接确定图片在书中的位置。而如果一开始就将图片与藏品名字一一对应，则待顺序确定后，还要再重新编号，等于做了两次工作。

3. 版权问题

很多人对作品的版权认识不够，作为文物收藏、保护与研究单位的博物馆，对此也存在误区。很多人以为拥有了作品原件，便可以自如将其出版发行，抑或是直接使用他人作品，由此而引发的官司屡见不鲜，譬如齐白石作品版权诉讼，几乎成为新中国成立以来规模最大的艺术品版权系列诉讼案。画册出版中常见的版权问题，根据《著作权法》的相关条例，是除署名权、修改权、保护作品完整权以外的其他各项权利，主要是发表权、复制权、发行权等，尚在版权保护期内，保护期限为作者（合作作品，为最后去世的作者）终生及去世后五十年，若在此期限内使用其作品，必须取得相应的授权。

在工作中，我曾经遇到过一个书画收藏者，他收藏有一位岭南画派名家的大量作品，想结集出版。这位画家卒于1998年，若要出版的话，必须获得画家家属的授权。但收藏者无法联系上，只好作罢。

而在编辑博物馆藏品图录时，也遇到了同样的问题。比如两家博物馆均计划出版近现代名家书画藏品集，作者的年代大概从20世纪初至今。这些藏品的来源很多，有些是作者上级拨交的，有些是过去在文物商店购得的，还有些是作者捐赠给博物馆的。对于那些去世超过五十年的，我们可以放行，但是对于去世不足五十年的，则要和馆方核实是否获得了出版授权。由于版权意识不够，博物馆在接收画家作品时，往往忽略了与其签订相关的著作权转让协议，直到准备出版时才恍然大悟。因此，桂林博物馆计划出版的近现代名家书画藏品集，万事具备，却因版权问题无法解决而搁浅。在贵州省博物馆所出藏品集中，涉及版权问题的书画家不多，经过各方努力，获得了大部分授权，其余作品只好再寻时机出版。

对于有版权隐患的作品，不能睁一只眼闭一只眼，更不能心存侥幸。这既是编辑把关的职责所在，更是对著作权所有人的尊重。

4. 文字把关

对待任何一部书稿，我想都可以作如是观："战略上藐视敌人，战术上重视敌人"，在整体上以平常心对待，但细节上绝不含糊。博物馆作为学术研究单位，其学术水平自然是不在话下的。不过，一家博物馆的藏品，由少到多，由寡而丰，往往经历了几代人之手。早期的著录，几乎全靠手写，记得偶然翻起馆里的一本藏品图册，上面有娟秀小字镌写的藏品信息，后缀年代是 20 世纪 50 年代。现如今电脑打字尚有讹误，更何况一笔一画的手写呢？并且，随着沉睡地下的文物不断出土，研究方法日新月异，研究成果推陈出新，以往很多看似合理的结论被推翻。这样，很多文物旧有的著录信息就需要更新或改写了。因此，即使面对权威机构提供的文字内容，我们也有必要查证核实。尤其是作者姓名、年代、作者信息等关键内容。

确认作品的作者名字较为容易。作画者或写书者的名字一般会出现在落款中，多数伴有私人印章，仔细核对即可。较为麻烦的是古代书画家，既有名字，还有字、号，后人称呼起来，各种用法都有。像明代画家徐渭，号青藤，在今人的著述中，"徐渭"与"徐青藤"并行，体现在图录中，则统一为"徐渭"为宜，即尽可能使用原名。桂林博物馆收藏有清代政客陈宏谋的书法作品，陈宏谋原名"陈弘谋"，为避弘历讳而改为"陈宏谋"，那么我们应用那个呢？此种情况下，可参考通行的用法，即"陈宏谋"。核对的目的，一是杜绝前一环节中图片与藏品名字对应时的差错，二是实现名字写法的一致。

为作品断代，是书画鉴定家的事情。我们所说的核实其年代，不过是根据书画上的落款信息，与著录上提供的年份信息互相核实。古代书画上常采用国号纪年，如乾隆十五年；干支纪年，如辛卯年；国号加干支，如同治癸酉；等等。以公元纪年对照落款上的年份，可以核查著录是否有误。当然，这也不是绝对的。如果作品是后人仿作，抑或落款是后来补题的，那么具体的年份几乎是"死无对证"了。因此，核对年份时要格外细致，发现问题应及时与编者沟通，不可贸然删改。

作者信息，主要是生卒年月、字号、籍贯、擅长题材、作品风格、著述等。历史上同名的著名人士有很多，常见的问题是张冠李戴，误用别人简介。尤其是当两个人时代相距很远时，便会出现此人作品年代比他的生日还早或晚几百年，这就闹笑话了。随着现代互联网检索的方便，人们也常常在网上搜索相关信息，甚至直接便化为己用。须知网上信息来源不明，真实性很难保证，且未经编辑加工，常常漏洞百出，经不起推敲。在必要时，应该向编者提出基本的写作要求，让彼此的工作都尽可能细致、规范。

面对看似微不足道的文字，我们的态度大概可以用八个字概括："大胆假设，小心求证"。也就是说，时刻保持一颗敏感的心，及时发现问题。面对问题，还须仔细琢磨，广泛参考文献资料，确定最终的答案。不可狂妄自大，不能一意孤行，凡事还得"商量着来"。

五、站在设计师后，想在设计师前

我曾遇见过一些画家作者，他们常常天真地以为"画册就是图嘛，排起版来很快的"。我想这些大概是无心之语，排版在外行人看来的确如此，一如我们常对画家们讲的——"画画很容易嘛，一会儿就画好了"。而当你真的快速却简单潦草地将他的书稿排出来时，他的脸色跟听了后一句话估计没什么两样。设计，即便是单纯地排图，也是耗费时间、精力和体力的工作。

责编虽不是美编，但是一部画册的设计绝对少不了编辑的参与。责编常常是那个站在设计师身后"指手画脚""鸡蛋里挑骨头"的人。我曾注意到，一些美术出版社出版的画册上，其责任编辑和美术编辑有时候是同一个人。

如果这样的话，责任编辑的工作量会加大。但换个角度来说，他省去了传达作者意见给美编、反馈美编思路给作者的环节，他可以直接将作者的意图付诸实践。作为除了作者最懂这部书稿的人，他可以有选择地突出重点作品，知道哪些图片需要附加局部图，在排版的时候灵活调整。相对来说，美编几乎没空仔细阅读书稿，而且更侧重于视觉效果的呈现，容易忽视图书功能、读者需求等宏观层面的把控。所以，责编虽然站在设计师身后，但必须想在设计师之前，做那个解决问题的人。

解决问题之道，绝不能靠异想天开，想当然。据我所知，出版社此前几乎没有出版过此类图录，关于图书体例、结构、图片和图说的摆放样式、图片大小等，均没有先例可依据。初来乍到的我，与资深的美编，几乎都是零经验。美编当然可以凭借以往的设计经验，按照过去的习惯来做，而我却想到了图录的出版"传统"。简言之，我们没有出版图录的传统积累，而其他专门出版美术类图书的出版社，在这个领域摸爬滚打多年，早已形成了约定俗成、可供因循的传统，这个传统也应该是通用的。虽然市面上的藏品图录数量繁多，但具体到图书的结构分配、图片大小、说明文字的摆放等，其实是大同小异的，这就是"传统"，也就是"套路"。明确了方向，我便广泛搜集较为经典的文物图录，比如《上海博物馆藏画》《中国美术全集》《故宫博物院藏品大系》《中国出土瓷器全集》《中国出土玉器全集》，以及美国大都会博物馆的 *A Handbook of Chinese Ceramics* 等。这种办法，有点像学术论文写作中的"学术史综述"。

仔细研究这些画册，你会发现，它们的体例非常严谨，前言甚至就是专业的学术论述，与内容无关的元素几乎没有，但是排列形式相对灵活，版面利用充分，牺牲了部分美感而成全了细节。而我们的美编，大概是习惯了文字书的循规蹈矩，刚开始排列图片时亦按部就班，过分追求精致，不敢放开手脚。这时，就要不断强调突出画面的细节，在某些作品上画出特定的区域，做局部图；某些局部图可以单独占一面，甚至四边出血；让某些局促在一页上的扇面，延伸到前一页，形成跨页；将某些细长的横卷，一分为二、为三、为四，按顺序上下并列；某些四条屏、六条屏，横跨一整面，居中靠订口；书法作品中的文字、绘画作品中的人物，要避开订口；等等。这样，画册内部就饱满了很多。再具体到细节上，图与文的间距，局部图与局部图的间距，局部图的图片说明，等等，还要进一步推敲确定。

尤其是在排《贵州省博物馆藏瓷器精品集》与《背上摇篮》时，都涉及实物在图片中所占位置大小的问题。为此，我多方参考瓷器类画册，并实际测量图片中器物边缘与图片四边的间距，以确定最佳距离，并应用到整本书的排版中。至于《背上摇篮》中的背带，则是在反复调试大小后，确定了背带与图片左右边缘的最佳距离。这样，便保证了书中同类文物宽度的大致统一，在变化中给人以规整的感觉。

由于拍摄文物的时候，设计师并不在场，因此不了解文物的实际状态、颜色，面对书画作品上的水渍、虫洞，以及透过虫洞显露出来的背景板颜色，他们有时候视而不见，因为他们会以为那是原作的一部分。这时，责编就要提醒他们，可以适当为古老的书画作品做个美容，爱美之心文物也有。

可以说，这既是一个自我学习的过程，也是和美编磨合的过程。当第一本图录如此完成之后，以后再排其他类似图书时也就轻车熟路了。当然，不同内容的书稿还会出现新的问题。有时候，我很诧异美编问我"这个怎么放"——我又不是设计师，能有什么好办法？但是作为共同成长的编辑，我们都有责任解决问题，责任编辑有时候就要充当那个解决问题的人。

六、可爱的博物馆人

在博物馆里工作的人，无不是对文物满腔热情的。和他们打交道，确实让我受益匪浅。

在博物馆拍文物，是和博物馆人最无间的合作。他们工作细致，小心翼翼，有时候看似不经意，其实已经精打细算地"算计"好了。在桂林拍摄瓷器的时候，很多精美的瓷器让人眼花缭乱，纠结到底应该选择哪一面拍摄。有时候，你甚至会忘了拍摄的目的——出书，反而沉迷于作品的细节里，索性多拍几张，到时候慢慢选。我印象中，有一个青花瓷瓶足足拍了 16 个镜头！那是一件山水图案的景德镇青花瓷瓶，当时的负责人想把各个面的山水拼接起来，成为一幅平面的山水画。经过细致的计算，他认定只有拍 16 个镜头，拼出来的效果是最好的。他说这句话的时候，眼里闪着亮光，仿佛提示我此刻应该为他的机智点个赞。我心里一边盘算着突飞猛进的成本、惦记着缓慢前进的进度，一边又为他的执着而感动。

直到拍到一件铜鼓的时候，我才领会到这群文博人的心情。铜鼓算是广西的特色文物，《广西文化符号》一书中就将铜鼓列为广西文化符号之一，各类铜鼓也是广西博物馆里的一道风景。桂林博物馆也藏有几面大铜鼓，我们当时拍摄的那面铜鼓个头很大，布满了铜锈，残破不堪，还缺了一大块。当众人把它抬过来时，我心想这个应该可以一个镜头搞定吧。哪知负责人却说要拍三个：正面一张，俯视一张，再加一张题字的局部！考虑到成本，我瞬间又管不住嘴了，故作关心地问，这件东西是不是某个名工匠做的呢！她一边看账本一边回答我说："不是的，这只是一个普通工匠的作品，上面还刻有他的名字，这是他留下来的唯一一件作品。对于我们来说，它可能很普通；但对于他来说，这件东西可以证明他存在过，所以非常珍贵！"这位工作人员说起话来细声细气，字体是细弱的仿宋，吐字仿佛都有固定的间距，通顺得没有标点符号。没想到，就这么柔声细语的回答，竟然有斧劈的功力，把我从片面与无知中解救出来了。

她的话一点也没错。当时摆在眼前的东西，有几件是名家作品？又有哪件东西的背后藏着惊天秘密？几乎没有。博物馆里的大量藏品，更多的是从古墓里尸体上取下来的玉器和金器，塞鼻孔的、堵肛门的、盖眼睛的、垫背的、套手腕的；是从少数民族聚居的村落征集来的带着尿骚味儿的背带、没来得及洗的衣服以及沉甸甸的银器；是穷文人用过的砚台、坐过的椅子、伏过的案子；是平常百姓家用的瓶瓶罐罐……在当时当地，它们也多是稀松平常之物：丧葬风俗决定了时人必须置备那些零碎的小玩意儿，文房四宝之于文人就像颜料、调色板、画笔、画布之于画家，生活的柴米油盐酱醋茶哪个不需要容器呢？大概是历史的久远、民族风俗的淡化，加上人们的怀旧心情，为这些过去平常的东西镀上了一层金，把它们变成了价值连城的宝贝。这些东西也多出自工匠之手——将历史之车挂上倒挡后退五百年，那时画家、手工艺人的地位可远不如现在，他们画得再妙、做得再好，还是个画匠、工匠。他们可能做了很多东西，但留存下来的很少。况且，如果他们没有私底下留名的心眼，即便是东西流传下来了，我们也只能"睹物思人"。就连拍摄过的数百幅字画，也多是一些不知名画家的摹古之作，或当地文人的赋诗、对联，在美术史上扬名立万的名人作品的确有限。

经手的这些器物，多数出自平凡人之手，没有煊赫的背景，也没有惊天动地的故事，若要以名气论，它们早该魂归尘土了。但是，有了博物馆机构的存在，有了这群博物馆人的搜集、著录、保护、研究，它们得以妥善保存，得以在历史中找到自己的位置，得以透过画册图录向世人传递昔日的风采。作为这一环节中的一分子，我也倍感荣幸。

不可否认，在长时间的合作中，我们时常发生摩擦，有观念之争，有工作习惯方面的问题，有时甚至就处在翻脸或崩溃的边缘，一触即发。但是出于共同的信念，我们不断磨合、相互谦让、积极沟通，从陌生人变成了好伙伴。每一次拍摄结束后，每一本画册出版后，大有"一笑泯恩仇"之感。

七、做些积极的尝试

系列藏品图录的出版，整体上要有统一性、延续性，这大概是工作中的总体思路。在此思路的引领下，还要进一步做出积极的尝试。

为桂林博物馆出版的《簠风雅韵》《颜筋柳骨》《妙手丹青》《藏宝集萃》《外邦粹礼》，其目录中只呈现了章节标题，并没有每一件作品的名字、页码。参考其他同类画册，很少按照作品题材等分为详细的章节，而是通篇顺序排列；在正式的"图版"辑封之前，几乎都有详细的作品、页码，这样，读者可以对书中的内容有大概的了解，也可以快速找到目标。我想，依据作品题材等划分章节，是对整本书结构的细化，是这套书的优点所在；缺少详细的"图版目录"，是一个缺点，需要选择一种合适的途径弥补。于是，在桂林博物馆的第六本图录《背上摇篮》中，我在正文之后，按照背带的制作工艺、民族、地域，将所有的背带名字、编号重新整合，作为附录。这样，读者可以清晰看出相同工艺的背带，其分布的民族和地域特点；可以看到同一个民族中，不同地域背带制作工艺之异同；可以看到同一个地域里，各个民族的背带制作工艺之差别。做个简单的附录，亦是一门学问。

在做《贵州省博物馆藏书画精品》时，我开始注意阅读习惯的问题。古代的图书右侧锁线，从左向右翻。即便是装裱的册页，连绵的经折装，亦如此。这大概是与古人的书写习惯有关，他们从上到下、从右向左依次书写，右翻的图书可以保证阅读的连贯性。这不得不说是习惯的力量。而现代的书籍，一般是装订左侧，从右向左翻的。在做古代书画的图录时，就面临着图书向左翻还是向右翻的问题。就我所见，很多图录是右翻的，文献类图书也是如此。尤其是在多幅书法册页、书画横卷的排版中，右翻的优势非常明显——人的视线从右向左移动，而古代书画作品也是从右边开始、在左边结束，这样会保证阅读的通畅。而图书左翻，阅读书画立轴自然没有问题，一旦遇到多张的书法册页，问题就不可避免——视线从左向右的移动，而阅读每一页的书法时就要调头向左，再读下一页的书法时还要重复先左后右的掉头动作，顺行、逆行如此往复，阅读受阻。阅读书画横卷时虽然顺逆不明显，但是依然存在。而且，对于跨页的横卷图片，标注目录页码时也会出现问题，如果以画卷的开头所在页码标注，那么它的前一码内容如何体现？如果按照画卷第一次出现的页码标注，可我们标注的分明是它结束的地方啊！尽管存在诸多问题，图录依然选择了现在"传统"的左翻形式，顺应当下的阅读习惯，毕竟古物是给现代人看的。但我想，如果有可能，可以尝试体验一下古人的阅读习惯。以古人之眼看古代之物，应该更能体会古人之心吧。

　　不断做同样的事情，一不留神就会陷入重复的机械运动，做书也是这样。做图录是有"套路"可寻的，借鉴已有的传统，大抵不会出什么问题。但是对于做书来说，"省心"几乎是不可能的。层出不穷的问题不断提醒我：没有一劳永逸的方案，也没有放之四海而皆准的规则。不断设定，不时推翻，不停调整，灵活思考，才是解决问题之道。

踩在时代节拍上的主题出版

——北部湾系列图书出版发行侧记

◎ 黄玉东　韦兰琴

广西，也有一片海。

2004 年起，这片海春潮涌动，风生水起，成为举世瞩目的焦点。坐落在广西首府南宁市的广西师范大学出版社南宁公司，从中感受到了强烈的时代律动，适时推出《泛北部湾经济合作读本》《风生水起北部湾》《千帆竞发北部湾》等销量巨大的北部湾主题系列图书，打造了一大品牌。

一、因势利导，紧跟时代节拍

在祖国漫长的海岸线上，改革开放以来首先崛起的是珠三角，随后是长三角、环渤海湾。而北部湾，这片南海西北面蔚蓝色的海洋，曾因是古代"海上丝绸之路"的始发点之一和拥有近代通商口岸而尽显繁华，也曾在冷战时期为国家战略做出巨大贡献，但其后的发展速度却远远落后于其他区域。

2003 年 10 月，时任国务院总理温家宝在第七次中国与东盟（10 ＋ 1）

领导人会议上倡议，从 2004 年起每年在中国广西南宁举办中国—东盟博览会，同期举办中国—东盟商务与投资峰会。这一倡议得到了东盟十国领导人的普遍欢迎。2004 年起，中国—东盟博览会在南宁隆重举行，中国—东盟自由贸易区建设进入快车道，中国与东盟国家之间的人员、经贸、文化往来进入一个前所未有的时代。

广西得到如此机遇，当然是与北部湾分不开的。北部湾位于中国南海的西北部，东临雷州半岛和海南岛，西侧及南面则是一海相邻的越南、马来西亚、新加坡、印度尼西亚、菲律宾和文莱等七个东盟国家。这个独特和迷人的区位，使与东盟国家海陆相连的广西，由边陲区域一下子成为开放合作的"桥头堡"。

广西师范大学出版社南宁公司的办公地址位于民族大道 112 号广西新闻中心，正好伫立在中国—东盟博览会举办场馆——南宁国际会展中心边上，见证了这一时代盛事。自 2003 年 11 月成立伊始，南宁公司就明确了自己的定位：深耕广西这片热土，以服务广西地方经济社会发展为特色，把优质的党政时事主题图书贡献给广大读者。此时的广西，俨然成为区域热点，也为成立不久的南宁公司站稳脚跟、树立品牌提供了契机。

二、打响头炮，"泛北"合作方兴未艾

伴随着中国—东盟博览会落户广西，一系列围绕北部湾的重大决策相继推出：2006 年 3 月，广西北部湾经济区规划管理委员会办公室［时称"北部湾（广西）经济区规划管理委员会办公室"］成立；2006 年 7 月，首届"环北部湾经济合作论坛"在广西南宁举行；2006 年 8 月，时任中共中央总书记胡锦涛指出，要进一步扩大开放，发挥沿海优势，广西沿海发展应形

成新的一极……加快北部湾的开放开发已成为具有全局战略意义的一篇大文章。

2006年7月，时任自治区党委书记刘奇葆在首届"环北部湾经济合作论坛"上提出了推动泛北部湾经济合作，构建中国—东盟"一轴两翼"区域经济合作新格局的战略构想。"泛北合作""一轴两翼"成为当时的新名词。

南宁公司敏锐地嗅到了其中蕴藏的机遇："泛北合作"的战略构想刚刚提出，急需一本系统介绍泛北部湾经济合作有关知识的较为通俗的著作。于是，在紧张的选题策划、方案撰写、提纲拟定之后，南宁公司获得自治区党委宣传部的支持，将"泛北部湾经济合作读本"项目收入囊中并顺利出版，打响了北部湾系列的头炮，取得良好社会效益。这是我国第一本系统介绍泛北部湾经济合作的图书，也是后来泛北合作研究者的必备参考书。

值得一提的是，南宁公司在这次出版活动中与广西北部湾经济区规划管理委员会办公室建立了良好的合作关系，此后又相继出版了五届泛北论坛相关图书。

三、再接再厉，"北部湾"风生水起

2007年新年伊始，广西北部湾经济区又一次吸引了新闻媒体的目光。1月5日至15日，由《人民日报》、新华社、《光明日报》等14家主要媒体，以及人民网、新华网、中国经济网等7家新闻网站的记者组成的采访团，围绕北部湾经济区开放开发进行了广泛而深入的采访。1月17日至20日，上述中央媒体在重要版面、重要时段对北部湾（广西）开发区开放开发情况进行了集中、连续报道，在全区乃至全国产生了巨大影响，引发社会各界强烈关注。自治区主要领导对此次中央媒体的报道给予了充分肯定和高度评价，并要求全区上下充分利用好这次宣传报道的丰富成果，推进泛北部湾经济合作的全面发展，决定出版《风生水起北部湾——中央媒体北部湾（广西）经济区开放开发新闻采访报道集》一书，而且为了保证宣传时效，要求在广西召开"两会"之前出书，时间相当紧迫。

这个任务又落到了南宁公司的肩上。南宁公司高度重视，组织策划、编辑、校对、设计、印刷、发行等有关人员，在时间紧、任务重、要求高的条件下，克服种种困难。那段时间，南宁公司办公室里灯火通明，公司员工加班加点，出色完成了该书的编辑出版工作。

该书的编辑出版得到了自治区领导的高度重视。自治区领导多次过问本书的编辑出版事宜，并做出重要指示，甚至深入印刷厂检查印刷情况。该书出版后影响广泛而深远，《广西日报》头版刊登了该书正式出版的消息。该书成为各级干部群众了解、学习有关北部湾相关知识的图书，特别是区外来桂人士了解广西北部湾经济区的第一手资料。

2010年11月，由《人民日报》、新华社等12家中央新闻媒体记者组成的新闻采访团，再次深入广西北部湾经济区采访。南宁公司再接再厉，整理出版了《千帆竞发北部湾》，与《风生水起北部湾》形成姊妹篇，持续地为相关读者了解广西尤其是了解北部湾经济区提供及时、权威的知识内容。

四、坚守初心，主题出版大有可为

从北部湾系列图书出版发行的成功案例中，南宁公司更加坚定了"深耕广西热土，经营优质党政时事图书"的初心，坚信主题出版大有可为。

首先，主题出版的内容也可以非常切合大众读者的需求。比如《泛北部湾经济合作读本》时效快（当时市面上几乎仅此一本）、内容新，而且编写组专家阵容强大、权威，基本上可以代表着官方的解读，这就成为人们购买此书的理由。该书一经推出，即成为各级干部群众了解学习泛北部湾合作的权威版本。

其次，北部湾持续的热度保证了此类图书的热销。无论广播电台、电视台、报刊还是网络，各路媒体都在大力宣传北部湾经济区，无形中助推了此书的销售，"风生水起北部湾"一直都是各大媒体引用的高频词语，热气腾腾。有这样一个细节可以侧证：有一天，南宁公司的发行人员开着长安面包车拉着一整车的《风生水起北部湾》图书，被路面交警拦住，一开始交警想按非法拉货扣车处理，后来发现车里装的都是积极宣传北部湾的有关资料，又没有非法改装车辆，就直接放行了。

再次，与各大书店（书城）良好沟通，让各大书店适时码堆造势。有几年，每年中国—东盟博览会期间，南宁书城五象店都有《风生水起北部湾》一书在大堂摆造型，蓝白相间，与博览会主题颜色相近，显得非常漂亮。有一年，广西区新华书店到区外参加全国图书造型大赛，也特意用此书作为造型素材。2013年，中国—东盟图书博览会期间，区新华书店也是用此书来做造型码堆在显眼位置。这样持续、高效地提供图书的曝光度，读者也可以相当方便地买到此书。发行部门还经常与南宁书城、北海新华书店等主力销售门店联系，了解此书的销售、存货情况，及时添货，防止断货。当时设在区出版局一楼的广西图书批发市场里，有多家书店现款进货，将此书摆在最显眼的地方。南宁吴圩机场也将此书摆在醒目的位置。

北部湾的开放开发、中国—东盟博览会永久落户南宁、中国—东盟自由贸易区的建成与升级版建设等，吸引了祖国各地成千上万的有识之士来广西北部湾经济区经商投资。这部分人需要了解广西前世今生，了解北部湾开放开发的有关政策，这也为此类图书提供了扎实的读者群体。此类图书在南宁、北海等桂南地区形成了持续长久的热销。

党政时事图书的出版发行，有不同于市场图书的规律和特点。南宁公司将不断总结成功经验，坚持立足首府南宁，深挖广西时政资源，敏锐把握时政热点，持续把主题出版做大做强。

近十年来我社基督教历史类图书的出版

◎ 陈艾利

在北京著名的万圣书园旁，有一家布置精致、温馨的专业书店——晨光书店，这是一家主要经营基督教图书的书店。2015 年 9 月的一天，为推荐新出版的《虽至于死：台约尔传》一书，同时也为探讨与晨光书店的合作，我和发行同事走访了该书店。走进书店，稍微浏览一圈，便会发现，在架上，有广西师范大学出版社社标的图书随处可见：既有小开本的一般著作，也有"砖头般"的大部头文献，甚至还有不少刚上市的"魔法象"童书。当时我心中不禁暗暗感叹：经过近三十年尤其是近十多年的积累，我社在基督教历史类图书出版方面已颇具规模！回社后检索了一下我社历年出版的书目，更加证实了这一判断。

那次计划推荐的《台约尔传》，是周振鹤先生主编的"来华基督教传教士传记丛书"之一，该书对英国来华传教士台约尔一生的事迹做了翔实记录和研究。"来华基督教传教士传记丛书"丛书自 2004 年启动以来，至此已出版十种。然而，这只是我社出版的、具有广泛影响力的丛书之一。十余年来，我社在基督教与传教士历史领域内不断"深耕细作"，立足于已有优势，出版了一大批该领域的研究著作和文献资料，在学术界和社会上产生了广泛的影响，在读者中享有盛誉，已步入此类图书"知名出版机构"之列。

有关基督教和传教士历史类图书能够大规模出版，得益于改革开放以来学术研究、思想氛围等方面的"解冻"。20 世纪 90 年代以来，学术界对近代中国的基督教史研究取得了突破性进展，"来华基督教传教士传记丛书"主编周振鹤先生认为："要正确认识、评价传教士在中国历史上的作用，迫切需要做一些基础性的、建设性的工作，需要将传教士的活动进行具体而微的研究，以完整地呈现传教士的言行。"周先生的这一理念为我们的出版指明了可行的方向——从基础性资料开始着手。仔细梳理我社已出版图书便会发现，我社在这一领域内图书主要有四类：一是来华传教士的传记；二是国外收藏的相关文献档案；三是基督教史研究著作；四是相关数据库的建设。

人物传记：他山之石还原真实

在传教士传记方面，早在 2001 年，我社就引进了意大利天主教耶稣会传教士利玛窦等著的《利玛窦中国札记》，该书不仅概述了当时中国各方面情况，还记叙了传教士们（包括利玛窦本人）在中国的传教经历。2004 年推出"来华基督教传教士传记丛书"，十余年间先后出版了《花甲忆记》《卫三畏生平及书信》《马礼逊回忆录》《李提摩太在中国》《千禧年的感召：美国第一位来华新教传教士裨治文传》《狄考文传》《朝觐东方：理雅各评传》《传教士新闻工作者在中国：林乐知和他的杂志》《虽至于死：台约尔传》，以及《16—20 世纪入华天主教传教士列传》《1867 年以前来华基督教传教士列传及著作目录》等，这些传记对近代来华知名度较高的传教士的生平及其在中国从事的活动进行了详细的描述和研究。与此同时，2008 年推出的"晚清驻华外交官传记丛书"中的《伯驾与中国的开放》，则记述了 19 世纪美国既是传教士又是外交官的皮特·伯驾在华的经历。这些传记大多数由外国人撰写，由于国外学者在语言和档案资料利用方面具有优势，因而其描述也更加接近传主真实的一面，如其中《朝觐东方：理雅各评传》一书英文版还曾获得 2003 年美国历史学会费正清东亚研究奖。同时，这些传记均是首次引入国内，出版后好评如潮。这两套丛书之所以受到读者的赞誉，与我社追求精益求精的努力分不开，像《花甲忆记》《卫三畏生平及书信》《马礼逊回忆录》三书，所选译者不仅英文功底深厚，且对所译传记的传主都有深入的研究。

文献档案：直接呈现原始材料

档案是第一手资料，要深入、客观、全面地评价基督教及传教士在华的作为及历史地位，以及传教事业对中国历史发展所起的作用，需要有翔实的档案资料作为支撑。有关基督教与传教士的档案资料大多藏于西方国家，我社从本世纪初就积极利用已有资源，密切与英美等国图书馆、档案馆合作，影印出版散藏于各地的有关中国近代基督教史的档案和珍稀文献。

2008 年，我社"中国研究·外文报刊汇刊系列"影印了《中国丛报》，与该书配套的有《〈中国丛报〉篇名目录及分类索引》。《中国丛报》（Chinese Repository）是美国传教士裨治文在广州创办的、向西方读者介绍中国的第一份英文刊物，该报内容均来自早期传教士的耳闻目睹。

自 2011 年开始，我社陆续推出由美国旧金山大学利玛窦中西文化历史研究所主任吴小新先生主编的"中国基督宗教史料丛刊"，该丛刊包括《准格尔旗扎萨克衙门档案基督宗教史料》《英敛之集》《边疆服务》《满洲公教月刊》，这些文献为研究基督教传入中国的历史及基督教在中国各地的传播提供了宝贵的第一手资料。该丛刊还将继续推出国内其他区域基督教档案史料。2011 年推出的"哈佛燕京图书馆文献丛刊"第五种《美国哈佛燕京图书馆藏民国文献丛刊·宗教》，则收录了福建、广东、山西、北平等地基督教会创办的杂志及所开会议的记录。2012 年 6 月出版的《美国明尼苏达大学图书馆藏基督教男青年会档案：中国年度报告（1896—1949）》则为纯英文档案，是研究鸦片战争以来美国在中国传播基督教的重要史料。

传教士个人资料方面，我社先后影印出版了《傅兰雅档案》（2010 年）、《艾儒略汉文著述全集》（2011 年）、《美国耶鲁大学图书馆藏卫三畏未刊往来书信稿》（2012 年）。其中《傅兰雅档案》包括美国加州柏克莱大学档案馆藏全部傅兰雅档案，艾儒略则是意大利籍耶稣会士。

2009 年起，"中国研究·外文旧籍汇刊·中国记录系列"收录散藏于各地、读者不易见得的，由近代来华外国人撰写的对中国的记录（英文），目前已出至第八辑共八十种（计划出十辑一百种），这些书的作者大部分是传教士，包括明恩溥、何天爵、丁韪良、苏慧廉、韦廉臣、纪好弼、倪维思等。

此外，为便于学者查阅国外藏档案资料，我社还出版了《美国爱默蕾大学图书馆藏来华传教士档案使用指南》（2008 年）、《美国欧柏林大学档案馆藏来华传教士档案使用指南》（2015 年），作为研究型工具书，这两本指南采用中英文对照，详细介绍了两校所藏传教士档案及分类情况。另有"哈佛燕京图书馆书目丛刊"第 16 种《美国哈佛大学哈佛燕京图书馆藏晚清民国间新教传教士中文译著目录提要》（2013 年），注重介绍文献的版本信息、存藏情况及内容特点，较全面反映此期新教传教士在华译经传教及文化活动的主要面貌。

上述档案资料的整理出版，有多个项目列入"十二五"国家重点图书出版规划项目。

研究著作：与时俱进争做一流

在基督教史研究著作方面，我社及时出版学界最新的研究成果。2004年引进了《黑色上帝：犹太教、基督教和伊斯兰教的起源》；2006引进了《基督教世界科学与神学论战史》；2006年至2008年间陆续出版了"西方学术与汉语思想前沿丛书"，包括《现代性与末世论》《信仰与社会》《经济与伦理》《历史的启示与转向》《比较神学与对话理论》《沟通中西文化》《人神之际》《神秘与反思》《传统与后现代》《生态与民族》等十种，收录道风汉语基督教文化研究所对基督教文化的研究成果。

2007年我社上海编辑部推出董丛林的《龙与上帝：基督教与中国传统文化》，收入"漩涡·文化"系列。2010年出版了罗秉祥、谢文郁主编的《耶儒对谈：问题在哪里？》。尤其值得一提的是，上海编辑部自2010年起引进台湾宇宙光出版社的"马礼逊宣教纪念文集"，包括：《中国基督教教育史论》《中国天主教历史译文集》《开端与进展：华南近代基督教史论集》《冲突的解释》《激扬文字 广传福音：近代基督教在华文字事工》《基督教与近代中国人物》《基督教与清季中国的教育与社会》，以及《追寻差传足迹：美国圣公会在华差传探析》《马礼逊与广州十三夷馆：华人教会史的史迹探索论文集》《贝德士文献研究》《近代上海科技先驱之仁济医院与格致书院》《近代中国知识分子反基督教问题论文集》等，这套文集的作者均为该领域的一流学者，包括章开沅、陶飞亚、吴义雄、王树槐、王尔敏等，文集从历史、社会、文化等方面切入，以大量文字、图片史料介绍基督教在华发展二百年的曲折历史和深远影响。此外，2014年我社还出版了《基督教与20世纪中国社会》及《远方叙事：中国基督宗教研究的视角、方法与趋势》。

数据库：广泛合作嘉惠学林

近些年来，数字出版发展迅速，各类文献的数字化步伐大大加速。我社也利用这一机遇加大投入，积极建设与基督教历史相关的数据库，如2007年与上海市档案馆合作出版了民国时期最大的基督教妇女刊物《女铎》（DVD-ROM格式）。2012年起与上海大学国家社科基金重大项目"汉语基督教文献书目的整理与研究"项目组合作，共同研发"汉语基督教文献书目数据库"（http://sd.bbtdb.com/Index.aspx），目前已上线。该数据库提供世界各地所收藏的汉语基督教文献书目，出版社负责数据库平台的搭建及资料入库，上海大学"宗教与中国社会研究中心"负责文献书目的收集与整理，数据库建成后将为研究宗教文献的专家和学者提供一个全面的资料查询及研究平台；双方的合作还包括出版珍稀基督教中文文献。

由上可见，经过十多年的努力与积累，我社出版的基督教类图书已颇具规模，从研究著作到档案文献，从图书到数据库建设，种类多，范围广，可谓与时俱进，不断深入，涉及近代中国基督教历史的多个方面，已在国内外产生了相当大的影响。之所以能取得如此令人瞩目的成绩，与我社广泛与国内外学者、学术机构进行合作密不可分，这也是我们的出版事业能持续推新的坚实保障。据介绍，除《台约尔传》外，我社在此领域的"深耕"并未止步，接下来将出版《在华施医传教二十年：雒魏林传》《卫礼贤——中国与欧洲的文化使者》《近世中国见闻与经历——令约翰回忆录》等传教士的传记，著名学者杨天宏的《基督教与民国知识分子》等研究著作，以及《基督教传行中国纪年》大型工具书，相信这一系列成果将嘉惠学林，推动国内基督教历史研究迈入新台阶。

"计算机系列教材"项目经营浅析

◎　张贻松

　　"计算机系列教材"项目是我社一个重要的教材项目，在我社的发展和壮大过程中发挥了重要的作用。笔者从 2000 年起，在几位前辈老师的带领和指导下担任该系列教材的项目负责人，参加了本套教材的选题策划、编辑加工、营销推广的全过程，经历了教材的起起落落和激烈竞争，笔者与该项目也一起成长。经过对该项目十几年的关注和努力，该项目已成为我社高等教育出版板块重要的、不可缺少的一部分。下面是本项目的简介、成功经验、面临的挑战和应对的措施，与大家一起交流。

一、项目简介

　　1993 年 7 月，原广西区教委领导和组织我区高校部分计算机教学专家，到北京、上海、江苏等经济、教育发达，计算机教学开展得比较早的地区进行考察学习。同年，制定了广西普通高校计算机等级考试大纲和样题，并组成了教材编写委员会。1994 年，开始举办广西计算机等级考试，其后于

1997年并入全国高校计算机等级考试（又称全国高校联考）。1997年，教育部高教司颁发了《加强非计算机专业计算机基础教学工作的几点意见》（简称155号文件）。按照教育部文件的部署，广西教育厅于1998年成立了广西高等学校计算机教学指导委员会（以下简称"教指委"），作为我区高校计算机教学管理、研究、指导的咨询机构。从1994年编写教材开始，广西教育厅就指定计算机教材由广西师范大学出版社出版发行，由开始的单本计算机基础的教材发展到目前涵盖多个专业教材的几十个品种。

在计算机教学与等级考试开展得最好的年度，广西全区几乎所有的本科院校、高职高专，包括部分中专学校，都使用我社出版的《计算机等级考试指南》《计算机应用基础》《计算机上机实验指导》，发行量多的时候有15万套，码洋800多万，对我区的计算机教学与考试起到了非常大的推动作用。"计算机系列教材"的编写，顺应了当今计算机教学发展的总趋势，与计算机教学软件和网络技术的发展同步，与考试科目相对应；涉及的品种及专业按照广西的教学改革和实践，逐步丰富，满足了各时期广西高校教学与考试以及各行各业人员学习计算机知识的需要。

这套教材从开始的《计算机应用基础》起步，逐渐出版有《计算机应用基础 For Windows》《FORTRAN77程序设计》《PASCAL程序设计》《True BASIC程序设计》《Visual BASIC程序设计》《FOXBASE应用基础》《C语言程序设计》《微机原理及应用》《计算机软件技术基础》《计算机文化基础 For Windows 2000》《Visual Fox Pro应用基础》《计算思维导论》等几十个品种，涵盖了非计算机专业的计算机基础教材，程序设计、数据库等专业的专业教材，满足了高校学生参加计算机一、二、三级考试的需要。

在教育厅的领导和"教指委"的具体指导下，我们按照不同时期的教学改革要求和教材、考试大纲，以及计算机技术与网络技术的发展，不断更新、修订教材，以适应教学改革的要求。根据新形势的发展，策划出版新的教材，按照最新的教学理念，从不同的视角和需求出发，研发出不同层次、不同系列的教材，并为几种重要教材配套了电子教案和素材库，使教材系列化、配套化、立体化，在激烈的市场竞争中始终保持教材的稳定，并有所增长。

二、成功的经验

1. 在"教指委"的指导下，不断加强与各高校的联系，保证教材开发的稳定

广西高校计算机教学指导与考试委员是依托于广西区教育厅的半官方机构，对广西高校计算机教学与考试进行指导，制定教材和考试大纲，代表教育厅行使管理的职能。我社作为"教指委"指定的教材出版单位，理所应当参加了由教育厅组织的教学与改革会议，教材与考试大纲的制定和修改，考试样题的拟定等。广西高教学会计算机基础教学专业委员会（以下简称"专委会"）作为行业协会，履行对广西高校计算机教育改革与研究的咨询指导的职能。

2000 年 10 月，广西高教学会计算机专业委员会成立，并召开了第一届年会，我社作为承办单位，成立大会和年会即在我社召开。会上"专委会"规定，广西师范大学出版社作为常务理事单位，参加每年"专委会"召开的会议和相关的活动，以及每年"专委会"的年会。参加年会的领导和一线老师有上百人，我社每年都派编辑和营销人员参加，在年会上做主旨发言，或宣传我社新书，或宣读论文。长期的参会，使我社编辑与"专委会"领导发展和保持了良好的合作关系，会上会下与参会老师沟通交流，获得第一手的教材使用和编写出版的信息，使我社计算机教材始终保持较高的质量和使用率。

2. 根据最新的教学改革要求和教学需要，结合广西实际开发新教材

随着广西高校计算机教学与考试改革的不断深入，以前作为课程考试的等级考试被取消，由各高校自行考试和选择教材，这对我们教材的使用产生了非常大的影响和冲击。为了转变这种不利形势，我们根据目前广西高校计算机教学的现状，除了继续对原统编版教材进行修订、更新，还推出了以广西师范大学为首的、侧重文科专业和学院类型的教材——《大学计算机基础》以及《实例教程》。经过几年的使用和改版，这套教材已经非常实用和经典，受到更多高校老师的喜爱，选择该套教材的学校也越来越多。针对本科和高职两个层次对计算机基础教学要求的不同，我们及时召集高职高专学校编写专门针对高职学生的《大学计算机应用基础》和《大学生计算机应用基础实训指导》，从高职学生的需求出发，以需要和够用为出发点，重应用、轻理论，该套教材正逐步在高职高专学校推广使用。目前，我社在计算机基础教学方面，共有三套教材供不同学校层次、不同教学要求的高校使用。

为了适应高校教材朝着建设立体化方向发展，我们又积极开发教材资源包，为《大学计算机基础》配上了教学素材和教学课件，丰富了教材的形式，方便了教学，赢得了广大教师和学生的好评。根据计算机教学理念的改变和教学要求的变化，在得知计算机基础教育要朝着"计算思维"方向发展后，在短时间内，我们策划编辑了《计算思维导论》教材，该教材一出版便获得了业内的高度关注和好评。2014 年，该教材通过教育部的评审，获得了"十二五"普通高等教育本科国家级规划教材，这是我社高校理工科教材的一大突破。

三、现状与挑战

随着广西区教育厅取消了已延续十几年的把计算机一级考试作为大学生计算机基础的课程考试，由各高校自行选择教材和考试，全区统编的计算机教材受到了很大的冲击。随着文件"红利"的丧失，区外出版社的涌入，出版政策更为灵活，我们的教材发行量出现了前所未有的下降。计算机学科不同于别的学科，是一个应用性很强，且发展速度非常快的学科，教学软件更新换代也很快，新技术层出不穷。我们的教材要想先进，就必须紧跟时代发展的步伐，不断地根据计算机教学改革的进程，推出适合教学的教材。

随着计算机技术和网络技术的发展，计算机和终端设备的不断普及，计算机教学也发生了深刻的变化，原来所有学生集中在教室里听老师讲解的情况越来越少了。慕课、微课、网络教学等技术和手段发展得非常迅速，深刻地改变着人们的学习习惯，计算机教学也在不断根据新技术和新形势进行调整。由于我社是一个比较传统的出版社，在目前计算机技术和网络技术快速发展的过程中，尚未真正找到适应目前形势发展和解决问题的办法，我们的教材不能很好地满足教师和学生的需求，传统的纸质教材受到了前所未有的挑战，亟须在现有技术平台支持的基础上进行改革。

四、应对措施

1.积极调整战略，根据高校自身需要开发校本教材

随着广西高校计算机等级考试的取消，各高校自行选择教材和组织考试，原来全区统编的教材虽"统而全"，但有很多地方不太适合全区所有学校的使用。本科与高职，理论与应用，课时因校而异，考试的重视程度等诸

多矛盾限制着统编教材的推广。因此，在新的形势下，我们应调整出版战略，在尽量联合相同类型、水平相当的学校联合编写教材外，积极推动校本教材的出版。校本教材虽然单本的成本高，利润不能跟统编的相比较，但在目前严峻的形势下，也不失为一种占领市场份额较好的方法。

2. 始终保持与"专委会"良好的合作关系，依托"专委会"开发教材

广西高教学会计算机基础教学专业委员会是广西高教学会下属的一个专业委员会，主要是对广西高校的计算机基础教学与研究进行指导，为广西教育厅做决策参谋，提供意见建议；组织全区高校一线教师开展教育与科研活动，指导一线教师上课；组织每年一次的计算机网络大赛；召开一次年会。可以说，"专委会"是广西高校计算机教师的学习之家、交流之家。"专委会"的常务理事和理事，都是各高校的计算机院系的领导和教授，在广西计算机教学与研究领域起着引领的作用。密切与"专委会"的关系，每年参加一些学术研讨会和年会，可以使我社编写的教材始终跟上广西计算机教学改革的步伐，方便我们联系教学一线的老师对教材进行推广，掌握一线教师的教学需求，出版其他教材。"专委会"的专家都是广西各高校里本行业的教学能手和专业骨干，依托他们编写教材，教材的先进性和质量都可以得到保证，也有利于我们推广教材。

3. 大力发展电子教材和网络课程

随着计算机技术和网络技术的发展，电子教材、慕课、微课、网络教学发展得很快，有些条件和基础较好的高校部分专业已有用慕课、网络教学取代传统教学的趋势。目前，我社在这些方面还很薄弱，投入也少，严重影

响了传统纸质教材的推广。我们应根据目前的形势，至少建立自己的内容发布平台，以使我们的电子教材、微课、网络课程有所依托，而不至于到我们自己的这些资源只能免费提供给相关学校的地步。我们的产品没有后续竞争力，依托于别人的平台只能受制于人，没有可持续发展的基础。目前是提升我社计算机系列教材最好的时机，不能再耽搁了，如果能抓住这次机遇，即使在没有文件"红利"的情况下，我们依靠自己的研发和推广能力，依靠先进、多品种、高质量的教材，计算机系列教材仍然有重振雄风的那一天。

起伏转折中，你仍然坚挺

——公共体育教材发展记

◎ 龚信诚

"普通高等学校公共体育课程系列教材"（以下简称"公体教材"）是一套发行时间长、发行数量多的长销教材。公体教材从 1990 年推出第一本，到现在经历了 26 年的风雨，依然在为出版社创造可观的社会效益和经济效益，实属难能可贵。这么长的发行时间里，公体教材所处的外部环境在变，但为什么没有削弱公体教材的活力？这与几代出版人为之付出的努力和坚持分不开，没有这样的付出，公体教材也会像其他短命的教材一样，昙花一现。回顾公体教材的发展过程，我们可以把它分成以下几个阶段。

一、20 世纪 90 年代：教材启蒙

20 世纪 90 年代，在广西壮族自治区教育厅的支持下，广西师范大学出版社就出版了公体教材，当时的教材名是《体育》（试用版），由施培元、陈传铬主编。此后，这个版本的教材几经修订，但改动不大。由于那时我还

没有进入出版社，因此也不是很清楚当时的营销工作，加上那时尚没营销系统，所以销售量也不可考。

二、2000 年后：高速发展

2001 年，我进入出版社，成为一名编辑，之后，便从事体育教材的出版工作。这时，我社体育教材已经发展到相当的规模，不论是品种上还是层次上，都有了较大的发展，体系构建较为完整。而且编写队伍已经包含了"全国普通高等学校体育教学指导委员会"（以下简称"教指委"）的成员，可谓兵强马壮。此时的公体教材，只有上世纪出版的那本，而且也没有通过教指委的审定。

2002 年，教育部颁布了《普通高等学校体育教学指导纲要》（以下简称"指导纲要"）。社领导采用了我的建议，在陈仲芳老师的领导下，根据指导纲要将单本教材改造成"普通高等学校公共体育课选修系列教材"，一共 12 本，并且由来自全国各地高校的老师负责编写，编写人员达到 112 位。12 本教材都通过了教育部的审定。这对我社公体教材来说，可谓是空前的。自治区教育厅对这套教材也十分重视，而我们的营销部也组织专门的人员负责教材征订工作。一时间，教材发行量大增，2003 年就发了约 19 万册，总码洋 140 多万。在广西区外，营销人员通过寄送订单、登门拜访等方式，也取得了一定的销售业绩。

但成也"纲要"，败也"纲要"。教材形成于指导纲要，满足了新教学方式的需要，却给高校选用教材增加了难度，统计工作十分烦琐。这引起一些高校教材科和教学管理人员的反感。几年之后，这些教材的销售就显著下滑，到 2006 年，只有不到 7 万册销量了。根据这一情况，我们修订增加了新的版本，《体育文化与健康教程》《体育运动与健康教程》就是在这样的背景下出版的。这两本教材一出来就受到了高校的欢迎，加上营销模式的创新，2008 年，教材的销售量就恢复到约 7 万册，码洋达到 130 多万。但全区统一使用的模式，正受到新的教材格局的冲击。

三、2010 年以后：艰难中起步

2009 年之后，我社体育教材进入全面下滑阶段。一方面，由于部门的整合，体育教材修订工作滞后。专业体育教材发展的停滞也冲击了公体教材。加之高校教育改革发展很快，本科与高职的不同需求越来越明显，而我们并没有抓住这一形势改革我们的公体教材。之后，一些本科院校也因为需要评职称等自编教材，公体教材的发行更加困难。面对如此困境，如何解脱呢？

在困境中，更应该直面人生，这是我们出版人的无畏精神。所以，我们也改变了原来的策略。2011 年，在多方努力下，新生的高教分社花大力气修订了公体教材，并启动了体育教材的修订工作。这一举措，团结了原来的作者，为公体教材的发展带来了生机。新教材团结了有共同需要的学校联合编写，以模块化为基础进行，通过模块组合来适应不同学校的需要，满足了高校个性化教材的需求。到 2016 年，我们不仅组织编写了医学院校版的教材，还有高职院校版的教材。在营销上，也改变过去通过代理商来管理高校的模式，通过分片区的方式，由业务员与学校沟通。这种方式，能有效了解学校的信息，及时反馈需求。另一方面，我们的营销活动能直接作用在学校层面，使学校与我们的关系更加紧密。编辑与营销的合作也更为通畅。通过这一系列的努力，我们止住了公体教材销量下滑的趋势，并还有所增加。2016 年，

我们根据新的发展形势，以数字化为核心，以"互联网＋"技术为基础，对教材进行数字化改造，并成功召开了公体数字教材研讨会。我们有理由相信，只要能跟上高校教学改革，做出适销对路的产品，就一定能赢得市场的认可。

纵观公体教材的发展，我们可以明显地看到，教材的发展需要国家政策的支持，也需要当地教育行政部门的认可，更需要适应高校教学管理的需求。教材本身是由当时高校教学需要所决定的。超前不行，落后更不可取。我们需要积极配合高校教学才有出路。而只有做出适应性好的产品，才能打开市场。但如何做到？一方面需要编辑对国家政策、地方政策、高校教学情况进行了解和研究；另一方面，更需要营销人员掌握学校需求，提供第一手资料。而后者又需要营销人员做好沟通，组织好营销活动，做好教材服务。

以"互联网+"思维做教材出版
——"中小学教师信息技术应用能力提升工程丛书"个案思考

◎ 刘艳

2015 年夏天，关于数字化出版已经不再停留于热烈讨论，教育出版与互联网的融合是大势所趋，许多出版社在为"互联网＋出版"进行着积极的探索与尝试。广西师范大学出版社高教分社紧跟教育出版的发展走向，以"中小学教师信息技术应用能力提升工程丛书"的出版作为对"互联网＋教材"出版的首次尝试，并以此为开端，探索实施以"互联网＋"思维做教材的新路径，不断创新出版服务的模式。

这套丛书以中小学（含幼儿园）教师为读者，以提升教师信息技术应用能力为目标，以互联网思维进行创新性编写，通过纸质教材和互联网的融合，为学习者提供移动式学习，让学习者能随时通过手机、平板电脑等移动终端进行有效学习。图书以中小学教师实际工作中的常见问题为导向，通过设计典型案例帮助学习者掌握技术方法，且教材案例都配有微视频、微课等可用手机进行学习和阅读的素材资源，为教师读者提供实用性强、便利高效的信息技能。

此套丛书的顺利出版，得益于以下几个方面：

一、需求推动

随着以"互联网＋"、移动互联、大数据、云计算、智能化为重要特征的后信息化时代的到来，培训领域的课堂教育教学模式发生了重大变化，混合式学习方式被广泛应用，教育领域正在发生的重大变革对教育图书的出版提出了崭新的要求。以互联网思维对读者需求、教材资源、图书产品乃至整个教育图书出版行业进行重新审视和思考，探索新型有效的"互联网＋教材"的出版，成为时代的必然。

2013 年 10 月，教育部出台《关于实施全国中小学教师信息技术应用能力提升工程的意见》（教师〔2013〕13 号），启动实施中小学教师信息技术应用能力提升工程，提出"采取符合信息技术特点的新模式，到 2017 年底完成全国 1000 多万中小学教师新一轮提升培训"的目标。在"中小学教师国家级培训计划"实践中总结探索出的"混合式教师培训模式"，由于符合信息技术环境下教师的学习特点，能够满足不同受训教师个性化、多层次的培训需求，有效提高培训效果，在此轮提升工程中被广泛采用。同时，该项提升工程还特别强调两个方面：其一，重视应用，课程旨在提升教师信息应用能力、学科教学能力和专业自主发展能力；其二，提倡移动学习，教师在学习中能够随时使用手机等移动终端阅读材料、进行操练，根据自己的学习进度安排学习，利用碎片时间掌握知识与技能。

"互联网＋"时代，教学模式的根本变革与学习重点的根本性转移，对教材出版提出了一系列崭新要求，促使我们在大数据的背景下，务必改进、更新，创造出既能够体现学习规律，又能满足学习者在学习过程中发挥主体主动性、积极性、创造性需求的"互联网＋"教材。

二、技术支持

信息时代的技术进步，使得利用技术进行教育创新成为可能，技术支持下的创新学习成为学习的主流形式，现代教育技术为将教材转化为支持创新性学习的数字化资源提供了基础。音视频的图形图像技术飞速发展，网络技术的突飞猛进，个人电脑、笔记本、平板电脑和手机等设备大量接入互联网，并被广泛应用于教育领域，为混合式教学和利用手机、平板电脑中微信、微博和教育 APP 进行的移动学习奠定了良好的基础。利用信息技术创新服务体验，是互联网思维的重要特征，因而，在信息技术支持下创新教育图书的出版模式，为读者提供新鲜、有效、便捷的阅读体验，是以互联网思维做教材出版的一个重要方向

一项专门针对广西中小学教师使用电子设备情况的调查显示，68.2% 的教师使用台式电脑和手机，有一部分教师使用平板电脑等工具。可见手机、平板电脑等移动终端的发展与在作为教师的学习者中的普遍使用，为数字化教材的使用扫除了技术障碍。

"中小学教师信息技术应用能力提升工程丛书"正是借助上述现代信息技术的支持，以互联网思维进行了数字化的打造，纸质教材的内容被模块化、碎片化、案例化，为相应的模块和案例录制了微视频，配套纸质教材开发的 APP，将其以微课的形式为纸质教材中提纲挈领的"骨架"补充"血肉"。学习者在阅读纸质教材中的小知识点后，可用手机扫描相关要点、难点、练习题等栏目上的二维码，通过教材 APP 既可以点击具有丰富信息量的文字链接，又可以进行关于表格制作、公式运算等的同步练习及实际操

作。在专业数据库的支持之下，学习者还可以进行目录查找、笔记标注、内容检索等，同时，还能跟在线课堂中的专家教师进行互动式的问题讨论。与纸质教材相配套的包括网络教育、在线课堂、虚拟操作台、专业论坛、专题网站、慕课（MOOC）和微课等形式的数字化资源和平台的开发与应用，都离不开飞速发展的现代信息技术的有力支撑。

三、资源储备

1. 充分挖掘优质的作者资源

此次"互联网＋"教材选题的成功开发，很大程度上取决于我们充分挖掘并依托具有平台资源的优质作者团队，在双方各展其长、各尽其责、优势互补的良好合作下，共同探索出了一条通往全媒体教材新模式的崭新路径。

丛书的主编王兴辉教授是我社的资深优质作者，在多年的出版合作中双方建立了很好的互信关系。在广西教育厅部署实施全区中小学教师信息技术应用能力提升工程之初，王兴辉教授和他的团队就被委以重任，作为执行办公室成员负责提升工程组织管理的具体工作。从全区 14 个地市截至 2017 年教师全员培训共计 428900 人的规划中，我们找到了打造首套精品数字化教材的动力。依托作者团队所带来的广西教师教育培训公共服务信息平台，解决了纸质教材之外大规模开发在线课程这一庞大、专业的工程难题，既优化了资源配置，又真正缩短了我们进入"互联网＋"出版的准备周期。

广西教师教育培训公共服务信息平台，作为先进的网络研修平台和服务体系，能够满足学习者对于信息技术进行混合式学习的需求。依托该平台，我们的教材使用者可以进行网络课程学习、与课程专家进行在线互动式交流，并且能够将线上、线下学习结合起来，将自身所学的信息技术手段有效应用到日常工作的课堂，发挥"互联网＋教材"现学现用、活学活用的简明易学、更新及时的优势。

2. 有效利用优秀的编辑资源

俗话说，打铁还需自身硬。抓住时机，利用有利条件积极探索、实践互联网出版道路还要靠我们自己的编辑。

广西师范大学出版社在编辑储备与培养的工作中具有前瞻性的眼光与科学的管理。正因如此，编辑们才能发挥各自专长，既依照自己的专业背景保持对某一专业领域的关注和研究，以便及时发掘和利用新技术和新成果；又在日常的编辑工作中积累专业经验与技能，从而在众多选题中做出正确的判断，并及时优质地完成图书的出版。

负责丛书策划的张贻松编辑就是这样一位专业功底扎实、出版经验丰富的优秀编辑。正是因为对新技术的持续关注，对互联网思维与未来出版的深入思考，以及多年为作者提供的优质服务，他带领团队找到了一条以"互联网＋"思维做教材出版的破冰之路。

该套丛书计划出版十二分册，目前已完成出版三本，这第一批三本图书出版后在广大教师学习群体中赢得了非常好的反响和评价。例如，丛书中已经出版的三本图书之一——《用 Word 解决教师工作中的问题》，据不同学科的教师使用后反馈，书中所针对的问题，都是他们平时上课、备课中经常遇到的；而且案例后都附有一个三分钟左右的教学视频的二维码，在等车的间隙、饭后、睡前的碎片时间段里，用手机扫码就可以观看，学起来很轻松，非常方便、实用。比如，期中测试或期末测试时，出题老师都会碰到试卷版面信息和格式不统一的问题。而在本书模块一的"快速创建试卷模板"，利用 Word 中"页眉页脚"功能创建试卷模板，就能有效解决这一问题，轻松实现规范、高效地出题、改卷。

以"互联网＋"思维做教材的发展动力在于需求，基础在于技术，而关键在于每一个出版人的积极努力。信息时代背景下的教育出版转型，我们已经在路上了，未来的"互联网＋"教材，将不再局限于教材编写环节。我们要做的不只是提供数字化的教材产品，只有当出版的每一个环节真正与互联网深度融合，才谈得上真正意义的互联网思维的教材出版服务。

弘道：论编辑工作的价值追求

——以《思考中医》为例

◎ 汤文辉

一、从孔子"述而不作"谈起

孔子不仅是伟大的思想家、教育家，也是最伟大的编辑家。孔子在《论语》中说："述而不作，信而好古，窃比于我老彭。""述而不作"概括了孔子的编辑实践和编辑原则，我们可以从他删《诗》、作《春秋》的编辑实践中，来体会"述"的价值和意义。

《诗经》作为我国最早的一部诗歌总集，是由孔子从古诗三千多篇中删选出来的，孔子做的是编选工作，他的编选宗旨是"取其可施于礼义"者。通过孔子的编辑，《诗经》保留了先民的歌咏文献，对中华文化影响至深。《春秋》是鲁国史书，孔子在编辑过程中，"笔则笔，削则削"，注入了自己的价值观和善恶判断，因此使得《春秋》不仅仅是一部史书，更是构建儒家思想体系的重要支柱。在分析孔子作《春秋》时，太史公说："余闻董生曰：

'周道衰废，孔子为鲁司寇，诸侯害之，大夫壅之。孔子知言之不用，道之不行也，是非二百四十二年之中，以为天下仪表，贬天子，退诸侯，讨大夫，以达王事而已矣。'子曰：'我欲载之空言，不如见之于行事之深切著明也。'"所以太史公高度评价了孔子作《春秋》的意义，在于它寓含了孔子的价值判断和褒贬："夫《春秋》，上明三王之道，下辨人事之纪，别嫌疑，明是非，定犹豫，善善恶恶，贤贤贱不肖，存亡国，继绝世，补敝起废，王道之大者也。"孟子亦说："孔子成《春秋》而乱臣贼子惧。"

孔子的编辑工作，至少给我们两个启示。第一，编辑工作的价值并不低于"原创"，编辑工作有其自身的创造性。孔子"述而不作"，其整理编订的"六经"却是中华文化的"原典"。如"诗三百"，经孔子删选审定后，足以传之久远；而《春秋》经孔子的编辑，作为重要的历史文本，成为儒家学说的基石。第二，编辑工作的价值与编者的价值追求成正比。孔子作《春秋》，立意高远，寄寓深厚，"以达王事"，并说："知我者其唯春秋乎，罪我者其唯春秋乎！"孔子对《春秋》的重视无以复加：《春秋》绝笔于"获麟"，因当时麟出现而为人所伤，孔子以为"来之非时"，是"道穷"的象征，非常悲伤，泣曰："胡为来哉！胡为来哉！"以至于"反袂拭面，泣涕沾襟"。正是《春秋》饱含孔子的追求和担当，《春秋》辉耀古今；也因为一部《春秋》，后世称孔子为"素王"，即未有王者之位而行王者之事。

后世的编辑工作，就其影响而言，固然无法望孔子编审"六经"之项背，然优秀的编辑，莫不是能体会理解"述"的价值和意义，并在编辑工作中寄寓价值追求、以补时弊，以这种方式影响和推动社会的发展。

当代，《思考中医》也许是一个值得分析的案例。

二、《思考中医》出版始末

《思考中医》原是广西中医药大学刘力红教授的博士论文，原名是《〈伤寒杂病论〉导论》，写成之后，曾辗转于数家出版社，无不认为此等学术著作过于专精，又是研究中医理论，市场尤其狭小，出于经济上的风险，难以出版。这犹如和氏之璧尚在璞中之时，世人多不识其价值。其后这部稿子到了广西师范大学出版社资深编辑龙子仲手中，情况发生了转变。龙子仲本是饱学深思之士，他在事后的文章中这样描述当时的情况："……我当初刚联系到《思考中医》的时候，刘力红寄了第一章来，我仔细看了，看得有点感动。后来见到刘力红，我第一句话跟他说的是：'你心里是有气的。'他当时笑而不言。我说的'气'是什么意思呢？首先是气愤的气，然后才是志气的气。后来我又接触过两三个中医人士，都感觉到他们身上有这种'气'，可见不是个别现象。我把这叫作'传统的愤怒'。"（龙子仲：《关于中医与科学的思考》）

龙子仲是从传统文化的宽广视野来看待书稿的价值，他决定出版此书，并同作者长期沟通打磨书稿。"《思考中医》里面有一句话，'开方就是开时间'，说得颇富禅机。其实，策划、编辑图书，又何尝不是此理呢？……（我）坚持出版这本书，并用一年多的时间琢磨，可谓给该书开了一个长时间的药方……"（龙子仲：《中医或出版：开方就是开时间》）两年后，图书出版，书名改为《思考中医》，副标题为"对自然与生命的时间解读"。有人说书名及副标题的改变，竟有画龙点睛之功效，亦不无道理，因书名实是一部图书"文眼"所在，绝不可等闲视之。

责编还对书稿进行大量加工工作，比如给图书加上了许多"旁批"，"因为这本书是以中国传统文化如道、易等为基础解读中医经典《伤寒杂病论》

的专著，从中国传统文化的角度思考和反思中医，因此，真正理解该书需要有相当的中国传统文化功底。为了使普通的读者也能够了解作者写作该书的苦心，责编决定用旁批的方式适时指点要点，并帮助读者前后参照阅读该书。事后读者反馈证明，这种方式起到了良好的效果。所以读此书，非仅为一窥中华医学之瑰美，更为领略传统文化之壮丽"（龙子仲：《中医或出版：开方就是开时间》）。

龙子仲对书稿的打磨功夫，《内证观察笔记》的作者亦是深有体会。他在一篇文章中写道："2006 年 5 月，龙先生来西安了。我打印了已经写的稿子，给他看。提了一大文件袋。他看了后，讲，太抽象，希望写通俗性。……2008 年'5·12'后，龙先生来西安，我提了二文件袋去给他看。当时有 A4 纸 1000 多张。他看了嫌多，我请他写个提纲。他写了一个分三编的提纲给我。现在全书的样子，基本上是按龙先生给的提纲写出来的。……"

《思考中医》出版了，开始时几乎没有任何宣传，没有时下畅销书的新书首发、媒体宣传、码堆销售、排行榜等，它首先在一些小的读者圈子里流传，影响到一些人，并通过口耳相传，获得一些口碑；进而书店发现这本书动销较快，故开始重视，于是《思考中医》的销售似乎慢慢获得一种加速度，开始不断加印。其后，一件看似偶然的事情，让大众传媒注意到《思考中医》：凤凰卫视著名主持人梁冬读了这本书，在他的节目里做了一期介绍。梁冬做完节目后就辞了职，拜邓铁涛老先生学中医去了，并说此事跟他读《思考中医》受到的触动有关。于是媒体开始注意到这种现象，这个时候，《思考中医》已成为各大小书店排行榜上的常客了。自《思考中医》出版到现在，销量已经超过 30 万册。一本学术图书成为畅销书，在当代出版史上也应该是屈指可数的了。

《思考中医》出版后，龙子仲带领的编辑团队又陆陆续续开发了《走近中医》《中医图画通说》《挽救中医——中医遭遇的制度陷阱和资本阴谋》等一系列中医文化类图书，形成了一个脉络清晰、互相呼应的出版板块。

三、中医文化系列图书的社会影响

毫无疑问，《思考中医》的价值不仅仅在于它是一本畅销书，主要在于它带来的社会影响，这些影响广泛地体现在不同层面中，各个层面又交织在一起。

1. 读者层面

作为一本独特的畅销书，《思考中医》影响到了众多的不同层面的读者，很多人以不同方式表达了《思考中医》带给他们的思考或启发，这方面的例子不胜枚举。除了上文提到梁冬的例子，广西师范大学出版社中就有一例：一位编辑读了《思考中医》之后，跨专业去考上海中医药大学的中医博士，一举高中，现在已学成归来，任广西师范大学出版社杂志社社长，其博士论文还是校优秀论文。

2. 出版物方面：引发中医健康图书出版的热潮

一本畅销书的出现，会带动该领域图书的出版。《思考中医》之后，除了广西师范大学出版社出版的中医文化系列，不少有影响的图书相继出版，三联书店出版有《当中医遇上西医》，中国人民大学出版社有《拯救病人》等。其后更出现了一些普及性质的出版物，包括畅销书《求医不如求己》《人体使用手册》等。有人说，《思考中医》带动了一个出版板块，但是后来那些畅销书好像就没广西师范大学出版社什么事了。的确，广西师范大学出版社后来开发的选题，仍然保持原来的风格，似乎不是那么通俗，也没有超级畅销品种。其实这出于策划团队的主动选择和定位，有所为，有所不为。曾经有一本后来比较畅销的稿子从广西师范大学出版社过了一圈，其后师大社也不觉惋惜，因为可能少了本畅销书，但是至少不会出版类似《把吃出来的病吃回去》那样的书。《老子》说："生而不有，为而不恃"，放在这里也许是合适的。

3. 社会层面：中医文化热和关于中医的论争与思考

有识者指出：近期的中医文化热，是从 2003 年《思考中医》的出版开始的。它带来了三个层面的关注，引发了一次以中医为主题的思考和论争热潮：第一个层面是激发普通读者、老百姓对中医及中药的热情和重视，兹不赘述。第二个层面是激发医学界特别是中医药界的思考和探讨。长期以来，中医药界处于一种近乎"失语"的、士气低沉的状态，政策环境恶化，从业人员减少，忧虑、怀疑的情绪弥漫其中。《思考中医》的出版，无疑使中医药界气氛为之一改，研究者和从业者纷纷关注此书，赞誉者为此感到振奋，批评者指其偏激，争论不断。《思考中医》如同一根引线，或是一个火山口，让长期以来郁积其中的各种思考和情绪，找到了一个突破口。第三个层面是引发了中医药界与对中医药持否定态度的人士直接的论争。比较有代表性的是方舟子对中医药的批判，他持的理论观点是：中医不科学。

四、编辑的思考与《思考中医》系列图书

应该说，龙子仲策划出版中医文化系列图书并不是偶然的，是他对传统

文化在当下境遇思考的结果。这些思考首先体现在中医文化系列图书的内在策划思路上：《走近中医》是"对生命和疾病的全新探索"；《内证观察笔记》的目的是建立"中医解剖学"——或问："中医也有解剖学吗？"该书正是要告诉读者中医解剖学是怎么回事；而《挽救中医》则是从管理制度方面为中医呐喊。

《挽救中医》一书的副标题是"中医遭遇的制度陷阱和资本阴谋"，这是龙子仲约著名老中医吕炳奎的儿子吕嘉戈先生所著的一本书，他在《编余手记》中介绍说："这里面展示的中医与资本、与观念、与制度、与科学文化之间的微妙关系，可以视为一个很典型的个案——一种传统如何在'现代性'的挤压下披枷戴锁、气喘吁吁、灵魂出窍的个案。"而全书则史论结合地展示了资本如何"制造"出文化，来为资本的扩张服务。在这个背景下，中医遭遇了两次制度陷阱，一是 1929 年初民国政府通过"废止旧医案"；二是 1951 年，新中国的第一届卫生会议完成了一套对中医的管理制度，从此以后，中医的处境就越发艰难。该书出版后，引发了社会各界的广泛思考，加上有识之士长期的努力和大声疾呼，引起了国家领导人对当下中医药管理制度所存在弊病的高度重视。

除了体现在丛书策划中，策划编辑的思考更直接体现在相关文章里。或许是因为龙子仲身在"庐山"之外，并以传统文化的大视野观照，他的文章体现出独到的深刻。

在《为中医讨活命》一文中，他犀利地指出，对中医持彻底批判态度者，包括早期中医药界持"废医存药"观点的人，其实思想中都存在一种"对科学的迷信"。"好像在用'科学'的名义对事物进行否定时，是无须论证的，这几乎成了一种风气。我觉得这很有意思，这里面潜藏着 20 世纪人类的一种莫大迷信——对科学的迷信。其实，科学的本意是反对一切迷信的，包括对'科学'自身的迷信。"在《关于中医与科学的思考》一文中，龙子仲分析了西方"理性"尤其是"科技理性"的迷思，而"科学深处那种'理性即神性'的观念，很容易使科学本身成为一种迷信"。迷信科学者以为可以对世界进行纯客观描述，而忘记了知识永远只是人与世界连接的形式。"中医是中国文化的产物，它的判断方式，在我看来是立足于结构性之上的。结构性潜藏着无限的可能，所以它又是指向于'可能性'的。……确定性也许很容易陷入'法执着'，或者叫作'法障'，而可能性呢，在我看来它反而是更开放、更有机的。"

龙子仲拈出"蒙昧精神"一词，来表达中华传统文化体系中人与自然相联系的状态，"蒙昧精神的本质是什么呢？……（是）古典时期的人与世界建立的一种信任关系"，"'自然'在中国古人那里，实际上表述的是一种纯粹的蒙昧精神，完全没有物化的痕迹"，由此他提出这样一个问题："如果我们承认，还不能把医学等同于物理学的话，那么'体验'在医学中是否应该有它应有的位置呢？"

显然，龙子仲对中华传统文化的境遇和发展抱有深深忧虑，"中医的困境，其实是有一个文明的冲突做背景的。中医的尴尬，本质上也正是文明的尴尬"。他引用牟宗三的一段话，来表达他在中华文化发展问题上对"民族文化智能"的期待："当年甘地领导印度人向英国争取独立自由的非暴力方式获得举世赞美。一位基督教传教士告诉他：'你这种革命方式完全符合我们基督的精神。你为什么不信仰我们基督教呢？'甘地的回答很简单：'我既身为一个印度人便应当信仰我们的印度教；既然我可以根据我们印度教的信仰决定我这种合乎你们基督的精神的革命方式，那我又何必改信你们的基督教呢？'这才叫作真正的民族精神。这才叫作真正的文化智能。虽然只几句平常的话，却是从他真生命中发出来的。他完全不属于任何外在而毫无意义的假借与攀附；他只紧抓着他作为一个印度人的'应当'，以他自己民族文化的精神与智能肯定他的人格与事业，并以他个人的人格与事业肯定他自己民族文化的精神与智能。"

五、结语：编辑工作的价值追求和意义

以《思考中医》等图书的出版为代表的案例，体现了一个有担当精神的出版人的价值追求，即通过自己的思考和编辑策划工作，影响并推动社会的发展。

遗憾的是这位早在 20 世纪 90 年代就荣获"全国优秀中青年编辑"称号的优秀编辑，竟于 2011 年英年早逝。著名学者秦晖先生悼词说："惊闻龙子仲先生遽归道山，殊深震悼。子仲先生八桂之英，书界之杰。虽慧眼识珠之良编，亦厚积待发之思者。惜天不假年君未及发，而世之黄钟大吕赖君以发者，玉振金声，厥功已伟。痛哉惜哉！"

笔者想补充和强调的是，作为出版家的龙子仲，其饱学深思并非完全没有体现，而是主要"发"在编辑策划中，中医文化系列是他策划编辑项目之一种。他还在策划一个庞大的"汉字文化系列"，在他的思路中，中医及汉字是百年以来这场"文化屠戮"中最顽强的两个，因此他的下一个关注重点是汉字，但遗憾还没有展开。而以《思考中医》为代表的中医文化系列图书所带来的社会影响，已足以说明：编辑思想的深度和价值追求决定了图书影响的广度和高度。

孔子曰："人能弘道。"真正的编辑就是这样践行和追求编辑工作的价值与意义。

以书为径，探寻进入童心世界的秘密隧道

——以《渴望被发现的秘密》为例

◎ 陈诗艺

《渴望被发现的秘密》是魔法象故事森林推出的金钥匙桥梁书第一辑的主打作品，在编辑这本书时，我在封面文案上敲下一行字——致所有渴望被关怀的孩子。

我想表达两层意思。显而易见的，是和书里故事相呼应的孩子成长过程中所需要的来自家庭的关怀；另一层意思，孩子更需要的是，我们关注和发现他们的阅读需求，为他们提供一本好书。这是我被这本书震撼和慰藉着的同时，找到的进入童心世界的两条秘密隧道。

秘密，是通往童心世界的"课业"

好的童书，不应该只是给孩子看的。《渴望被发现的秘密》正是一本让为人父母不断自省、能引起亲子共鸣的书。

主人公是 9 岁的韩国小男孩恩杰。他偷偷拿走了妈妈旧钱包里的钱买玩

具车送给好朋友庆石，却不小心碰倒桌上的玻璃杯并被扎伤了脚后跟。他害怕妈妈的追问和责罚，就隐瞒着疼痛，同时，他又渴望妈妈和家人能主动发现他的秘密……

故事开始前的引子，是恩杰妈妈的自白书，里面第一句就是"你想从妈妈这里偷走什么？"我在编校过程中曾经屡次想修改，却每每提笔又犹豫，思前虑后，还是保留了下来。

孩子需要我们给他什么？他们需要的肯定不是成长过程中过度的溺爱，或者，简单粗暴的干预。加拿大"现象学教育学"专家范梅南教授在《儿童的秘密》一书中对秘密这样定义："'秘密'一词来源于拉丁语中的 secretus，意为'分离、拆散、隐秘'。"孩子们在小小的世界里等待，等我们去发现他们的害怕和愿望，等我们去和他一起面对成长中那些看不清道不明的暗流和隐秘。

如果恩杰的哥哥不痴迷于玩游戏，如果恩杰的爸爸不是只顾着牙周炎和汉杰的拳击比赛，尤其是妈妈，如果不是只忙于工作和赚钱，能更细心更主动地去关怀恩杰，他的秘密是不是就能得到及时的疏导，能在最需要的时间里，深刻体验到家人的爱，并由此学会处理秘密与人的自我意识的关系，从而迈向下一次成长？

恩杰的妈妈后知后觉地意识到这一点时，她也想起了自己小时候被恩杰外婆训斥的情景，她也犯过一样的错误。她说，"也许我和你一样，企图获得妈妈的关注和爱。"

有人说，如果你种了一棵树，它长得不好，你不会责备它。你会观察它长得不好的原因。它可能需要肥料，或多些水，或少些阳光。你永远不会责备树，然而你却责备你的孩子。如果我们知道怎么去照顾他，他就会像棵树一样长得很好。责备根本没有用。只须努力去理解。如果你理解了，而且表现出你理解了，你能够爱，情形就会改变。

正如著名的意大利教育学家蒙台梭利在《童年的秘密》中说的："当我们与儿童打交道时，需要观察而不是打探，这种观察必须从心理的角度进行，以此来发现儿童与成人和社会之间的冲突。"

要从孩子的亲密关系中抽身出来，放手让孩子自由成长，真的很不容易。每一位父亲或母亲，对自己的孩子总是事无巨细地操心，生怕哪一环节有闪失。我为这本书做父母QQ群的线上讲座的时候，到讨论这个问题的环节，家长们的反响格外热烈。针对"如何善待孩子的秘密"，我给出了我的6个建议，比如为孩子创造享受秘密的私人空间、为孩子提供体验秘密的时间空间、重视对孩子进行与秘密有关的教育、引导孩子发现与探索大自然中的秘密。对于逐渐拥有"秘密"不再是"水晶人"的孩子，我们不应该大惊小怪，要认识到没有秘密的孩子是长不大的，有了秘密，说明孩子在走向成熟。我们要研究和懂得秘密对于孩子成长的意义，才能更好地了解孩子。

这是家长和孩子一起通往童心世界的"课业"，也是参与共读的亲子或独立阅读的双方，从一本好童书尤其是好桥梁书中所能吸收到的养分。

以书为径，探寻孩子内心的"宇宙"

很多年轻的父母都会有育儿焦虑症，除了吃饱穿暖睡好、生长发育的指标，还有阅读和早教的担心，"不能让孩子输在起跑线上"像一道魔咒，以爱之名紧紧束缚着很多家庭。

我仍然记得我第一次读到保罗·阿尔扎"成人长期以来对儿童的压迫"那一观点时的震撼，"各种愚蠢空洞的书籍，沉重而急于炫耀博学知识的书籍，令灵魂中那种强壮的自发性瘫痪的书籍。令年轻的心窒息得越快，把自由的意识和游戏的精神抹杀得越彻底迅速，人们越是对自己感到满足。"

自从掉进儿童文学的兔子洞，转为一名童书编辑后，每当进入一个大型图书城，我就会感到恐慌。尤其看到一些作者，带着自己居高临下的，倨傲的成人视角，用虚伪的善心为孩子们创作，我就心痛。还没学会喜欢不喜欢的事物的孩子们，怎么可能买他们的账呢？而把那么多空洞而又博学的书籍交到那稚嫩的手中，该是多么残忍的一件事情！"他们没有给予他们那些令灵魂变得灿烂的故事，而是急不可待地把庞大而难以消化的知识体系，不容置疑的道德准则，强行灌输给儿童。"寓教于乐、道德教育、理性或者过分的感性，是过去的儿童所面对的劲敌。"你们会发现那其中充斥着越来越多的愚蠢内容，和越来越少的人性精神。"如果是我的孩子，我希望给他看看什么样的书？这个问题成了我职业生涯的一个价值取向。

在保罗·阿尔扎看来，一本适合儿童的优秀图书应该具备以下这些元素：

能够提供给儿童们直觉又直接的知识形式（不将语法或者几何知识拙劣地装扮起来，含有教学技巧和适当深浅）；

能够给予儿童他们热爱的画面；

能够唤醒儿童敏感的心灵，但绝非泛滥感情；

尊重游戏的尊严和价值；

富有深刻道德感，努力让真理永远地存在下去，并且不断推动激发着人们内心生活。

于是，我和我的同事们致力于寻找这样的真正适合孩子的好书，那些能用最透彻、最朴素、最简白、最轻盈的方式，告诉孩子世界上最重要、最本真的事情。

我不敢说《渴望被发现的秘密》就是具备以上元素的那一本书，但我在编辑这本书的历程中，每一位为书稿做过通读、复审、质检工作的同事，都忍不住跟我表达对它的喜欢。因为它足够真实，足够细腻，它没有板起面孔的教育，只有故事里充满的观察，在孩子的心中看似随意地抛下种子，让其慢慢成长。

"有人说过一句话，每个人都曾年幼，孩提时的模样就是我们本来的模样。所以，我的写作目标是要写出能让父母与孩子愉悦共读的作品，"作者黄善美在一次访谈里提及了自己的写作心路，"对孩子而言，社会是扼杀孩子童年的最大问题。因为我们无法忍受孩子们在玩乐。孩子们的童年本应是在玩乐中度过，但我们的孩子却没能享受这份玩乐。"正是因为深谙孩子的心理，洞悉孩子的需要，她的作品往往以巧妙的构思、细致的心理描写，获得了广泛好评，深受小朋友们喜爱。

值得一提的是，2016 年获得国际安徒生奖的首位中国作家曹文轩老师对黄善美也评价特别高：在韩国，黄善美是个家喻户晓的儿童文学作家，几乎每个孩子都读过她的作品。黄善美用她独有的细腻与温柔，描绘了一个个普通孩子的成长历程，这是孩子们自己的真实故事，虽没有惊心动魄的大起大落，却有扣人心弦的挣扎努力，所以困难时还见希望，冷落时仍有温暖，悲伤时不忘感恩。黄善美的作品正如她的名字，教给了孩子这世上最可贵的是善与美。

这本书的译者是薛舟老师，有着诗人身份、曾获第八届韩国文学翻译奖的他已经和我们有过多本图画书翻译的合作。拿到这本书的译文时，我第一感觉是：语言流畅，表达准确，充满孩童般的情趣。在接下来的多次阅读中，我发现，他把黄善美所表达的恩杰因为秘密而深受折磨的细微心理、恩杰对家人的渴望和依赖等等，都展现出来了。当然，也发现了薛舟老师译文中有个别可商榷的地方，我们多次邮件往来，数次探讨韩国语言风格如何更好地往中国语言风格的转变，如何更好地为孩子们阅读和理解。原来他翻译的书名是"渴望被揭穿的秘密"，"揭穿"一词带有贬义的感情色彩，我向他提出能否换用"发现"，一是表现恩杰那种忐忑不安希望不用自己说爸爸妈妈和哥哥主动关怀的心理，二是感情色彩也平和些，三是作为书名读起来更顺口，他也欣然认可。

桥梁书是孩子从图画书通往文字书阅读，从亲子共读迈向独立阅读的桥梁。好的桥梁书能为自主阅读发轫期的孩子提供精神的支撑，内容贴近他们的内心世界，伴随与鼓励他们的成长，即使有生字和理解的挫败感，仍不放弃阅读，愿意保留阅读文字书的兴趣。这可以说是我们甄选和编辑每一本作为桥梁书的童书的理念。如今，《渴望被发现的秘密》已经出版和面市，很快入选了2016年全国教师暑期阅读推荐第四批书目，也陆续收到不少童书阅读推广人和家长对这本书的喜爱之情的反馈。童书出版人海飞曾经说："在我心目中，童书出版是世界上最神圣、最纯洁、最美好的事业。"其实，以童书为业的编辑，更应不辜负这样的神圣、纯洁和美好，除了像做社科文献书那样考虑每一本书是否经得起市场的检验，更要把它都当成自己职业生涯的一份答卷，自问和设问，并寻求让自己心安理得的答案，希望每一个读过这本书的孩子，变成大人以后，仍能记得这种感动与满足的美好。

一本写作类图书的策划与千万元学员稿酬

——兼谈策划编辑的选题跟踪和选题效益

◎ 韩海彬

作为一名策划编辑，应有老吏断狱的精神，对选题线索穷究不舍。在策划过程中，进行细致调研，以期通过图书出版，促进经济发展和社会进步。经过一定时间周期之后，通过检验图书的经济效益和社会效益，对选题进行回顾总结，更进一步提升个人的选题策划水平。

在纷繁的信息中理出选题原点，从一闪而过的灵光中理出选题思绪，并最终形成图书选题的过程，是策划编辑对文化导向的选择、提升和萃化。书稿就是方向，书稿就是形象，出版什么图书，不出版什么图书，反映了编辑人员的政治素养和文化修养。

2007年，我在与一位山东老乡的QQ聊天中得知，他的年稿费有近80万，买了车，买了房。这一消息，让我开始关注"卖文为生"的写作。然后，我又用了三个多月的时间，与北京、上海、成都、长春、青岛等多地的多位写作大佬聊天，征询他们对写稿市场的看法。大佬们"写作有上亿元的市场"的回复，增加了我对策划写作类选题的信心。

策划编辑应善于捕捉社会热点和新闻热点，对热点进行深挖细敲，循序追踪，并最终落实书稿的作者。我在进行选题策划时，经历了从关注"感动中国十大人物"—聚焦洪战辉—发现"天天天蓝"（笔名）—锁定陈清贫的资料搜集过程。在这个过程中，一切为编辑工作所需要的信息，都要收集、存储，并及时补充，逐步形成个人比较完备的选题信息库。

"感动中国"被媒体誉为"中国人的年度精神史诗"，是中央电视台打造的一个精神品牌栏目，每个人物身上都有一种让观众感到心灵震撼的精神力量。作为出版社的编辑，我一直跟踪这一新闻热点。在选题资料搜集中，我发现洪战辉能当选为 2005 年的"感动中国十大人物"之一，有一篇文章很重要。"天天开蓝"（笔名）以《带着捡来的妹妹上大学，哥哥的胸膛是故乡》为题，将洪战辉事迹发在 2005 年《知音》的第 19 期上。

策划编辑进行策划时应有老吏断狱的精神，对选题线索穷究不舍。费尽周折，几经辗转，我终于联系到了"天天天蓝"的指导老师江枫（笔名）先生。从江枫先生那，我得知发表在《知音》第 19 期的文章，是"天天天蓝"系统学习了陈清贫《18 日教会你写特稿赚钱》的网文，比照着陈清贫讲述的引言、大标题、导语、小标题……照葫芦画瓢把《带着捡来的妹妹上大学，哥哥的胸膛是故乡》一文写了出来。

陈清贫，知音集团的资深编辑，曾荣获 2006 新浪中国博客大赛年度总冠军，2007"德尔惠"命题博文大赛全国冠军；2008 年当选为新浪网爱心文明大使。我策划图书时，陈清贫担任记者兼编辑已达 17 年，拥有集采、写、编三位一体的复合型经验。了解了陈清贫的业界经历和知识结构后，我初步认定：陈清贫完全可以作为我策划的选题的作者。

之后，我将《18 日教会你写特稿赚钱》全文打印，细心揣摩了将近一年的时间，在上面画满了蓝道道、黑道道、红道道。当我自认为对稿件完全吃透的时候，在 2008 年底拨通了陈清贫先生的手机。一通真诚的约稿，一番胸有成竹的编辑方案讲完之后，陈老师爽快地同意了约稿。

太阳底下，遍地宝贝，作为一名策划编辑，要保持足够的敏锐性，时时"走心"，向社会热点要灵感，向市场需求要创意。策划编辑感受、跟踪、把握社会需求并形成选题后，还要时刻记得精神生产的基本要求是创新，图书出版后要跟踪察看图书是否得到了读者欢迎。

《写稿赚钱 18 技》到底能不能实现我"一本书撬动中国写作市场"的策划想法？我与作者陈清贫先生一直保持紧密的联系，了解图书出版之后的"蝴蝶效应"，以此不断检验自己的策划思路。

《写稿赚钱 18 技》出版后，陈清贫创办了陈清贫写作培训网校，并将该书作为网校的写作培训教材。网校创办八年来，培训学员总计 1700 多人，目前网校在校人数有 1380 余人。网校创办以来，学员发表稿件数以万计。陈清贫最为优秀的五大弟子萱小蕾、胡春华、汤园林、王春玲、程丽娥等，每人都是年发千篇以上；光是这五大弟子，每年的发稿量就有 7000 篇以上。网校学员每年都能得到 100 万到 200 万元的稿费。八年以来，网校学员所得稿费累计达到 1000 万元以上。

陈清贫写作培训网校（陈家大院）喜事连连，并接连有大动作。第一，应韩国领事馆、韩国文化部邀请，网校高层三名成员于 10 月 18 日飞抵首尔，进行中韩文化交流。这是韩国历史上首次邀请一家网校成员进行文化交流。第二，继"今日头条"之后，网校又正式和知音传媒集团"知音头条"签约，成为"知音头条"的战略合作伙伴。第三，网校正和来自深圳的投资方洽谈，拟朝"在线教育"方向发展，整体打造成一个新时代、多元化综合发展的新团队，最终谋求在新三板上市。

《写稿赚钱 18 技》是我在出版社策划的第一本图书，用今天的眼光来看，该书策划尚有很多不足，留下了不少遗憾。在选题策划过程中，我得到了领导的大力支持，得到了同事们真诚的协力帮助。对于他们，我时时充满感恩，常怀敬意。

出版优质高效的精品图书，是国家和时代赋予出版人的神圣使命。《写稿赚钱18技》一书所取得的"双效"成功，让我备感欣慰。我深刻地体会到：一定要牢记出版使命，坚守出版追求，多出精品图书，方能无愧于出版人这个光荣的称号。

2

营销，用我们的故事打动人

人人都爱听故事。大家都听过可口可乐配方的故事：可口可乐董事把配方放进银行保险柜里保存起来，目的为了给产品增加一种神秘感。肯德基的上校爷爷 65 岁艰苦创业、张瑞敏怒砸 72 台海尔冰箱等故事，也口耳相传。他们创造一个好的故事，然后把营销理念完美地契合到故事里。

所以，做营销，其实就是一个讲故事的过程。通过传播一个有始有终、有情感有事实的故事，品牌可以变得更有人情味，同时也更具吸引力。广西师范大学出版社也是一个有故事的地方，比如我们的创业故事，就是在建社之初的一穷二白中向学校各院系借款 27 万元起步，直至现在成长为一个出版集团。

说读者是出版社的"衣食父母"，显得有那么一点点距离。以一个市场营销人的角度来看，出版社和读者之间更像是在谈恋爱。在互联网时代要做好对读者的精准营销，因为网络的便利，做了很多场线上线下的活动，于是有了许多与读者之间的"恋爱故事"，从而建立了长期的感情。尤其是编辑把成书前与作者的种种故事讲出来，会使得一本书的形象更丰满。"贝贝特购书广场"是一个没有做成的项目，从现在来看当时有很多的不成熟条件，但这篇文章就是一个完完整整的故事……

最真的情感，最美的书

——我们与"RAO 的故事"

◎　阴牧云

2012 年年初我进入到广西师范大学出版社的上海分部，正式成为了广西师大出版社的一员。在这里，很短的时间内，我对于何为一本好书有了更直观的认识，面对着总社图书陈列室中的满屋好书，我仿佛看到了它们是如何克服了时间、如何变成了能够长远留存下去的东西。

一、寻常巷陌也值得温柔以待

正是在 2012 的 7 月，我第一次知道了《平如美棠》这个故事。网络上当时正在流传柴静的一篇采访文章《赤白干净的骨头》，一读之下，我的内心震动不已，立刻产生出编辑式的强烈冲动。我马上给我们上海分部的领导打了个电话，告诉他这个故事，而他在电话一端听完我的讲述后只回复了我两个字："拿下。"

后来我与饶平如爷爷家人取得联系，登门拜访。那时心里其实很忐忑，因为我很清楚，这本书肯定会出现多家出版机构同时争取的情况，另外我们对故事背后的材料状态也不是特别清楚。

在饶爷爷家中，我迫不及待地翻看起材料，有画作、照片、实物票据和证明，还有毛笔字、铅笔字和钢笔字的各种记录。材料很多，记录的是两个人、两家人的故事，表面上看着有些零乱，但无论图文都意味深长、细节饱满。后来我和《平如美棠》的设计师朱赢椿老师又一起再次翻看这些材料，朱老师当时就说，这些文字本无意出版，画作也并非出自专业人士，但这些恰恰是它们的好处。张定浩后来为此书写书评时也提到饶爷爷人有静气，所以才能见到万物纷乱中的安宁。总之，摆在我眼前的，就是饶家两个人这一生的记录，一笔一画，看着平平淡淡，但又似静水深流。

就是从那一刻起，我开始了解到，我们面对的材料还不是现成可用的东西，但它们足够丰富和有光彩——我们接下去要做的最重要的一件事就是：如何把这些材料用进一本书中，并且在图书这个有限的形式中尽力保留与传达出这个故事内在的意境和美。

从爷爷家回去，我们出版团队在第一时间准备了一份详细的策划案：饶爷爷的资料册内容非常丰富，在众多可供选择的材料线索中，我们建议拎出"情感"一线，这样可以做到主题明晰、结构合理，其他诸如家史、战争、时代背景、人文风物等均可化入主线之中；这本书讲的是饶爷爷与妻子一生的悲欢离合故事，但画作大多色彩明艳，文字淡泊宁静，情感基调欢喜多于悲伤，是为怀念之作，所以我们也希望在书中呈现出同样的感受；考虑到现有材料虽然很丰富，但跟着故事线索走的话仍有空白点和结构不平衡的地方，所以此书操作宜"慢"，并由出版社做前期介入，与作者家人共同整理并补全所有素材。这最后一个建议在当时其实是很冒险的，因为同时期与我们一道在争取这本书的出版机构几乎都是建议与正在热起来的饶爷爷的新闻事件本身相呼应，从速出版这个故事。

但最终，饶爷爷和他的家人们选择了广西师范大学出版社。我相信这首先是基于我们出版平台的力量，其次也是因为饶爷爷及其家人认可了出版社对于书稿的理解和规划。

于是，从第一次见到饶爷爷直到次年的 5 月，我们差不多花费了十个月的时间才向读者和市场推出了《平如美棠》。具体参与此书编辑过程的每一个同事，我、小乔、黄越都好像在看着这本书一天天生长，结构和篇章逐渐显现，材料一点一点地丰富起来，犹如先有树干，再长枝叶。

二、最真的情感，最美的书

随着书稿日渐成形，领导建议我找南京书衣坊的朱赢椿老师来设计此书。然后他说——"但你得首先得说服他接受这个项目"。

为了"说服"，我们编辑团队先后给朱老师发了四封电邮，详细介绍书稿情况。幸运的是，朱老师被这些材料打动了，他很快邀我们面谈，于是我们尽可能多地带上一些实物和媒体报道材料去了南京。当时此书尚在完稿阶段，暂名为"我俩的故事"，而大家对这个名字都并不满意。在书衣坊，朱老师一边深有兴趣地翻看爷爷的资料册子，一边听我们介绍，他突然建议道，"平如美棠"四字既是书中人物的原名，又是极美且普通的中国人名字，这四字与内容相合，做设计时字形也兼具美感，不妨用做书名如何？——大家都说好，于是此书的名字就这么确定下来。

朱老师接下来又提出，若要接下此书，还需再认识作者饶平如先生，见人如见字，见字如见人。于是几天后大家又在上海的饶家再聚，一群编辑和设计者们一边吃着饶家三伯买来的小笼生煎，一边热烈地聊着此书。

正是这些充分的讨论决定了《平如美棠》的外在形态——开本、用纸、用色都是为了共同营造出温暖、厚重而朴实的整体效果：开本定为不大的方形，内文用轻型纸，让这书拿在手上时厚而不重；封面选择热烈的中国红，而毛边、部分裸脊等细节更让这本书具有一种"中国味"。另外，书中所有图片都不作修整，而是完全按照老爷爷绘图时本来的样子来呈现，所以读者甚至能在插图上看到老爷爷用铅笔打草稿的痕迹——坚持以本来的面貌让读者看到，这是设计的一种态度，更体现出设计师对这个故事、这个题材的理解。

后来这本书赢得了"中国最美的书"大奖。我觉得就是因为朱老师抓住了这本书最本质的东西，把他对这个故事和饶爷爷这个人的感觉"照其本来面目"呈现在书中并交到了读者手中。

三、做营销，就是把故事说给大家听

可以说《平如美棠》在成书之前其实已经有了一个非常好的故事原型，围绕平如与美棠两个人在时代转变、世事波折的背景下所度过的平淡、艰辛却相爱并有精神守持的生活而展开。但当这样一个故事依托于"图书"这个"实体"而存在后，它的传播方式自然就需要和书结合在一起——它有了自己的"形""色"和"质"。那么出版社又应当怎样通过营销让更多的人知道这本书和这个故事呢？换言之，做书的人如何来讲述这个故事？

其实在《平如美棠》成书之前，宣传方案就早已几易其稿。首先由编辑拟出大致的宣传预案，然后再交宣传人员更进一步完善。出版社为此书设计了三个阶段的营销活动。第一个阶段为出版前的预热。豆瓣、微博、公司电子杂志等常规宣传提早开始；宣传人员与书评团及知名书评人先期取得联系，提前安排好书评及使用节奏；编辑与发行人员拜访主要电商和客户，面对面沟通此书情况。这个阶段不仅是针对读者的预热，也是针对渠道的提前宣传和沟通，一直持续到预售阶段。图书制作当中的封面、内文页面和图片使用情况成为出版社对外展示的基本信息，这些与图书直接相关的信息也最大限度地融入电商的页面呈现（我们将其整个地理解成一个广告位，最大广告位依次为书名、封面和便于搜索的广告语）、海报制作、宣传书目、媒体点到点邮件、发行征订单等当中，令这本书的"样子"与"故事"紧密结合，给读者留下深刻印象。

第二阶段的宣传主要是图书正式出版后的营销活动，地点安排在北京、上海等媒体强大的一线城市，以此对其他地区产生媒体辐射作用，活动全部以读书会的形式展开。

图书首发式选择在上海的季风书园，之后又在北京单向街书店、杭州图书馆等地以"爱情博物馆"为主题做了延续。宣传人员环绕主会场布置好书中的画作，令读者在活动前后皆可细细欣赏并拍照留念。在上海的活动中，我们将爷爷家中的部分实物搬到现场，包括美棠奶奶生病后爷爷自制的一些用具。北京活动的现场则安排了两位大提琴演奏者，从暖场时即开始演奏。这些细节安排营造和调动了相当好的气氛，读者现场互动的反响也非常之好。更重要的是，像《平如美棠》这样的作品富于情感、深入诚挚，更需要在场的媒体记者在有所体会后消化再传达给读者，一篇情动于中的报道才能起到最佳作用。另外，在电台中，交通频道也极具传播力，上海场及北京场都在活动后跟进安排了交通台对作者和编辑的访谈。

在这一阶段中扩大图书出版影响力的常规营销还包括：

1. 网络媒体的推广。联系了凤凰读书、新浪读书、腾讯读书做首页推荐、专题专页报道和网络连载。

2.电商推广。在当当读书汇微博（粉丝数 25 万）及亚马逊图书音像微博（粉丝数 3 万、亚马逊主微博粉丝 35 万）做转发赠书活动，宣传成本相对低而成效好。

3.微博推广。凤凰读书（粉丝数 20 万）、新浪读书（粉丝数 295 万）、每日好书推荐（粉丝数 25 万）做转发赠书活动。

4.书评。之前网络书评团约稿已经到位，在图书上架后两周内陆续安排刊发，同时后续书评工作仍继续推进。

当然，任何一本重点图书都有一个集中的宣传期，我们对《平如美棠》的分析是：这是接地气、有活气，本身极具传播力的一本书，虽然内容较"平"，但很"实"，完全可以实现长期的推动，而且宣传适合围绕作者本人着手而不只是单单做这本书。另外，我们觉得这本书的宣传工作可以做成"发散式"的东西，因为它当中可以去生发的"点"实在太多了（节日、关联事件、奖项、外版输出、影视版权等），所以宣传一定要多方面找切入口，多接触所有能对"点"产生兴趣的人和机构，这样的接触能产生发散性的效果——而这就是本书营销宣传的第三个阶段。这个阶段需要的是出版团队对媒体报道和事件有很高敏感度，同时迅速反应，通过这些"事件点"反过来促进图书的销售。

《平如美棠》出版以来不断获得业界与媒体的肯定，拿下包括"2013 中国最美的书"，《新京报》"2013 年度好书评选"之"年度致敬图书"，"新浪中国好书榜"之"2013 年度最感动图书"等奖项。而得奖的媒体曝光度自然能直接转化为销售的数据，这些都是此书宣传及发行工作的借力点，围绕这些点又能组织新一波宣传，也能有效促进发行工作的深入。还有特别值得一提的一些事件性营销。比如此书采用了裸脊工艺，但目前物流市场中的暴力运输的确会导致书脊开裂的概率增高，而在网上导致退单或负面评价，另外，还有一些读者对于此书的毛边工艺不太了解，误为裁切问题，甚至认为是"不合格产品"。宣传人员针对这类情况，要提前备好应急的新闻稿，从设计角度做导向，把劣势转为宣传点，而关于此书设计的意图经协调也被放置到销售网站的显要位置以示说明。

在这本书的营销工作中，能利用到的点都尽量利用，能借到力也尽量借力。精装版上市时图书的内容修订增补就是一个点；电子书选择在纸书推出半年后上市；也得到了豆瓣、亚马逊相应的页面位置支持，这也成为可以再借到的力。因为在如今的网络时代，电商最关注的早已不是线下的"泛宣传"，而是网上能链接到的点对点的那种宣传。

《平如美棠》于2013年5月正式出版后，作为此书编辑团队的一员，我陪同爷爷走了不少地方，和很多媒体及读者进行了交流。在每一次的交流中我都看到，虽然这个故事中有那么多的遗憾和失去，虽然人生苦短、聚少离多，然而书中处处可见富有意趣、含义深长的细节，它是那么真切地记下了生与爱的欢乐和美好——这种能从内心生长着爱和幸福感的力量，深深地打动了所有的读者。

四、用爱感动世界

当《平如美棠》被《新京报》评为"2013年度好书评选"之"年度致敬图书"时，知名学者何怀宏上台颁奖并致辞："这本书不是思想或政治的巨制，然而，任何思想的探索和制度的改善，其旨归不正是应让所有人过好的生活、美的生活？而每个人也都有如此生活的权利。于是，我们在这里向《平如美棠》致敬，向生命致敬，向长者致敬，向普通人致敬，向所有在生活中发现美和传递爱的人们致敬。"我觉得"传递"二字是如此精当，使得我身为广西师范大学出版社的编辑更意识到自己所从事工作的意义——我们正在做的与纸页、文字、油墨打交道的这件事情，它是与这个世界、这个时代和我们周围的人们在精神上相互联系着的；每一本好书都具有思想、情感和力量，而这一切，都将要、也应当汇入到更多、更广大的人们中间去。

2015 年 10 月，随着相关的各种准备工作的齐备，《平如美棠》终于被带进了法兰克福国际书展的视野，并先后收到了来自意大利、西班牙、法国、荷兰与韩国五家出版社的报价。12 月 6 日，上海编辑部又收到来自版权代理的博达公司通知，得知《平如美棠》有望进入英语世界。国外出版社对于这样一个由普通中国人所撰写的传记充满了热情和兴趣，这代表着故事中的感情得到了人们普遍的共鸣与理解。

同时，版权代理也转发了美国出版同行令我们深深感动的来信。在信的开头，美方详细介绍了他们未来操作此书的团队情况和对这本书的一些细节想法，在来信的结尾部分他们这样写道："我们的生产和设计团队拥有数十年的经验并曾做出过最美的图书。我带过一本《平如美棠》中国版的样书给我们生产团队的负责人安迪·修斯，他特别崇拜这本书的工艺，甚至用放大镜去仔细查看纸张和油墨——我们将尽力使英文版同样不凡。现在我还不想给出更多细节，但是我们很可能会采用和中国版相同的尺寸，考虑到英语市场，我们选择首先以精装书形式出版。对于出版'RAO 的故事'的前景我无比期待，我们将用英语真正推出这个故事并努力使之产生更大影响力。请让您在中国的同事们放心，我们将为此书投入热情、创造力、专业知识并怀抱尊重去出版 Rao 的故事。"

《平如美棠》的作者饶爷爷，他之前从来没有想过此书能够出版，更不曾想到这个故事将变成不同的文字传播出去——使用了不同的语言，这就像是在不同的乐器上演奏"RAO 的故事"。至此，这个发生在中国的故事将被世界其他不同国家的人们所阅读，而这也如同是身在世界不同地域、不同大陆的人们之间的一次分享，分享人们共同的情感和共同的珍视——我们觉得，这是"RAO 的故事"从中国走出去的最重大意义。而我们的编辑及营销团队也正在结合这些点再次展开相应的营销活动。

前不久我们收到了来自法文版译者与编辑的电邮，希望出版社配合解答他们在翻译中的一些疑问，我们注意到这些问题大部分与中西方不同的文化习俗及时代背景相关。编辑将这些问题整理好后带至饶家，由饶平如老爷爷口述、编辑记录，有些不太容易说清的问题，饶爷爷则挥笔作画，向远在法国的译者做最直观的讲解。之后我们把这些与外方编辑和译者们来往的图文材料全部整理好，汇总在一个文件夹中，供法文版、西班牙版、意大利版、荷语版及英文版的编辑们共同分享。另外。此书西班牙版的编辑及美国企鹅—兰登集团的英文编辑还专程到上海拜访饶爷爷，他们与饶爷爷交流的珍贵瞬间也保留下了照片和影像的资料，令《平如美棠》的各国制作团队皆能分享到图书的外围故事并知道此书最新的进展——我们相信这些做法将会打通作者与各出版制作团队之间充分理解的通道，而这样的相互了解与分享正是一种非常重要的营销。

在《平如美棠》的整个营销过程中，在每一次与读者、媒体人及国外同行的互动中，我们编辑和营销的团队都深切地感到了一本好书存在的价值，也更加理解了营销的本质和它的无所不在。做一本好书的确是谈何容易，发现一个好的素材仅为出版的第一步，之后的每一步则都需围绕营销展开。所谓讲好一个故事，也就是在产品与读者间达成理解、促成销售与传播。产品本身包含着制作者对于材料的理解，而营销的艺术则令这份理解准确传达至相应的目标群体。我们希望向越来越多的人们讲述《平如美棠》这个故事，期待着这本书和这个故事在世界上不同地区的读者们中间长久地流传下去。

互联网时代图书精准营销的可能性

——关于广西师范大学出版社读者营销的探索

◎ 陈子锋

图书市场是由图书产品、读者、购买力和购买动机构成的：图书产品是市场的物质基础，决定了市场的丰富程度和品种结构；购买力是货币支付能力；购买动机是产生购买行为的主客观因素；而读者是图书市场的第一要素，决定了数量与规模，因为人是市场的第一构成要素。

读者是图书市场的消费者。但多数出版社在面对图书市场时，主要针对的是各种销售渠道，这是发行部门的主要工作，这些渠道都属于"出版社—中间商（批发商与零售商）—终端读者"这条流通渠道里的"中间商"，所以出版社要面对图书市场的真正终端消费者时，二者之间是有隔阂的。如果需要了解读者的声音，除了从中间商反馈回来的零碎且不一定准确的信息，也只有一些出版社能直接与读者发生关系的方式，大致有以前出版社的自办服务部，以及读者见面会、新书发布会、签售会、书展等，偶尔还会接到读者的电话，听听读者简短的呼声。都说读者是出版社的衣食父母，可是除了上面说的一些场合和机会能接触到读者外，我们的"父母"多久才能见到一次啊，他们都去哪里了？

其实出版社一直希望能"精准营销"，找到准确的终端读者。在互联网尚未普及的年代，这不是一件容易的事情。在我社 20 世纪 90 年代辉煌的教辅图书时代，曾在每一本教辅书最后一页印上"读者调查抽奖表"，同时专门有一个"读者俱乐部"配备了两位同事去做这些表单的处理。当时的教辅书销量大，加上这个"读者调查抽奖表"有"桂林旅游"的大奖刺激，每天读者俱乐部收到的信件以麻袋计。同样是以中小学生作为读者对象的广西师范大学杂志社，当年也有类似的举措，沈伟东社长回忆说，"当时的读者来信是邮局用麻袋大的邮包送来，每天好几包，光读者来信的信息录入就要有一位同事专职来做。这位勤奋的同事录入了十多万读者信息数据"，"给少儿期刊的每一位作者复信……这一办刊举措，聘请了一百多位大学生复信员，每年增加数十万元的投入。也就是说，仅仅为给小读者增加个性化交流的'利益'，杂志社每年在账面上就减少数十万元的利润"。其实这些小读者的数据用处不大，首先他们都是学生，所留地址多是学校班级的，而他们随着年龄的增长会毕业离校；其次缺乏黏性，即读者与出版社之间缺乏相互需要的连接，仅仅只有一张"调查抽奖表"，该如何牢牢拴住读者的心，很难做到充分利用读者的数据。除非专业图书，其涉及领域独特，读者小众，目标市场明确，能确定读者数量甚至每个人的具体情况。对于大众图书和教育图书来说，读者群体广泛，购买随机，很难确定目标读者，这时就需要一种黏性，一种连接，把出版社和读者紧密地联系起来。

蒙牛的牛根生说，营销的最高境界是培养消费者，忠诚的消费从经营人心开始。应该感谢互联网的发展，为出版社的精准营销提供了可能性，并为这种可能性提供了无限的畅想，从而达到"培养消费者"和"经营人心"的境界。在图书经营过程中，有几个要素是要做到充分了解的，分别是图书产品、读者、营销宣传和销售渠道。本文即从笔者的日常工作出发，着重在读者营销与营销宣传上"培养读者"和"经营人心"方面，谈谈如何做到对读者的精准营销。

精准营销即明确目标读者，营销信息精准抵达，避免营销过程中的无用功，是企业和用户之间点对点的交互。它可以让营销变得更加高效，也能节约企业的成本。我社针对读者的精准营销上的举措，在互联网时代尤其是移动互联网时代有了极大的发挥，一改过去的粗放经营，做了多方尝试。

一、品牌的号召力使得精准营销事半功倍："理想家"会员计划

"理想家"是北京贝贝特面向未来，思考、梳理、整合自身所长，筹备经年推出的特别会员计划，比起通常意义上的会员制，尝试着养护一种"生态"，希望集合更多有着多元、开放价值观和信念的人，寻找共同的未来。

这个会员计划为年费会员制，有专属公众服务号，还有诸多会员权益，如专属社区、活动特权、积分特权、独家视频、可购买限量定制的礼物、活动优先资格、天猫店会员资格等。

活动案例有：

1."理想家"读书会

这是"理想家"会员计划推出的一个读书活动，读书会定位为"self-made"（自我塑造），旨在提倡所有"理想家"会员一起，通过文学类、社科类、政史类经典书目的阅读去塑造自我。2016 年 9 月 25 日下午，在郑州松社书店、成都言几又、长春学人书店 、哈尔滨中央书店、南京万象书坊、

福州大梦书屋、武汉物外书店、上海言几又等国内数十家独立书店内共读西西的《我城》，每个城市每场活动限定 15 人，且须为"理想家"会员。

2. 图书漂流

漂流时间：2016 年 7 月 25 日～10 月 21 日

漂流书目：梅·萨藤的《过去的痛》、木心的《木心诗选》、陈晓卿的《至味在人间》、水木丁的《什么是自由什么是爱》，以及钟立风的《短歌集》。都是广西师范大学出版社图书。

漂流目标：

①完成五本书的漂流。

②每本漂流书经历十座城市的十位"理想家"会员，每座城市最多停留七天。

漂流方式：

①在本帖评论中随机抽选五人，组建漂流微信群，他们将分别作为五本书的首位阅读者。

②阅读者收到漂流书的当日，前往社区发帖招募接手人。

③阅读漂流书最多七天。

④书读完或七天时间到，从自己发布的帖子评论中选择一位为接手人，并在评论中声明。

⑤接手人进入漂流微信群，联系阅读者将漂流书寄到指定地址。

⑥接手人成为阅读者，从第②步开始，继续漂流。

漂流过程：

① 关于痕迹：可以在漂流书中任意画重点、写感受、夹纸片，等等。一本书有多少可能，交给你想象。

② 关于记录：为了让书的阅读被记录与感知，随书附寄笔记本。参与者可以在上面记录自己的阅读心得，或写下这本书的旅行日记，形式不重要，重要的是你真的读过。等到这个笔记本结束旅程，再回到"理想家"的时候，或许还能众筹出版这本"理想家"自己的阅读笔记。

③关于选你的人和你选的人：拿到书的时候，里面夹着一封给你的信，同时给下一位阅读者写一封信。

3. 沙龙

焦元溥：古典音乐与文学的对话

活动时间：2016 年 9 月 3 日 15：00 ~ 7：00

活动地点：北京单向空间花家地店

沙龙结束后，还有一场专属"理想家"会员的 After Party，焦元溥老师将抛开嘉宾身份，走下讲台与大家共品美酒、畅谈音乐。After Party 需另外报名，仅限"理想家"会员参加，不接受现场报名。

此外，还策划了第二次乌镇木心美术馆之旅（"理想家"会员可优先报名，并享有优惠价格）、"理想家·葡萄酒品鉴沙龙"等活动。

二、新媒体渠道是精准读者营销的新方向

新媒体包括"两微一端"——微博、微信和新闻客户端。这些社交化媒体的出现，使得出版人可以不通过渠道和传统媒体，而直接与读者接触，信息可以流畅、迅速地抵达读者；同时将之前渠道、纸质传统媒体等单向传达信息转变为双向互动。在这些新媒体上，主要是投入人力，却可以低成本地与读者连接，从而精准地为他们服务。

　　微博经过多年的发展，已过了发展的高潮期，现在已较为成熟，阅读者和访问者也基本固定。我社官方微博以及集团旗下的一些微博的日常运营，不再是简简单单地发布图书信息和出版社信息，而是逐步转换为文化品牌的运营，或者变成了一个文化信息的发布机构，综合多方面的信息，不仅仅局限于图书出版领域，还会涉及艺术、美术、电影、摄影、音乐等其他文化领域。

　　而近两三年微信的红火，得益于移动互联的发展，出版社的官方微信公众号运营也成为非常重要的新媒体宣传阵地。一般关注出版社微信的人，都是比较喜欢该出版社及其产品的读者，他们购书行为频率比较高，购书种类比较多。针对他们进行营销，更有针对性，对出版社的销售可能产生拉动作用。

　　微信平台的发展期望就是一个真正的自媒体，有固定的铁杆粉丝，有良性的交流，读者层次会更高，会更严肃，更有内容。微信需要高质量内容，这与微博有着本质不同，微博是"短、平、快"，讲究的是效率。在"两微"上，如果出版社只是单纯推送新书信息，纯粹是给自己打广告，这是不足以吸引读者的，甚至发一些出版社的内部消息，读者都会有些抱怨，阅读率变化非常明显。不过现在的微博运营也有了变化，仔细观察一些出版社的微博，即使是大牌、老牌出版社，即使拥有几十万的粉丝，如果一条微博只是单纯地推荐新书或者发布出版社内部消息，极少有转发和评论的。微博同样需要有文化味、有趣味的内容，粉丝的互动性才会被调动起来。这一点已在我社集团微博矩阵各微博运营上得到了验证，我社官方微博和理想国微博已演变成了一个"文化综合体"。微博不仅是让读者了解近期的新书出版情况，还要通过每篇文章、每个活动、每次互动去打动他们，获得他们心理上的倾向性支持。我们常说，现在不是单纯地去做产品宣传，而是在做文化和品牌的宣传；内容不一定是与自己有关，但一定是为出版社品牌服务。

同时为了扩大新闻、消息传播的范围，我们还成功申请了一批流量较大的新媒体新闻客户端平台的内容运营权限，目前已构成我社十大新媒体平台的运营矩阵，除了微信公众平台，还包括：今日头条、腾讯企鹅媒体平台、新浪看点平台、一点资讯平台、搜狐公众平台、UC 媒体平台、网易媒体平台、百度百家号、QQ 公众平台。优质的内容其阅读量都会突破万次，通过这些新闻平台的拓展，极大提升了我社在新媒体平台上的宣传渠道和宣传效果。

精准营销上，社群营销则更进一步。通过社交媒体将有共同价值观的人群集聚在一起，形成有一定的权利和义务的社群组织，并搭建相关平台，组织内部发起的各种基于品牌和产品的营销方式，可以称之为社群营销。而这些平台，目前则是基于微信的微信群和基于 QQ 的 QQ 群。

我社微信社群目前主要有两类：一类是固定的读者微信群，现在主要有 7 个，根据学生、教师等不同职业进行划分，覆盖两千余人；另一类是依据各类活动而聚集的社群，包括"加油书店活动""漂读活动""百日共读计划""影像征集计划""给陌生人写一封信""鲍勃·迪伦分享会"等，平均每周都会根据相应的线上活动而搭建和聚集，目前已有微信群上百个。而我社童书品牌"魔法象"经常举办 QQ 群线上讲书会，直接面对儿童父母。

传统图书营销由于无法掌控终端用户，每本书都要重新做类似的营销。而社群则不同，有稳定的会员基数，有共同的价值观和消费偏好，在对应的社群里能够有针对性地营销产品。"罗辑思维"与出版社的合作就是典型案例，他们发掘出一些冷门图书，却有令人惊叹的销量，如以定制出版的方式销售钱穆的《中国文学史》，一本在传统渠道销售几千册的书，在"罗辑思维"的社群平台里销售了数万册。

这一年多的时间里，在出版社集团的"两微"尤其是微信公众号上，策划了多种线上活动，并逐步将活动从线上推广到线上与线下相结合。2016年最大规模的一次线上与线下结合的活动是主题为"8·20加油，书店"的"八小时书店店员体验"（详情可见活动组织者李迪斐在本书中的文章《加油！书店——一场席卷全国30家书店的集体行动》）。其他典型活动案例有：

1. 百日共读计划：遇见一个陌生人，陪你读完一本书

2016年还剩下100天时，我们策划了"百日共读计划：遇见一个陌生人，陪你读完一本书"线上与线下相结合的主题活动。通过共读这种方式，期待人与人之间可以产生很多很有意思的化学反应。在这100天里将会设计4期活动，每期持续21天。

首先根据大家在我社官方微信上报名填写的信息，随机为参与活动者匹配一位书友，作为本次共读搭档。在21天里，两位书友首先需要一同确定共读的一本书，必须是广西师范大学出版社出版的图书；可以自行协商，也可以由我们给共读书友提供参考书单；选择的书既可以是手中都有的，也可以相约一起买书，共同阅读。

在这个过程中，我们会为书友们开设一个专属的活动微信群，并在微信群里随时发布需要他们共同完成的阅读任务，并给予一些阅读上的建议，让两个人在安静读书的旅程中，还可以享受游戏通关的小乐趣。比如像"查令街84号"一样，为你的搭档写一封长长的信。这种身处异地的两位陌生人共读一种书的活动，可以相互督促认真地读完几本书；可以获得活动中设立的小奖品，或书，或出版社定制的优盘；可以收获纯粹的友谊，收获一位志同道合的书友。

2. 七日谈：我们想用一本书，来和你交换一个故事

2016 年国庆期间，我们策划了"七日谈：我们想用一本书，来和你交换一个故事"线上活动。国庆七天假期，主题活动就叫"七日谈"，每天征集五个关于某个话题的故事，被采纳的故事在 10 月 1 日至 7 日在我社官方微信发布，每则故事不超过 500 字，使用麦客平台提供的手机网页电子表单进行上传。在这七天里，我们和读者们聊过"觉醒时刻""翻山越岭来看你""独自""旅途中的陌生人""离奇的梦""怦然心动的瞬间""不能说的秘密"七个话题，并从 254 则故事中挑选了 35 个进行分享，还向大家推荐了和各个主题相关的 33 本书，其中我社图书 9 种，活动效果无形中反馈到了图书宣传和销售中。

其他线上活动还有"100 位普通读者用一张照片讲述自己的 2015 年""普通人的过年影像记忆征集""在七夕给陌生人写一封信""60 位读者和书店的故事"……所有的这些，我们都不是一时兴起，实际上，我们是在有计划地制造着各种各样有价值、有意思的连接。对于我社而言，这样的连接不仅仅是为读者提供服务的一项举措，也是提升品牌和形象的重要方式。我们希望成长为一个对于读者而言具有号召力和调动能力的品牌，因而才如此迫切地希望和读者们建立起各种各样的连接，通过一个个平台精准地找到我们的读者，精准地筛选出真正认同我们理念的读者，拴住那些品牌忠诚度高的读者，确定有效读者，并引导他们产生购买图书行为，而且这种引导一定是"无声无息""潜移默化"的，是不需要强制灌输的。

通过这些社群以及营销活动，我们或许可以像互联网产品那样为读者进行"用户画像"。企业利用寻找到的目标用户群，挖掘每一个用户的基本属性、行为属性、社交网络、心理特征、兴趣爱好等数据，经过不断叠加、更新，抽象出完整的信息标签，组合并搭建出一个立体的用户虚拟模型，即用

户画像。而给用户"打标签"是"用户画像"最核心的部分。所谓标签，就是浓缩精炼的、带有特定含义的一系列词语，用于描述真实的用户自身带有的属性特征，方便企业做数据的统计分析。一句话描述"用户画像"，即用户信息标签化。

我们把每一项图书宣传和营销活动都当作一个"宣传产品"或"营销产品"进行设计。譬如在组织出版社的线上书友群时，什么样的读者会主动加入我们的书友群，他们加入书友群的目的和期望是什么，这部分书友都有着怎样的兴趣特点、阅读喜好，那些在书友群中乐于主动分享和交流的读者都有哪些特质……这些就是"读者信息的标签"。当我们对参加书友群的读者进行用户画像，从年龄、职业、阅读偏好等不同维度划分后，再进一步对他们进行针对性的调查，提炼和分析他们加入读者群的需求，才能够更加清楚地认识到我们的线上书友群可以吸纳怎样的读者，哪些读者可以成为这个线上社群的核心；在日常的运营中，我们需要在这个平台上提供怎样的内容和活动。

目前我们在做的还只是比较初级的工作，要能精准地勾画出读者的"画像"，则要基于大数据及其应用，这是我们将来努力的方向。

三、数据库营销

数据库营销是"精准营销"的又一种方式。在互联网发达之前，数据库营销早已存在。比如当年贝塔斯曼书友会的直销，通过高昂的营销费用，拥有了庞大的读者数据库。不过贝塔斯曼书友会败走麦城撤出中国市场，有诸多原因，其中，对读者不够精准的"画像"使得如此庞大的读者数据库被弃之如敝屣。其实早期的读者数据库营销，专业类图书玩得更转。

专业图书读者受众较小，易找寻，目标读者与专业图书的编辑在知识结构、兴趣爱好上高度契合，天然适合数据库营销。典型的专业图书如医学类、建筑类，其构建数据库易如反掌。拥有了这些数据库，就拥有了一批忠实的读者，在对其进行分类的基础上，向其提供个性化的服务；反过来，这些读者数据库也可以为出版社的市场调研提供最佳平台。对于我社来说，数据库营销使用较少，仅在文献分社有相对成熟的运用。他们主要做两大块工作，一是收集国内所有高校图书馆的信息，二是收集与文献出版方向有关的专业的老师、研究人员的名单。后者按学校和专业方向分类，收集这些学校有哪些相关专业，这个领域的老师有哪些人，他们毕业时所学的专业以及工作后所研究的方向，科研经费有多少，联系方式，等等；并且通过对这些目标读者进行"逆向宣传"，由他们向所在学校的图书馆推荐图书，从而能更快、更顺利地拿到文献图书的订单。这就是典型的"精准化营销"，对读者的年龄、性别、地域、职业背景、收入情况、购买习惯、购买心理等做细致的研究，然后针对读者需求和分布，制订相应的铺货、营销策略。

其实在教师教育、艺术、建筑、音乐等专业性较强的出版板块上都可以构建相应的数据库。过去的数据库，是靠着编辑和营销人员一点一滴人工收集整理来的，比如通过拜访、专业会议、问卷调查等方式，时间成本和营销成本都不低。而在互联网时代，数据库营销的成本可大为降低，数据收集有了更多的操作空间和想象空间。如使用网络神采、火车采集器等互联网数据挖掘、抓取、处理、分析软件，可以在网络上检索相应的关键词，找到准确的读者；运营出版社的电商平台和各种社群，收集普通读者的信息，建立读者数据库，并在此基础上对这些大众读者进行"画像"，做出有效的分类；等等。这些都是我们社为之努力的板块，也是今后的趋势。

加油！书店

——一场席卷全国 30 家书店的集体行动

◎ 李迪斐

2016 年 8 月 20 日上午，一篇题为《此刻，他们在全国 30 家书店等你》的微信推送，刷遍了许多读者的微信朋友圈，微博上的"＃加油书店＃"话题也开始走热，与此同时，在全国 26 座城市的 30 家书店里，一场由广西师范大学出版社发起的"加油！书店"活动正悄然上演。

30 家书店的联动，90 位读者的书店店员体验之旅，1300 多位读者发来他们和书店之间的故事，5000 多位读者走进书店参与我们的活动，6 万次的活动视频播放量，累计近 10 万字的由各地读者撰写的书店店员体验报告，超过 140 万的"＃加油书店＃"微博话题阅读量……

活动结束后的一周，当看到这组数据时，大家都稍稍松了一口气，毕竟在活动之前，我们也时常问自己：出版社向读者发出这样的呼吁，究竟可以得到多少读者的响应？

这检验的不仅仅是这一次活动的效果，自从 2016 年年初我们开始试水社群运营之后，这次活动更是在检验读者对我社品牌的认同感——在我们看来，让读者和出版社一起参与到一件事情当中，他们才会与出版社产生深度的连接，进而对出版社的品牌更加了解和认同。

缘起：为什么出版社要做这样一件事

或许很多人会问：为什么是出版社来做这样的一个活动？事实上，这并非一时兴起。这个活动背后所呈现出来的是我们基于新媒体平台的读者运营策略。

我们在运营出版社的各个新媒体平台时，就常常在想，论内容的垂直和流量的规模，我们和那些大号相比差距太大，那我们的优势究竟在哪里；读者浏览完我们每天推送的文章后，除了分享和点赞，还能留下什么痕迹？在这个过程中我们渐渐发现，内容运营其实是读者运营的一部分，内容运营应该为读者运营服务，而读者运营是出版社品牌构建的关键一环。

在我们看来，出版社有内容优势，但内容不会自己凭空地和读者产生连接，只有和读者产生连接的内容才是真正有价值的内容。我们希望能够以内容为出发点，引起读者的思考、讨论和行动，从平面到立体，使我们与读者之间发生关系，从线上到线下构成一个循环的系统。只有这样，才会让读者和出版社产生黏性，让读者对出版社的品牌更加了解——而"加油！书店"活动，正是我们对这个循环系统的一次完整实践。

在这次活动中，我们首先基于内容，与感兴趣的读者发生了浅层次的连接，收集了1300多位读者和书店的故事，然后通过这些故事来召集更大范围内的读者产生群体行动，在8月20日当天成为我们线下活动的共同行动人。在这次活动结束之后，我们还收集到了读者们发来的近百篇优质的文章。围绕着这些读者和读者产生的内容，我们可以做的事情还有很多很多。

这正是我们在读者运营上想要实现的目标，也是我们基于新媒体平台的读者运营策略：基于内容召集读者产生群体行动，真正让读者变成出版社品牌的共同行动人，认同我们品牌的魅力以及倡导的东西。

那么，这次尝试为何会把焦点放在书店上呢？

广西师范大学出版社成立以来，和书店的关系一直都十分密切，在出版社成立三十周年之际，向社会发起为书店加油的号召，也是向书店伙伴三十年来对出版社的支持表示感谢的一种方式。在过去的十几年中，国内的实体书店经历过倒闭潮，其生存受到了来自许多方面的冲击，但近几年来，很多实体书店经过自我转型、多元发展，又重新迸发了生机。而如何让更多的读者重新认识今天的书店，亲身感受实体书店近些年的变化和努力，是我们希望为书店所做的事情。

另外，今天的实体书店已经成为图书宣传营销非常重要的渠道。如今，书店的功能早已不仅仅是图书销售，展览、讲座、沙龙、对谈、工作坊，音乐、影像、文创产品……今天的书店更像是一个可以随时聚集读者的实体文化空间，而这恰恰是出版社的宣传营销活动所需要的。除此之外，很多实体书店在新媒体平台上的表现也非常亮眼，在线上也有着强大的号召力，例如无锡百草园书店的微信公号，平均单篇阅读量都在万次以上。因此，无论是从线上还是线下的营销策略来考虑，书店都是非常重要的合作伙伴和资源。一次这样的活动，可以让我们快速地和书店伙伴们建立起良好的合作关系，这也是我们极为看重的。

策划：活动是如何设计出来的

我们在策划很多活动的时候，一直都遵循着两个原则：有趣，有价值。

这次"加油！书店"活动也不例外。

"有趣"，意味着活动要好玩，吸引人，会让人看到之后觉得"很酷"。有趣的活动不仅仅可以吸引更多的目标受众参与进来，对于整个项目团队来说也非常重要。在长达一个多月的活动筹备期中，工作量是巨大的，长时间的加班也很容易让团队陷入疲惫的状态，如何让大家时时刻刻对项目都保持兴奋，"活动有趣"是很关键的一点，因为整个活动我们只有吸引了自己，才有可能吸引别人。在这次活动的筹备中，大家常常会因为思路受限而陷入停顿的状态：写不出文案、设计不出好的海报……而这时候，大家只要想到我们在活动当天所设计的各种好玩的项目，又都很快兴奋了起来。

"有价值"则包括两个方面。一方面是针对出版社自身而言，活动对出版社的品牌推广、读者运营、平台导流是要有帮助的，我们的投入要得到相应的回报。另一方面则是针对受众而言（在"加油！书店"活动中，主要受众包括书店和读者两方），如今太多为了做而做的活动了，由此忽略了活动背后真正给受众所带来的价值。我们在设计活动的时候，会把活动的"价值"放在非常重要的位置来进行考虑，不仅仅考虑活动可以给我们带来什么，更重要的是可以带给受众什么。"有趣"的活动可以吸引人，"有价值"的活动可以打动人。

围绕着这几个基本原则，整个团队开始通过 workshop 的方式进行方案的设计：设计不同的问题，引导团队成员在纸条上写下或画下自己的思路和灵感，再通过建立坐标的方式从不同的角度去分析与判断，进而再将大家的思路和灵感进行排列组合，形成一个个小的方案。

从"关于书店你可以想到什么""为什么出版社要发起为书店加油的号召"，到"什么样的读者会对书店感兴趣""想要体验书店店员的读者都有哪些特质"，再到"读者为什么会在网络上参与话题讨论""当天经过书店看到活动海报的读者，我们想让他做什么"……经过若干轮的头脑风暴讨论，我们慢慢分析出出版社、书店、读者三方的需求，对参与活动的读者进行用户画像，提炼出活动的 slogan。需求分析、用户画像、原型设计、测试反馈、迭代升级，我们按照做互联网产品的思路来完成整个活动方案的设计，慢慢将整个活动的每个环节串联成一个基本的框架。在最后形成的活动方案中，仅附件材料就近十项，诸如活动流程时间表、项目推进时间表、宣传视频脚本、候选书店列表、物料清单表、活动系列文案、预热宣传计划等。

至此，整个活动的设计已经基本成型。

在线下，"八小时书店店员体验计划"是我们整个活动的核心。经过若干轮的用户画像，我们把目标受众设定为对实体书店有一定感情，并愿意身体力行地为实体书店的发展做一些事情的读者。这部分的读者群体规模相对来说不会太大，但他们是整个活动的核心。由于在 8 月 20 日活动前，"八小时书店店员体验计划"这一任务对外完全保密，我们判断，他们在当天接到任务的时候，对这一任务是非常乐意接受的，且可以较为顺利地完成体验，并在活动结束后有一定的内容输出。同时，我们还设计了神秘挑战任务、当天最先到店可获体验名额、当天前一百名到店可获赠礼品等子项目，丰富了活动的传播内容，也增加了活动的综艺感。

在线上，我们设计了"# 加油书店 #"这一微博话题，通过一系列的营销手段，让大家参与到话题的互动中，在网络上形成对实体书店这个话题的讨论。相比我们的线下活动，线上的话题讨论参与门槛更低，我们希望更大范围的读者可以更容易地参与到讨论中。同时，我们还设计了视频直播、图文直播、H5 传播等各种不同形式的线上传播方案。

传播：活动成败的最关键一环

活动的传播是整个项目方案中的一部分，但非要把这部分单独拿出来说，也恰恰说明了其重要性。在我们看来，作为一个营销事件，各个环节的传播效果是整个活动成败的关键：如果前期的宣传没有做好，可能在招募读者的时候，就不会吸引上千人的报名；如果活动之前所设计的引爆点没有传播到位，可能就不会有各地的读者在社交网络看到活动消息后马上来到书店争夺最后一个店员体验的名额；如果活动全程没有对网络传播渠道和路径进行设计，可能最后就不可能在微博上形成超过 140 万阅读量的话题讨论……

在这次活动中，我们分别从传播的渠道、内容、节奏三个方面来进行考虑。

作为一个基于新媒体平台所开展的活动，我们的传播渠道基本锁定在各个新媒体平台上。一方面，出版社自身的新媒体传播平台力量十分有限，所以我们联合了 30 家书店新媒体平台进行联动宣传。同时，我们还找来了"不止读书""看理想""荒岛图书馆""706 青年空间"知更社区等既有一定影响力、受众和与我们的用户画像较为匹配且平台的气质与这次活动比较相近的新媒体平台，作为这次活动的联合发起方，进一步扩大活动的传播渠道。从最后的效果上看，根据我们的调查，最终参与活动的读者在活动信息获取上，确实是来自不同的平台，这也为出版社自有的新媒体平台形成了很好的导流增粉效果。

在传播的内容上，我们致力实现立体化多媒体的传播，活动的宣传视频、三组活动预热的主题海报、三篇关键时间节点的微信推文，构成了这次活动内容传播的主体。

视频宣传可以让受众对活动的认知更为直观，因此我们设计了一个以"重新认识书店"为主题的视频脚本，引导受众对实体书店的发展进行思考，从而抛出悬念：让我们一起来做一件事，让更多的人可以关注到实体书店——8月20日，我们在书店等你。最终，经过传播渠道的扩散，该视频在全网的播放量超过6万次，而其中的内容也给活动的很多参与者留下了深刻的印象。

三组活动预热的主题海报则是我们预热宣传的核心。为了层层设置悬念，让大家对活动当天的神秘挑战保持期待，我们设计了以"失去""八小时""不可或缺"为主题三组宣传海报。

其中，在"失去"这一主题中，我们用键盘与笔、纸本与电子屏幕为意象，通过"删繁就简"这一关键词，透露出了我们想要引导大家思考的问题：在今天，很多人习惯了方便快捷地在网上查阅书单、在网上购书，而这也恰恰成了实体书店所面临的一大挑战。当我们越来越少地走进书店，少了在书架之间寻找不期而至的惊喜，少了在书店里与爱书人的交流，我们失去的究竟是什么？

在"八小时"这一主题中，我们传达了本次活动的一个重要的概念——八小时。我们通过列举三件在八小时内可以完成的事情，来让大家对8月20日的八小时形成联想与猜测。"可否借你八小时"的文案表达了我们对读者的邀约：8月20日，请和我们一起走进书店，一起完成一个八小时的神秘挑战吧。

在"不可或缺"这一主题中，我们又引导大家回归对实体书店本身的思考。我们用一系列的意象来对比实体书店之于一座城市的意义。在我们看来，实体书店之于现代城市，正如绿洲之于沙漠中的旅人、灯塔之于大海中航行的船只、阳光之于森林中的大树。而实体书店对于现代城市而言，它的不可或缺究竟体现在哪里，或许是我们希望通过这组海报所传递给读者们思考的问题，而这也恰恰是我们在活动当天想要和大家一同解答的问题。

除此之外，我们还巧妙地设计了传播的节奏。

8月1日起，我们便开始在出版社自有平台上陆续对参与活动的30家书店进行介绍。8月10日至8月14日，我们陆续通过微信推文推出了三组主题海报："8月20日，实体书店对一座城市而言，究竟意味着什么""距离8月20日还有八天——八小时，你可以做些什么？""揭秘'加油！书店'活动——一起寻找城市中不可或缺的它"，并在8月11日推出了活动的宣传视频："预告片：我们要和全国30家书店一起，做一件很酷的事情"。此外，我们还在8月13日与30家书店的新媒体平台，以及活动的几家联合发起方，一起发布活动的招募公告："8月20日，可否借你八小时——一份关于书店的神秘挑战"。

报名结束后，我们逐渐调整宣传策略，以吸引更广泛的群体关注到我们当天的活动，制作了"这个活动究竟有多好玩，近30个微信公号都在转发""揭秘820活动——这些细节，用尽了设计师和文案君的洪荒之力"等宣传内容，并在8月19日和8月20日再次联合30家书店的新媒体平台及联合发起方一起发布了活动的最终预告："这是60位读者和书店的故事丨明天，我们等你来！""此刻，他们在30家书店等你"。

实施：长达一个月的马拉松

实际上，从7月14日开始策划到8月20日的活动实施，在一个月的活动筹备过程中，还贯穿着许许多多的环节，也发生了许多有意思的事情。

活动之初，书店的选择和联络是一项非常重要的工作。也许有很多人会问：这 30 家书店是如何筛选出来的？我们首先征询了同事、媒体、同行的建议，罗列了一份百余家书店的清单，然后和发行的老师们逐一对候选书店进行分析和筛选。在书店的选择中，我们尽量兼顾地域的分布、书店的类型，既有北上广这样的一线城市，也有类似内蒙古包头这样的二、三线城市；既有像言几又、单向街这样的连锁品牌，也有北方图书城、桂林书城这样的大型新华书店；既有像上海鹿鸣书店这样的学术书店，也有像包头留神书店这样的小型独立书店。

2016 年在包头参加书博会的时候，我特意拜访了在当地小有名气的留神书店。这家书店很小，但从书店老板胡俊峰那里，我听到了很多打动我的故事。这家开业一年的书店是盈利的，对他来说，"让书店先活下来比什么都重要"，书店里的三千多种图书他信手拈来，向读者们介绍一本好书是他最大的乐趣。作为一家 24 小时营业的书店，长期待在店里的他还组织了一场场夜读活动，鼓励更多的人拿起书来阅读。从他的身上，我看到了许许多多在为一家书店而努力与坚守的书店人的影子，我希望更多这样的书店和书店故事被更多的人知道，或许这就是活动的初衷之一吧。那晚，当我走出那家书店的时候，我就已经想好要把它纳入这次活动的候选书店——尽管这只是一家小城市里的小书店。实际上，留神书店参与活动的效果也是不错的，人流量、销售量都创了开店以来的新高。

此外，在这次活动中，我们还费尽心思地设计了很多物料和海报，诸如明信片、任务卡、藏书票，也包括活动当天张贴在书店的实体海报，以及活动在线上宣传时所需要用到的电子海报。从项目伊始一直到项目结束，设计师和我们的项目团队一起，对每一项物料和每一张海报进行反复沟通、修改和打磨，希望可以给这次活动附加上一些温度。有时，我们白天把需求和素材提供给设计师，深夜一两点的时候，我们收到了设计师做出来的样图；

在近 4000 份藏书票需要寄往全国各地的前一天，正好是一个周末，由于需要赶工，很多同事过来帮忙，亲自折叠和粘贴封套，并把一张张藏书票装入袋中。看到大家都在为这个活动而付出，不可谓不感动。

和读者联络的过程也颇有意思。由于需要对报名参加活动的读者进行确认，当我们从 1300 多位报名者中进行筛选时，时常需要电话和对方进行沟通。然而面对来自广西桂林的一个陌生号码，有不少读者误以为是诈骗电话，让我们好不尴尬。还有读者在后台留言，当初挂掉我们的电话真的是因为脸大，一不小心就摁到了挂断键。当完成活动入选者的微信群搭建后，读者们都在群里聊得火热，相互间结识了许多志同道合的朋友。这种人与人的连接真的很奇妙，也很有意思，作为出版社，我们愿意创造更多这样的连接，以书为媒，创造更多的相遇。

在活动前的最后一夜，我们整个团队进入了随时待命的状态：准备并测试活动当天的直播方案、制作活动当天给每个参与者的神秘任务卡、搭建活动当天所需要配合的 30 个微信群、撰写活动当天的宣传文案。8 月 20 日零点过去的时候，待命中的整个团队是非常兴奋的，因为我们知道，准备了一个月的席卷全国 30 家书店的集体行动就要来了。那一夜，大家奋战到了凌晨四点，所有准备工作就绪。

当天七点，"此刻，他们在 30 家书店等你"的推文发出，活动正式开始了。

实际上，在这一个月的活动筹备期里我们非常焦虑。一切都在按设计稳步推进，但我们是否可以真正调动起我们的读者，参与到我们的活动中来，我们最终能否真正找到和我们价值观契合的那群人，在 8 月 20 日这天和我们一起行动起来？我们一直心存疑虑。所幸，结果是令人欣喜的。

活动当天上午，我们在社交平台上看到，全国各地的许多读者在各个新媒体平台上看到活动的推送后，立即走出家门搭上地铁，成为第一个抵达书店的人，顺利获得"八小时书店店员体验"的名额。除此之外，还有许许多多的网友参与到了线上的话题讨论当中，在微博上，"＃加油书店＃"的话题阅读量超过了 140 万。那一刻，我们知道，这场长达一个月的马拉松即将迎来终点。

思考：未来如何制造更多有价值的连接

这次活动，依然有很多不尽如人意的地方。比如，在活动的设计上，环节太多，重点不够突出，"前 100 位抵达书店的读者可以获赠明信片"的环节设置挤占了书店店员太多的体验时间；比如，由于每家书店均没有出版社的工作人员，依靠书店方面以及志愿者的协助，依然很难高水准地完成我们的活动直播设想；比如，由于技术和沟通等方面的原因，我们最初设想的在朋友圈形成刷屏的爆款 H5 最终没能呈现出来。

但回过头来，我们似乎也完成了这次活动所预设的目的：以内容为出发点，引起读者的思考、讨论和行动，从平面到立体，使我们与读者之间发生关系，从线上到线下构成一个循环的系统。从这次活动的效果来看，这样一个系统是可操作的。

面对一个基于新媒体平台所开展起来的活动，我常常在想：对出版社而言，新媒体运营究竟是在运营什么？

追溯到互联网的出现，它打破了时间和空间上的局限，让信息的传递变得更有效率，让人与人的连接变得更加简单。而移动互联网的普及，进一步打破了这种时空上的局限，人们随时随地都可以获取各种各样的信息。而"新媒体"恰恰是基于移动互联网的发展所应运而生的新的媒介和平台，借助所谓的新媒体，人们可以更有效率地获取信息，更加便捷地与世界上的人事物产生联系。

所以，如果要用一句话来概括我们在做的事情，那应该是：我们希望借助"新媒体"，制造更多有价值的连接——可能是人与信息的连接，可能是人与书的连接，可能是人与知识的连接，可能是人与社群的连接，可能是人与人的连接。

2016 年年初，我们开始在线上搭建出版社的书友群，是希望借助即时通讯工具，让我们和读者之间、让读者彼此之间有更多、更快捷、更深入的沟通和交流。在这里，我们希望制造的是人与人之间的连接。

后来，我们从 3 月份开始组织图书漂读的活动。一个个基于一本书而搭建起来的漂读小组，一次次人与人之间的图书传递，一份份经过阅读后的思考而书写下的读书笔记，数月下来，上百位读者和我们一起完成了 14 期图书漂读。在这里，我们希望制造的是人与人、人与书、人与社群、人与知识的连接。

除此之外，还有我们在平时所发起的那些有意思的活动："100 位普通读者用一张照片讲述自己的 2015 年""普通人的过年影像记忆征集""在七夕给陌生人写一封信"，以及这一次的"加油！书店"活动……

正是基于这样的一个逻辑，我们一直在有计划地制造着各种各样有价值、有意思的连接。回过头来看这次"加油！书店"活动，其实也是我们整个新媒体平台读者运营策略中的一环。我们希望成长为一个对于读者而言具有号召力和调动能力的品牌，因而，我们才如此迫切地希望和读者们建立起各种各样的深度连接。

在我的理解中，随着时代的发展，出版业从性质上来说，更像是服务行业。在互联网时代下，服务的核心之一就是要以用户为中心。今天的出版社，需要找到我们的读者究竟在哪里，并和他们产生更深度的连接，才可以更好地服务于读者。在这个领域，出版社可以做的事情还有很多很多，它能够产生的价值，也不言而喻。

童年・爱・蓝色的天空

——克罗地亚插画家安德烈娅2015年中国巡讲营销心得

◎ 薛志丹

2015年12月3日下午3点，克罗地亚画家安德烈娅和她的丈夫卡斯米尔先生终于出现在北京首都国际机场。12月18日下午2点，魔法象团队和安德烈娅夫妇在桂林王城城墙下含泪拥抱而别。从10月16日上午11点我们向安德烈娅发出第一封邀请信，到12月18日所有行程结束，近70天的时间，筹划时的焦虑，见面时的激动，活动时的兴奋，离别时的悲伤，都化为一个拥抱和贴面，融化在离别时的阳光里。

为了人与书的相遇

与安德烈娅的缘分，始于她的代表作品——《蓝色的天空》，这本书是广西师范大学出版社童书品牌"魔法象"推出的第一批图画书中最重要的作品之一。和众多喜爱安德烈娅画作的文艺青年一样，我们发现这本有着蓝色忧郁气质的童书，在豆瓣上面受到众多读者的追捧。作为一本童书，它显得过于悲伤，但是其中细腻的情感和自传体的故事，仍然感动了每一个拿起这本书的人。千方百计找到这本书的版权，我们将其出版。而这也是一切缘分的开始。

邀请安德烈娅是早有计划的，在她的第二本作品《爱》问世时，我们就动过这个念头——2015 年 8 月份上海书展，我们曾想过邀请同样也是做出版公司的安德烈娅夫妇来中国；安德烈娅在一次邮件中发来她在国外购买的桂林山水的明信片时，我们都曾想过促成这对热爱彼此、热爱中国、更热爱桂林的夫妇来到中国访问。2015 年 10 月，在和儿童图书出版分社社长柳漾一起讨论选择最应该作为"魔法象"第一个邀请来的外宾时，我们不约而同地把过去的点滴积累起来——安德烈娅，她必须是"魔法象"第一个邀请到中国做巡回展览的嘉宾，不仅仅因为她的画风独特，丙烯颜料色彩调和，油画般浓郁的感动，不仅仅因为她得到一张桂林日月双塔的明信片就高兴得像个孩子一样精心发邮件给我们，不仅仅因为她夫妇两人在国外书展上常备烈酒待客，不仅仅因为她时常和先生卡斯米尔拥抱对视时的爽朗和明媚……

筹备过程中的焦虑

作为童书的营销团队成员，这是我职业生涯里第一次为外籍作者安排长达半个月的巡展，涉及北京、唐山、长沙、武汉、深圳、桂林等 6 个城市，一共 12 场活动，包含 3 场大型画展（展期分别历时 15 天），还有 3 场针对高校大学生的专业出版讲座，3 场针对孩子和父母的亲子活动，4 场创作分享会。这是对个人工作莫大的考验，也是"魔法象"团队的一次炼狱。筹备过程堪称煎熬，甚至一度想过全盘放弃。

活动前期，难产的物料曾一度让我们陷入绝望。筹备安德烈娅的巡展，我们的第一想法是要为安德烈娅制作一份个人介绍的册子，让更多中国读者了解她非凡的个人经历和艺术风格独特的作品。我们甚至曾想过停掉一切图书生产任务，筹划画展画册、个人介绍册子和纪念版明信片等周边宣传品，但是，同样重要的是安德烈娅即将推出的新书《白鹳的旅行》。

要做好前期的筹备，首先要付出大量的沟通成本。跨国沟通，只能通过邮件，克服两国 8 个小时时差的问题，解决通信不便带来的下载困难，摆平语言障碍带来的翻译差异问题……安德烈娅的画册文案长达 15 页，地球那一端的安德烈娅被自己国家的画展折磨得精疲力尽，却精益求精地反复确认画册文案细节，一天十多封邮件沟通画展的细节。

而为了给"魔法象"第一位外籍作者的巡讲留下一份特别的纪念，我们精心设计了限量版的明信片。从选图、选纸、信封设计，每一个细节我都积极参与，但是最后总觉得还没有达到我们的理想效果。"文创周边控"的我们灵机一动，想到英伦风十足的火漆印章封口，配以"魔法象"定制 logo 木柄印章。这个画龙点睛之笔，终于实现了我们团队的小心思。

准备过程中，另外一块最让人头疼的就是画展布置。画作的呈现方式变换了无数种方案，挂鱼线、设计背板、打钉子、摆画架……所有设计公司和我们能想到的方式都演示过，却不能同时让所有的人都能真实地感受安德烈娅原画的魅力。第一次看到她的书，我惊叹于怎么会有这样奇特的图画书作家，她的创作——歪歪扭扭的房子，失落的小孩和破碎的玩具，歪脖子的大树和失落的小鸟，看似简单却直戳人心，笔触力道精准，划破每一个还敏感着的心。那是我第一次开始理解那句"浓得化不开的忧伤"，曾经被视为矫情的一句话，却实实在在地用笔触和画面将我感动。

出于一个欣赏者的私心，也出于对广西师范大学出版社营销活动品质的追求，我坚持用高规格的方式，必须呈现原画。与会展公司争预算，与设计师打磨争时间，与责编争执定内容，最终确定了最佳的画展呈现方式，既保证读者能真实欣赏到原画，又能保证作者对原画的要求。

把所有的情绪和心思耗尽，长达半个月的时间处于焦虑状态，每天早晨我没有睁眼就会自动播放未完成的事项，然后压抑地醒来。这真的是一段煎熬，所有筹备阶段难产状态的煎熬。

做一场巡展，两个对异域国度充满期待的艺术家和出版人经过17个小时的飞行，从克罗地亚来到中国。我们希望留给彼此的不是别人眼中新书宣传的站台走场，而是从一个灵光乍现的想法、一个周密计划的方案，到一个千里奔波的相遇，再到处处有心的感动。

所有的汗水和泪水都是值得的

12月3日下午3点——在过去的50天里，团队里每一个人都倒计着这个时间。在北京机场与安德烈娅的先生握手问好，与安德烈娅贴面拥抱，真实的热情和激动将悬着的一颗心放下了一半。办理入住手续后，我直接去往现场装裱原画，确认第二天活动的每一个细节。

安德烈娅一到现场，激动得像个小少女，拉着老公拍照，与工作人员拍照，眼神里闪着光。现场拿出专门为他们制作的画册，一页一页地翻给他们看，解释目录安排，翻译里面的句子，看到她给我们的照片和十几页的资料都化为一本丰满的册子，有作品，有寄语，有采访，有创作历程，有活动现场，有家人的照片，有"魔法象"与他们最初的相遇，还有自己的孩子也在其中，过往的活动照片也在里面，我瞥见她眼含泪光。那一刻，我知道我们前期的煎熬和努力都是值得的。

一场活动，最重要的是先感动自己，心中有溢出来的爱，才能感动别人。

于是，一场声势浩大的巡讲就在这孩童般的笑声和感动的泪水中开启，而这份感动也在长达 15 天的时间里不断升级，直至活动落幕，还在不断延续。

12 月 4 日，画展在国家图书馆正式开幕，活动前一天晚上，安德烈娅夫妇和"魔法象"整个团队在画展现场久久停留，擦拭每一个画框，贴好每一个标签。安德烈娅也饶有兴致地像一个观赏者一样久久地在画框前停留。第二天活动现场，克罗地亚驻华大使、大使馆文化参赞盛装出席，并发表了开幕致辞。他在画作前自豪地拍照留念，表达着对两国文化交流往来的祝福，也真诚地感谢广西师范大学出版社为他们国家的知名画家安德烈娅所做的一切。句句真诚，字字如金，铭刻在团队每一个人的心中。

12 月 6 日深夜，团队一行人浩浩荡荡地到达唐山，唐山丰南区图书馆馆长刘志大老师在车站接到我们，9 个大大的行李箱竟然塞满了一辆大型皮卡车后厢，团队的小女孩瞬间变身"女汉子"，两手举起大箱子震惊了所有人。热情的观众、自发的掌声也让安德烈娅对后面的巡讲更加信心满满啊。

12 月 8 日，长沙卓学园亲子阅读会所，又是一个热热闹闹的满场，对方的老师做了几十个带有"魔法象"标志的纸帽子，小朋友们戴着帽子排成一排，被安德烈娅的丈夫卡斯米尔的搞怪表情逗得哈哈大笑。直到晚上 10 点，一群沉浸在童话里的大人和小孩还在 8 米长的画布上写写画画，拍照留念，一起在画布上画下心中的童年记忆。

12 月 12 日，武汉画展开幕，当天上午武汉外国语小学的 2000 名学生涌进了画展现场，安德烈娅夫妇被如此众多的小学生震撼，家长和学生追逐明星一般排起长队等待签名。"魔法象"团队的每一个人心中都怀着无限喜悦，工作上却必须严阵以待，经纪人一般"掩护"安德烈娅夫妇在粉丝的追逐下安全退场。

12 月 18 日，安德烈娅夫妇来到山水甲天下的桂林。一路以来为他们做随身翻译的"魔法象"团队成员王玥珉已经能随时转换工作身份，开启专业导游模式，从桂林到阳朔，一路介绍桂林的山山水水和城市故事。阳光明媚的下午，广西师范大学邑动学生互动中心，在大学生热烈的拥簇下，安德烈娅夫妇的中国之行圆满结束。

满满的收获和感动

一场巡展，前后筹备 50 余天，画家从克罗地亚到中国飞行 17 小时，12 月 4 日到 12 月 18 日，活动历时 15 天，周转北京、唐山、长沙、武汉、深圳、桂林 6 个城市，举办 12 场活动，策划 3 场大型画展，到达现场的观众超过 3000 余人，直接销售 3000 册书，码洋 9 万余元，当当网线上销售也翻倍增长。从前期策划到活动结束，魔法象官方微信推送 65 次，全国各大主流媒体、当地媒体甚至政府官方网站曝光转载达 50 余次。这也许只是一串简单的数字，但是对于"魔法象"整个团队来说，这是一轮声势浩大的巡讲，更是一次脱胎换骨的成长。

从克罗地亚共和国驻华大使、国家图书馆少儿馆馆长，到各地方图书馆馆长、各地小学校长和幼儿园园长，再到各地绘本馆馆长和公益阅读推广人，当然还有每一位普通的家长，半个月的活动，微信朋友圈无数次被刷屏，晒合照晒签名。一张张激动的笑脸和一次次真诚的赞美，将曾经所有的汗水和泪水淹没，所有的一切都是值得的。

经历了这样浩浩荡荡的巡讲，我个人和团队也得到了脱胎换骨式的成长。之前，曾经无数次苦恼于没有经验可以借鉴，想寻求成熟的团队求经问道，学习已有的营销活动经验。而这次之后，最大的收获是让我们这个年轻的团队懂得了一个道理：没有任何成功可以被学习复制，凭着一颗真诚的心去想、去做，所谓成功的道路都是一步一步开拓出来的。

活动落幕，回头总结经验，也有诸多的疏漏之处。在活动细节方面，由于经验的缺乏，准备不足，比如安德烈娅分享的内容，虽然经历反复沟通，却没有能及时转化成中国读者更习惯的 PPT 格式，读者互动热烈，讲座课件却不能锦上添花。在系列活动整体设计方面，路线设计照顾到重点城市，同时辐射周边，但也难免重点不够突出。在活动实施方面，与地方的对接有诸多考虑不够细致的地方，应该提前对外籍友人的饮食、住宿、个人习惯等方面做细致了解，在活动之外，对外籍友人的照顾其实可以做到更加贴心。若对这样的细节也能够做到体贴入微，相信重要作者对出版社也会更加信任。

除此之外，作为一个围绕重量级作者的系列活动，营销团队所要考虑的不仅仅是将其带到读者面前而已，更重要的是考虑到重点作者的整体打造：多层次的活动设计，不同城市层级受众的差异性，前、中、后期媒体宣传的多维度曝光……曾经在入职初期，听到前辈语重心长的告诫：营销是无尽头的，总有更精细的地方可以尽善尽美。而脚踏实地走下来，沉淀之后成长，才懂得一次活动、一份工作，只要用心，总有无尽的天地供你发挥。这也是与安德烈娅的缘分带给我们的另一种成长。

为了人与书的相遇，一路巡讲之后，我们对这句话的理解也更加深刻。作者跨越半个地球，长途跋涉来到中国，当满心期待的孩子拿着一本书递到作者面前签名，一朵花，一片云，一句鼓励，对于年幼的孩子来说，这会是他儿时最珍贵的记忆之一，甚至或许他的人生也会因为这样奇妙的相遇而改变。为了让更多的人遇到书，为了让更多的孩子遇到更好的书，为了让这种相遇变得更加美妙，一切的努力都是值得的。

这里有童年。这里有爱。这里有蓝色的天空。这里有安德烈娅。这就是"魔法象"的故事，只是个开始。

《我想你了，爸爸》：以情动人的营销故事

◎　龚依文

2014 年，上海公司推出了绘本《我想你了，爸爸》，因为作者是一位新人，编辑希望我们做点不一样的、针对性强一些的营销推广工作。

这本绘本是一个名叫平平的女孩的投稿。编辑与她沟通后了解到，平平在爸爸去世后想通过绘画，定格一些她与爸爸记忆的片段，于是便开始收集材料，问家人，问父亲的朋友们，看父亲读过的书，了解他曾经做过的工作和去过的地方……然后用了一年半的时间，一笔一画，画完了整个绘本，亲手构建了属于她与父亲的回忆。散文诗般的语言和温暖的彩笔画，内心最真实的情感，感动了我们所有人。我们认为，现下社会上流行着一股爸爸潮，带着爸爸后缀名的节目，都会受到大众的广泛关注。但是这本书却不是对爸爸的一种消费，更不是刻意地迎合。这是可遇不可求的一本书，它表达内心最真实的情感，很温暖，是能打动普通读者的真实的东西。于是，我开始制订针对这本绘本的整体营销方案。

我们按照时间节点划分，从下印厂、前期宣传、正式出版到出版后期做了相应的宣传方案，同时根据这条时间线来安排线上和线下的推广。

在前期宣传时，我们就在考虑采用当时刚开始盛行的 Html5 制作图文信息的方法，可以通过动画图文并茂地展现我们所要表达的内容，于是我们用 MAKA 制作微信公众号内的图文内容。在书中挑选有代表性的图片与文字，配上暖心的背景音乐，串成完整的故事。我们没有制作华丽的动画效果，只是叙述着平平的故事，希望能安静地深入人心。这篇微信内容在图书正式上市时推出，链接着购买信息。通过集中转发曝光，短短一周内有近一万多的观看量，"十点读书""当当图书"都找到我们，希望在他们的平台上播放。网友留言："……平平的这本彩绘，可能是除了几米的绘本之外，我读过的最感人的一本。泪点低的我，从十五页开始流泪，一直到结尾……这是我看的为数不多的、美好的、感动过我的漫画书之一。'我想你了，爸爸'，一个简单的题目，却也传承了几千年的朴素感情。一句简单的'我想你了'，折射出来那么多值得永久珍藏的岁月，如歌中飘荡出来的思念，这么轻，那么浓……"我想我们做这个动画的目的达到了。

图书出版后不久便是上海书展，我们把图书分享会的活动安排在了书展前，错开媒体集中报道的时间，场地选在北京的单向街，符合这本书的读者群和调性。在活动形式上我们采用主持人、嘉宾、作者对谈的方式，主持人由责编担当，责编是最了解此书的人，可以挖掘在与作者沟通出版此书过程中一些背后的故事与话题。同时我们邀请了黄集伟先生作为活动嘉宾，他是著名的出版人、专栏作家，同时也是一位父亲，以父亲的角度讲述父爱在孩子成长过程中的重要性，与平平讲述女儿对爸爸的情感产生共鸣。除了单向街自有平台上的读者召集，我们也通过豆瓣告知读者这一活动信息。邀请了几家偏生活都市类的纸媒做相关的活动报道。活动现场还有配音社朗读书中选段烘托气氛。活动前一天，我们安排了平平录制北京广播电台的读书栏目，与主持人对谈，推荐此书，在聊书的同时，带出活动的有效信息。当然最终活动的反响是好的，现场读者踊跃提问，媒体对作者进行了专访报道和关于"爸爸"话题的专题推荐。

　　不能说我们对每本图书的营销策划都做得面面俱到，只有有计划、有时间点、用传统结合新媒体的推广方式，以及有效的执行力，才会不枉费一本好书的问世，而我们的工作就是把好书有效地传达到读者那里。从我的内心来说，我觉得任何一本图书的营销策划我们都还做得不够全面，实际上我也不想把某一本图书的营销案当作成功案例来写，只想细水长流地把它推荐给读者们。

《"高考"在美国》出版营销纪实

◎ 李云飞

　　这是一个崇尚英雄、追求成功、回避失败的时代。的确，成功者的激励总是充满正能量，振奋人心，而失败的故事难免让人黯然神伤。殊不知，以失败为鉴，敢于面对失败，善于从失败中反思、总结，才能避免重蹈覆辙，并为将来的成功铺垫坚实的基础。本文中探讨的《"高考"在美国》的经营案例，单纯从经济效益衡量，显然是不成功的，但这本书作为社本部首次按畅销书运作模式来尝试打造的图书，其选题在我社业已出版的近两万种图书中应是一本具有典型意义的图书，而其运作模式更是开启了我社畅销图书出版、宣传和营销的先河。即使是放在我社三十年发展的历史轨迹中来看，它也应是一本有重要地位的图书。

一、《"高考"在美国》选题的由来

　　20世纪90年代末，一场关于"素质教育"的讨论在全国如火如荼地展开。什么是素质教育？如何推广素质教育？外国的素质教育是怎么样的？我国与发达国家的教育差距在哪里？一时间，素质教育成为上至政府官员、教育专家，下至百姓大众热议的时髦话题。与此同时，一系列介绍、阐述素质教育理念的出版物也相继问世。其中，由旅美教育学专家、教育学博士黄全愈先生编写的《素质教育在美国》《家庭教育在美国》《玩的教育在美国》等书一经推出，在中国教育界即引起强烈反响。由广东教育出版社出版的《素质教育在美国》一书更是被评为 2000 年度非文艺类畅销书第一，其素质教育理念对中国现代教育的改革产生了深刻的影响。

作为一家以教育类图书为主要出版方向的出版社，我社始终关注、研究有关素质教育的各类选题，并期待与黄全愈先生这样的教育名家的合作。终于，机会来了，因《素质教育在美国》取得的巨大反响和成功，黄先生决定再选取一个社会关注度更高、更具敏感性的话题——高考。黄先生经过多年对中美"高考"的观察、思考、分析、比较，2003 年完成了《"高考"在美国——旅美教育学专家眼里的中美"高考"》书稿。我社当时在全国已是具有相当知名度的教育类图书出版社，黄先生又出生在广西，加上北京大学出版社的协调，黄先生最终将这本书交由我社和北大社联合出版，使用我社书号，图书的编辑、生产、销售均由我社主导。

二、《"高考"在美国》的宣传和营销始末

拿到了心仪已久的图书的出版权，出版社自然将该书的经营列为 2003年下半年的头等大事。首先成立了项目领导小组，小组由当时出版社主持工作的最高领导牵头，编辑部主任和营销中心一位资深业务员负责该书日常运营的所有事务，包括编辑进度的监控、营销方案的制订、对外联络协调等。

营销中心 2003 年下半年的工作重点即围绕本书进行，坚决执行项目组

制订的营销方案。营销方案大致分为四部分：一、出书前媒体的宣传、预热；二、制作各类海报、宣传画、X展架、易拉宝等宣传物品；三、出书后全国各大图书卖场的上架销售工作；四、作者在全国重点地区的签售和巡回讲座。

媒体宣传主要由项目负责人联系出版专业媒体和大众媒体，邀请教育专家、知名学者及学生家长等发表文章，以掀起一场关于"高考"的讨论风潮，为图书的热销做好铺垫。宣传物品的制作、卖场的销售和作者的签售讲座则由营销中心业务科和市场科落实完成。领导要求，卖场的销售不仅仅是上架，而是要摆专架、码堆，特别是省会城市和地级市的大型书城，更要求在卖场入口最显眼处码堆，彰显气势。

我主要负责全国新华系统的销售，容罡负责全国民营系统的销售，领到任务后我们便立即行动起来。在济南泉城路书城，我拜访了时任济南市新华书店的徐敬副总经理，介绍了本书的情况及营销思路，并送上作者亲笔签名的样书。同时，希望书店在销售方面给予我社大力支持。基于我社教辅图书的品牌，也基于我社与济南市店多年良好的合作关系，徐总当即同意为我们免费码堆，还当场指定业务部一名主任作为对接人，并建议我们多备些货。在青岛市新华书店，袁淑琴总经理也对该书表现出较大的热情，在了解到书城近期活动较多、地方有限时，也指示卖场负责人想办法为我社"留有一席之地"。与此同时，营销中心业务员也奔赴各地，辗转各大卖场，围绕该书的宣传、销售及讲座等事宜紧锣密鼓地开展工作。不仅如此，在强大的宣传气势下，我社一些专业教辅图书民营代理批发商也跃跃欲试，要求加入该书的销售队伍。随后，各地书店的订单纷至沓来……一切准备就绪，只待子弹上膛，就可发起总攻。

图书终于入库了，首印数5万册。入库后仅3天（9月9日～9月11

日）开单发货就超过 4 万册，到了国庆节前，已基本没有库存了。很自然的，一项重要工作提上了议事日程：加印。是否加印？何时加印？加印多少？项目负责人召集业务员开会，反馈销售情况并讨论加印事宜。对于这二十多天的销售情况，大部分业务员的反馈喜忧参半，或者说忧虑居多。喜的是经过前期的努力，各大卖场都很配合、支持我们的工作，不仅同意设专架、码堆、悬挂宣传品，而且不少书城都将这本书列入重点推荐品种，甚至有些还自费制作了更适合实际的招贴画。忧虑的则是：第一，首批发货量过大、过猛。当时我社的新书对书店是有主发权的，按约定，社科类新书对一般卖场的首批发货量是 50 ~ 100 本，规模稍大的卖场最多也不超过 200 本。而对这本书，因码堆、专架及宣传的需要，加大了发货量。据统计，全国有 25 家零售卖场首批发货数超过 500 册，有 20 家首批发货数更是超过 1000 册。第二，从开单发货到开会时不过二十多天，大部分书店才收到书、拆包上架，还谈不上销售，即使有销售的，也远未出现期待中的热销景象。因此，业务员和营销中心领导建议暂缓加印，密切关注当前销售情况。如果出现地区销售不均衡、某地断货情况，也可以通过调货解决。即使加印，考虑到印 1 万册的单本印制成本和 5 万册相差不大，可以先印 1 万册。一些书店朋友也建议我们不要急于加印，由市场决定。项目负责人则认为现在尚是销售初期，处于断货状态会严重影响销售，并判断随着下一阶段作者签售讲座活动的开展，以及加印图书会增加腰封和赠送小册子等附加包装，未来还会有很大的市场空间。当时讨论的不是加印不加印的问题，而是印 5 万还是 10 万的问题。最终经过反复磋商，先行加印 5 万册。

作者签售讲座活动按计划如期展开，国庆假期第一天从长春开始，依次是北京、南京、上海、长沙、广州、成都。为确保签售活动顺利进行，不出现任何差错，项目负责人和业务员几乎放弃了长假：梁琪在北京，周祖为在四川，冒海燕在江苏……作者将山东选为讲座的重点省份，于是从 10 月下旬开始，当时新进社的唐保彰陪同项目负责人和作者在山东各地连续奔波了近 30 天，出发时穿着短袖，回来时已经棉袄在身了……与此同时，营销中心强化销售细则，要求各书城每周发回两次进销存表，没有承担签售任务的业务员也出差到各大卖场，检查上架、码堆和宣传品摆放情况，并联合卖场做现场促销活动。

但现实不以人的意志为转移，期待中的万人空巷、争相购买的热潮并没有出现。从国庆节后到 12 月底，3 个月的累计发货总量仅为 1.05 万册（2004 年开始以后的 3 年发货总量只有 1.4 万册）。随着时间的推移，书店也渐渐失去了热情和耐心，一些书店开始减少或调整码堆的面积，有的干脆撤销专架，让位于其他新书。到了 2004 年春节过后，这本书只有零星的发货。而与此同时，退货逐渐增多，仅到 2004 年底就收到退货 3 万册。截至 2006 年底，加上未出库的，这本书的库存已经超过 6 万册。这 6 万多库存一放就是两年多。2008 年社里在外租的仓库因合同到期，出租方另有他用不再外租，让我们尽快搬离。这间仓库中，仅《"高考"在美国》就有 1000 多件，如何处理非常棘手。此时高新区仓库库位同样紧张，无法存放这么多库存书。经营销中心与仓库联合申请，社高层领导考虑、犹豫再三，做出决定：同意报废。

三、迟来的反思

如今，这本书的经营运作已过去快 13 年了，参与过该项目的同事，有的已退休，有的离开了出版社。还留在社内的业务员每次聚会时，聊起过去的营销经历，这本书始终是无法绕开的话题，大家在感慨的同时，也试图以更加冷静、理智的心态来对待它。笔者也希望从一个亲历者、见证者的角度，对本书的得失做一些分析、总结，既是对过去的回顾，更期望对未来有所借鉴和启示。

1. 热点选题的时机把握

不可否认，黄全愈先生作为旅美资深教育专家，长期致力中美教育和文化的对比研究，其编写的教育学著作的专业、学术水准毋庸置疑。但另一方面，其《素质教育在美国》的热销，非常迎合当时社会关于素质教育讨论的热门话题。时过境迁，社会在快速发展，人们关注的焦点和新闻话题层出不穷且不断更新。经过前几年的热议，关于素质教育的讨论已在逐渐淡化。"高考"固然还是社会关注的热点，但对于广大学生和家长而言，关心高考最现实的就是关心自己在高考中能否取得好成绩、考入名校，而至于他国的高考制度，则应是教育科研等专业部门研究的事情。我社想把《"高考"在美国》打造成畅销书、热销书，主要想依靠作者的名望和过往的辉煌及出版社的影响力，却忽视了最重要的因素——选题本身。"橘生淮南则为橘，生于淮北则为枳"正是说明环境发生了变化，事物的性质也会改变。

2. 做书有风险，加印须谨慎

图书印数始终是困扰发行人的难题，供不应求、供大于求始终是企业经营面临的两难话题。尽管管理者试图通过各种公式、数据、经验来确定合理的印数，但在无法完全做到对市场的掌控和判断下，"谨慎、慎重"则应是遵循的第一原则。有个简单的计算可说明库存的压力：每积压一本书的成本，要靠卖出三本的利润才能弥补。此外，企业经营中需要营造一个融洽、民主的氛围，鼓励不同观点、不同意见并存，多听取一线业务员和书店朋友的意见和建议，遵守市场规律，而不是靠一时的冲动和热情。放下急功近利的思想，对于最终的决策至关重要。

3. 库存图书的处理

企业经营，库存积压在所难免，而对于库存的处理，既要有勇气，更需要有一套行之有效的机制。这本书从库存直至报废，两年多的时间里，几乎再无人提及，也无人愿意提及，谁都不忍心再揭开那道伤疤，仿佛报废化浆就是它最终唯一的归宿。其实，这本书即使算不上畅销书，但仍可定位于一本常销书来销售，如果能积极想些办法，拓宽渠道，或许还能消化些库存。我社在 1999 年时曾出版过一套科普读物《科学家爷爷谈科学》，虽然获得了第十二届中国图书奖，但当时在书店的零售销量并不理想，也面临着库存压力。后来通过馆配、营销活动等方式，经过几年的努力，基本解决了库存。

4. 团队精神

在本书的营销推广中，项目负责人和业务员表现出的敬业、拼搏及团队协作精神，对现在乃至将来依然是很大的激励和鼓舞。

没有建成的"贝贝特购书广场"

◎ 卢建东

2006年，是我进入广西师范大学出版社大学书店工作的第三个年头。当时大学书店的经营遇到空前的困难。一是教材业务受政策因素影响，大幅下滑。当时教材是大学书店的主要利润来源，这一变化使得大学书店顿时陷入亏损。二是国有全资体制下管理体制僵化，无法实现灵活经营。三是总体营业额小，与各供应商合作困难。经营品种约5万种，同时从全国400多家图书供应商进货，单次进货量小，经常因凑不齐起码的一个自然包而招致供应商拒绝发货。四是几家主要的客户拖欠大笔教材款，久催无果，致使流动资金短缺，我们无法按约定给供应商支付货款，信誉下降。五是图书库存大，不良库存比重大，经营风险进一步累积。

面对这种情况，我们大学书店的经营班子虽竭尽全力，也仅能勉强维持书店的运营，还要不时向出版社借钱周转，日子之艰难，不堪回首。记得2006年年终结算，大学书店没有盈利，按出版社与大学书店的经营协议，当年是没有年终奖金的。当时社领导为维护大学书店员工队伍的稳定，借款3万元，作为全书店60多号人的年终奖金。在分配奖金时，我心里十分难受，年终奖平均一个人不到 500 元，不知道怎么分，左调整右调整，最后最少的同事分得 150 元，最多的也只有 1000 元。团拜那天晚上，奖金最少的那位同事喝得不省人事。这是后话，但足以说明当时经营的困难。

在这种情况下，当时主管大学书店的姜革文副社长及其他社领导为大学书店的状态忧心忡忡，同时，也一直在思考、寻找大学书店脱困之路。

姜副社长了解到，浙江省新华书店旗下的博库书城正在拓展博库书城的加盟合作，他觉得如果我们大学书店能与博库书城合作，也许是大学书店转型脱困的路子。姜副社长与时任博库书城总经理的徐冲先生相识，两人一拍即合，决定就双方合作事宜展开调研与谈判。

姜副社长带领时任大学书店总经理的张民及任副总经理的我一起和博库书城沟通。我们了解到，博库书城对于加盟书店有几项硬性要求：一是 1000 平方米以上的营业场所，二是所有图书必须从博库书城顺加 6 个点进货，三是达到 1000 万码洋的年营业额，四是博库投入的货物须由出版社担保，五是销售货款每周结算。

对于这几点，我们最初最关心的是营业场所问题。当时大学书店的几个门市面积都小，远不足 1000 平方米。于是我们设想，在适当的位置，租一大型卖场。当时，张民总经理命我尝试找场地。我先是接触了王城商厦，负责人是我们陆军学院转业过去的一个战友。王城商厦地下二层当时正在寻租，经过几轮磋商，双方还是在租金上达不成妥协，我们最后放弃了。其后，又对十字街地下通道桂林大世界一侧地下一层、桂林市基督教堂南侧的现移动大楼一层等场所进行了考察与谈判，其中基督教堂南侧的现移动大楼一层谈得较深入，我们甚至进行了初步的设计。但对方最后坚持 4000 多平方米整层出租，我们吃不下那么大面积，只得作罢。

在进行场所准备的同时，为了对博库书城有一个直观的了解，进一步与博库书城领导就合作事宜达成共识，2006 年 3 月 21 日到 22 日，张民总经理和我陪同姜革文副社长赴杭州考察了浙江省新华书店集团。记得当天飞到杭州时，我们正好打到一辆大奔到市区，我感到很惊奇，竟然有用大奔当出租车的。姜副社长鼓励我们说：我们的运气真好，打车都能打到大奔，预示着这次合作会顺利。

在杭州，我们重点了解了浙江省新华书店集团的物流、业务部门及其下属全资子公司博库书城的运营及经营情况，参观了博库书城下属的两大图书卖场——杭州购书中心和萧山书城，并与浙江新华集团总经理周立伟、博库书城总经理徐冲、物流部经理季爱平等人进行了交流与探讨。考察中，我们了解到，当时浙江省新华发行集团拥有 90 多个法人实体、270 个网点，卖场总面积 250 万平方米，有图书信息 80 多万条，图书品种 22 万多种，音像制品 5 万多个品种，2005 年销售总码洋超过 10 亿；其物流先进实用，效率高，自动化、智能化程度高，货物吞吐量大，共有 18 个打包台，日均处理3000 包；图书信息加工规范，是全国两家《图书流通信息交换规则》的试用单位之一。

在与周立伟、潘明清、徐冲、季爱平等人商谈时，我们重点提出了合作时我们可能会遇到的一些问题与困难，即特别账期与教材经营问题。所谓特别账期，是指合作后的书店仍会从事馆配、资料室配书等集团销售业务，这些业务的回款会有几个月时间的账期，与博库书城要求的合作方必须在销售一周内付款的要求有时间差。我们希望博库方也能给我们这类业务一个回款账期。周立伟当即表示没有问题。关于教材经营问题，由于博库书城从事的是图书零售业务，没有教材业务，加上当时教材大社对教材渠道的控制很严，不允许跨省串货，因此，我们无法在加盟博库的框架下解决教材经营问题。徐冲、潘明清建议我们将大学书店业务分成两部分，零售与馆配业务由加盟博库后的新书店运营，教材业务由原大学书店经营。

回到桂林后，我们向出版社递交了一份近5000字的考察报告。报告中，我们分析了加盟博库书城、成立合作书店的好处。一是利用博库丰富的图书品种，大大丰富我们的品种。合作后，新书店理论上可共享博库的所有品种，不仅可大大扩充我们的图书品种，而且还无库存压力，从而可望从根本上解决困扰书店的品种与库存两大难题。二是不再从近400个供应商处进货，只从博库书城一家进货，这样既可大大节省进货成本，减少业务人员，也可解决我们无法克服的凑包件困难的问题。三是共享博库书城的图书信息，扩大与提升书店网上的业务与服务品质，提升书店服务图书馆的能力。四是可望成为博库书城在西南地区的配供中心。据周立伟总经理讲，博库书城各加盟店事实上成了其就近地区的配供中心。博库当时在西南地区尚无加盟店，如果我们加盟，博库的西南配供业务将由我们承担，既可扩大我们的影响，也可提高我们的销售码洋，是一个可期望的利润增长点。五是加盟后，大学书店可以继续沿用原来的店名或注册商标，也可以根据自己的需要更换新的店名。如此，借助浙江省新华书店发行集团这个强大的中盘，出版社可提升书店的服务，扩大出版社的品牌影响力。

报告中，我们也提出了新书店的店名，叫"贝贝特购书广场"。对于这个店名，博库方没有意见。

其实，加盟博库书城，我们最希望获得的好处，是一举解决书店的诸多老问题，新书店可以按照现代企业制度运营，并在市场化运作的基础上获得良性发展。但是，加盟博库后的新书店的盈利能力，是绕不过的坎。新书店的费用控制与利润拓展两大难题需要我们解决。

费用的最大一块是卖场租金。当时，桂林的地产正是上升期，我们接触与谈判的各房主对房租的要价基本上都是新书店的盈利能力无法承受的。

社领导很重视大学书店加盟博库书城的设想，当时肖启明社长、王建周书记等社领导在不同场合听取了我们的汇报，为我们出谋划策。王建周书记提议，图书大卖场租不如建。由出版社出资在出版社位于凤北路的空地（现停车场）建一简易房屋，造价不高，面积可控，一次性投资，可让大学书店摆脱房租压力，轻装上阵。

我们就此方案专门咨询了一些承建简易房屋的公司，就建设费用、安全性、适用性等进行了评估。同时，联系了桂林市城建等部门，为报建手续等工作做准备。记得是学校对此地块的使用提出了不同意见，此方案搁浅。

2006年6月，大学书店总经理张民回出版社就任营销中心总经理，社领导令我担起了大学书店这副沉重的担子。此时，加盟博库书城的事情也进入了"山重水复疑无路"的境况。

姜革文副社长又给我们带来了新的希望。他联系了广西真诚文化有限公司的老板李弘川先生。广西真诚文化有限公司即三联书店南宁分销店，在南宁有自己的书店。李先生及其团队是一支颇具文化情怀的队伍，他们非常希望能在桂林实现自己的文化理想，建成一家更大、文化特色更突出的品牌书店。当时李先生30多岁的样子，温文尔雅，很健谈。他们到桂林来了几次，我陪同姜副社长跟他们聊过几次，都是在茶馆喝茶说事儿，不记得跟他们吃过饭。

几轮协商下来，双方基本达成了合作意向，同意在桂林共同建设"贝贝特购书广场"。购书广场地点选在国展购物公园（现南城百货所在地）。"贝贝特购书广场"的建设目标是：建成桂林最大最好的购书中心，或者称事实上的"桂林购书中心"。采取与浙江省店合作的方式，从浙江省店进货，并最大限度地学习浙江省店的管理与营销经验。"贝贝特购书广场"计划经营图书品种10万以上，年零售额1200万元以上，图书批销业务每年1000

万元码洋以上。

我们提出，"贝贝特购书广场"的前期建设费用（设计、装修、家具、设备等）由真诚公司出资解决（约需 250 万元到 300 万元之间），出版社以原大学书店的客户、渠道、人才及部分设备入股，另外，员工（含"贝贝特购书广场"领导集体）个人出资 50 万元作为购书广场的流动资金，年底按比例分红，不需要出版社另外投资。购书广场由出版社派出的总经理等及真诚公司派出的管理人员组成经营班子，负责经营。真诚公司方口头基本答应了上述设想。

为此，另一条战线上，我们密切地与国展购物公园方面展开谈判。国展购物公园的老总姓何，中等身材，当时约 40 岁，是兴安人，穿着朴素，言谈谦和。我陪同姜副社长或者单独与何总谈了不下十次。印象最深的是第一次，何总带我们参观刚刚完成主体建设的国展购物公园。当时，那儿还是一个施工工地，内部装修才开始，到处尘土飞扬，光线暗淡。何总向我们一一介绍各层各场所的规划，重点向我们介绍已经谈妥准备入驻的电脑城，并指出我们可能租用的场地。其后，我们几乎每次都约在观光酒店大堂的咖啡厅，一人一杯茶，边喝边聊。首先谈到的是地点。何总希望我们选用国展购物公园西侧二楼，面积约 2400 平方米，但开出的条件（租金加物业费）比较高，记得是每月 80 元 / 平方米，我们匡算后觉得场地费用太高，租不起。后来双方商定选用西侧地下一层（现工商银行及儿童乐园）。那地方有 4500 多平方米，从东面看是地下，但从西面看则是首层。基本定下场所后，双方接着就租金、物业费及起租期等关键问题展开马拉松式的谈判。经过反复协商，最后何总答应租金加物业每平方米每月收 20 元，同时给我们半年多的装修期，但起租期只给 3 年，低于我们 5 ～ 7 年的预期。当时，国展购物公园刚刚开始招商，国展方急于拉升整个购物公园的人气，看好大型书城的引流作用，所以才有如此大的让步。

与此同时，我们重启了第三条战线——与浙江博库书城的谈判。由于有前面的铺垫，谈判进展顺利。2006 年秋天，浙江博库方的周立伟总经理带领潘明清、季爱平回访我社，我陪同姜副社长接待了他们。在这次会谈中，双方基本就合作合同条款达成了一致。其中，关于教材业务，我们仍然放不下这块"肥肉"，浙江博库允许我们在加盟书店之外，另立一个专营教材的实体，以高校图书代办站名义专营教材业务。

在这种情况下，我们开辟了第四条战线——加盟浙江博库、解散大学书店问题研究。我们对解散大学书店时，原大学书店的人事、库存、业务、在途货款、现有设备与房产等如何处置，进行了认真的研究，制订了详细的工作计划。

第四条战线上，人事最麻烦。首先要确保"贝贝特购书广场"经营权掌握在出版社手中，财务上由合作方派出人员进行共同监管。其次是要妥善安排好社派员工、书店现管理人员、书店自聘老员工、业务骨干、自聘新员工等各类人员。对此，我们都做好了预案。

二是库存问题。当时大学书店库存 555 万码洋，其中，2003 年及之前出版的品种有 190 万元码洋，2004 年出版的有 103 万元，2005 年出版的 131 万元，2006 年出版的 131 万元。库存结构基本合理，如清算，绝大部分应能顺利退回各出版社，但仍有约 12 万码洋的老旧残书、25 万码洋的旧教材以及 15 万码洋大社倒挂图书无法清退。

三是外欠货款问题。其中最大几笔在本校各院系资料室及贺州学院。加上 2004 年前经营班子留下的几笔民营书店的烂账，总外欠近 200 万元。实际能收回多少，会形成多少烂账，当时无法估算。

四是业务板块切分问题。我们仍希望能在合作书店之外，教材以大学书店之名由出版社单独经营。这成为我们与广西真诚方谈崩的导火线。广西真诚方不希望我们还有其他实体从事图书经营。广西真诚方看好"贝贝特购书广场"的一个重要原因是我们有广西师范大学及桂林其他院校这块肥沃的市场。如果我们另立一图书经营实体，他们可以合理想象，出版社、学校会把最优质的市场、资源配置到出版社独家经营的实体，从而损害"贝贝特购书广场"的实际利益。加上其股东意见不统一，广西真诚方最后放弃了与我们合作的计划。

这样，我们不得不面对独立投资加盟浙江博库、建设"贝贝特购书广场"的局面。2007年初，在现广西期刊传媒集团的会议室，社委会召开了关于大学书店的专题会议，我列席了会议。会上，我向社委会做了专题汇报，姜副社长作为主管领导，做了专门发言。经讨论，领导们提出以下问题：一是前期资金投入过大，有些隐性投入风险过大；二是预期经营目标中，图书零售额、毛利率、人力成本等费用支出控制等实现难度大，受不可控制因素影响大，可能会造成大的亏损；三是场所受制于人，租金上涨压力三年后会凸显；四是解散大学书店牵涉面过广，会影响出版社与兄弟出版社、学校的关系。因此，社委会决定，停止大学书店加盟浙江博库的"贝贝特购书广场"项目。

我想，停止"贝贝特购书广场"项目还有一个重要原因，是该项目缺少一个能力强、有开拓精神的负责人担纲。我个人能力、魄力、开拓精神与该项目要求不相适应，这一点我有自知之明。而当时社里也没有找到其他合适的人选。

历经一年的探索就这样无果而终，姜副社长及其他社领导为此付出了不小的精力。肖启明社长、王建周书记等社领导数次听取我们的汇报，并给我们出主意，想办法，认真审阅我们的汇报材料，提出疑问及修改意见。特别是主管领导姜革文副社长，为大学书店脱困殚精竭虑，为"贝贝特购书广场"项目不仅付出了极大的热情，而且亲自谋划，做调研鞍马劳顿，主持了一场场谈判，不辞辛劳。

尽管"贝贝特购书广场"胎死腹中，但现在回想起来，正应了"塞翁失马，焉知非福"那句话。即使到今天，桂林的经济基础，桂林老百姓的购买力，仍不足以支撑桂林新华书店之外的另一个大型书城。2006 年以后，网络书店异军突起，民营实体书业经历了近十年的痛苦煎熬。如果当时我们硬着头皮上了这个项目，很有可能会给出版社造成巨大的损失。非常庆幸，出版社领导班子能客观地分析形势，做出理性的判断与明智的决定。我想，这种不图虚名、不做花架子、实事求是的社风，正是我社克服一个个困难，取得一个又一个胜利的思想保证。

3

期刊，在变革时代迎风生长

沈伟东 /// 兼容与共享——互联网时代广西期刊传媒集团的探索与发展

李苑青 /// 百万创刊量的背后——《作文大王》创刊前后

这几年期刊界关门休业的消息频频见诸各类媒体，业内人士感到更多的是焦虑不安，以及在这种焦虑不安中的挣扎，或者说顽强生存。活下来，是头等大事。

尽管传统期刊出版的没落似乎难以逆转，尽管焦虑，还是得谋求生存，探索发展之道。出版社集团旗下的杂志社经过两次名称的变更，从广西师范大学杂志社到广西师范大学报刊传媒集团再到广西期刊传媒集团，不仅仅是名字的变化，更重要的是与时俱进，把有一定产业化发展基础的单体期刊出版单位升级为以期刊出版经营为基础的传媒集团，加快传统媒体向新兴媒体发展。这不仅是要生存，还要发展。

做期刊出版与做图书出版有个区别，一个是"几十年做一种书"，一个是"一年做几十种书"。如果说之前的期刊经营重在发行数量多寡和内容的好坏，那么在互联网时代——这个既是最好的时代又是最坏的时代，有匆匆过客慢慢地消失，也有坚强者的始终矗立，期刊经营必须有全然不同的思维。

在这个浮躁的年代，一个期刊出版企业的存在，不仅在于一般意义上的"开启民智，传承文明"，还在于能够使每一位同人在工作中提升心性，完善自己，能够让作者、读者感受到企业传播的情感和精神，这就是存在的意义。

兼容与共享

——互联网时代广西期刊传媒集团的探索与发展

◎ 沈伟东

一

2016 年初，出版行业媒体记者采访我，问我在全国期刊产业内涵式发展的大背景下，是哪些亮点让广西期刊传媒集团在全国数千家期刊单位中脱颖而出的。我连忙说明，广西期刊传媒集团的发展还处于初始阶段，不能说在全国期刊单位中"脱颖而出"。假如从集团化发展的探索及反思这些角度论，作为尝试者，我很愿意与期刊界同人做一些交流。

期刊产业，或者说期刊界，近十年来我感受到的突出的情绪就是焦虑不安，以及焦虑不安情绪下的行动上的挣扎。所谓"内涵式发展"，从消极意义上说，或许多半是因为对媒体大变革时代，对外界瞬息万变的信息时代的茫然不知所措，而回过头关上门来思量怎么打理自己的领地；从积极的意义上看，是想通过打理好自己的领地，靠修炼内功谋求发展。这样的"内涵式发展"是不是互联网时代媒体企业发展的大趋势？我觉得未必。广西期刊传媒集团在这样的产业背景下，且不谈如何发展，先考虑如何生存，可能更现实。

广西师范大学是广西师范大学出版社集团、广西期刊传媒集团的主办单位。两年前，分管出版的刘健斌副校长退休前与出版社集团同人座谈，谈到出版社的事业是出版社员工"安身立命"的同人事业。"安身立命"这个词用在这里，让我颇有感触。正如稻盛和夫所说，我们处在一个"不安的时代"，"看不清未来"。个人如此，企业也是如此。

"广西期刊传媒集团为什么而存在？"这是我经常反思的问题。一个期刊出版企业的存在意义，在于一般意义上的"开启民智，传承文明"。对企业内部而言，能够使每一位同人在工作中提升心性，完善自己；对企业文化影响力所到之处，能够让作者、读者感受到企业传播的情感和精神，这就是存在的意义。我的老师、古典文学专家张葆全教授和我谈到一个出版企业的文化影响，比如开明书店，开明书店现在已经不存在了，但开明书店出版的教科书影响了一代人。文化影响力就是开明书店的灵魂。张葆全老师希望广西期刊传媒集团也是有灵魂的文化企业。

所有的企业都要谋求利润，但是如果以利润作为文化企业是否成功的基本衡量指标，在浮躁不安的变革时代，期刊传媒业在发展中容易迷失方向。我想把广西期刊传媒集团做成一个有精神追求的传媒集团。这种精神追求就是在企业发展中的每一步，我们都不忘初心，以文化影响力为企业经营业绩的基本衡量指标。正是因为不以利润为最核心的经营目标，广西期刊传媒集团在经营发展中能够以比较宽松的心态，给经销商更多的利益，给作者更多的利益，给读者更多的利益，给员工更多的利益……给更多的关联方更多的利益。那么，利益都给出去了，企业的利益在哪里？我想，能够给集团的关联方的利益越多，集团的利益越多——因为集团的最大利益就是文化影响力。

　　我记得十多年前，广西期刊传媒集团的前身广西师范大学杂志社做了一件事情，就是给少儿期刊的每一位作者复信，与小作者交流思想，评点小作者来稿。这一办刊举措，聘请了一百多位大学生复信员，每年增加数十万元的投入。也就是说，仅仅为给小读者增加个性化交流的"利益"，杂志社每年在账面上就减少数十万元的利润，这对一个几十个员工的杂志社来说不是一笔小数目，但因此每年有十多万小作者、小读者收到我们的复信。直到现在，当年的很多小读者已经大学毕业了，还会想起我们这个杂志社，想起他们订阅过的《作文大王》等少儿期刊，有的读者来桂林旅游时还曾经找上门来寻找他们少年时代写信交往过的栏目主持人"阿木老叔"。小作者、小读者从我们出版的杂志里，从我们的类似复信这样的办刊活动里，受到的影响，这就是我们收获的利益。再如，集团把更多的利益给员工，让员工与集团一起成长。新入职的员工一年有几十次培训，把行业内的名家请到集团来给员工讲课，让新员工一入职就能向行业内领军人物学习，与在行业内取得良好业绩的同行交流。集团推荐员工外出参加各种行业内的培训，并鼓励员工把学习心得结合自己的工作实际与同人在集团内各个层面的"读书会"进行交流。在员工生活方面，集团结合自身经营情况，稳步提高同人收入，使大家在桂林、南宁等城市能够有中等收入，不必更多操心衣食住行。这样把利益更多向员工倾斜，集团的利润看似降低了，但每位员工都能保证相对宽松的生活状态，过上体面的生活，工作状态良好，不但稳定住了团队，培养出一批共同成长的集团同人，也形成了开放的学习型的企业文化，吸引了广西区外大批大学毕业生进入集团，也有留学英国、法国的研究生进入集团工作。这些新员工进入集团，带来了新的思维方式、新的眼光，这是集团发展的动力。人力成本不应成为企业的负担，当人力成本被认为是负担的时候，企业要找自己的问题。

另一个方面是在集团经营管理中谋求简约化，尽可能减少损耗。梁漱溟在《思维的层次和境界》里说："辨察愈密，追究愈深，零碎的知识，片段的见解，都没有了；心里全是一贯的系统，整个的组织。如此，就可以算成功了。到了这个时候，才能以简御繁，才可以学问多而不觉得多。"研究学问是这样，文化企业的经营管理也是如此。这些年，企业管理、企业文化建设的图书出得不少，企业管理成为显学。在期刊传媒集团的发展中，我觉得似乎不能以一个"管理"为中心来管理。制度化本身没有问题，但是过度强调制度管理，却忽略文化企业从业者人的职业尊严和自我发展诉求，往往会陷入制度的烦琐化，消耗掉文化企业的生命力。广西师范大学出版社对编辑人员不要求严格考勤，资深编辑下午可以不坐班。我明白出版社这样做的意思，编辑不是从事事务性工作的行政人员，工作特点就在于文化创意，而文化创意工作的特点就是个性化、自觉性，坐班不坐班不过是个形式。要是为了统一管理成何种形式而纠结，这个出版单位估计难以有活力。所以，我认为，制度可以有，但是这样的制度多是束之高阁的。当集团发展与同人个人发展融为一体，每位员工都把自己的工作当作愉快的、富有创造性的劳动时，企业管理制度就只是一个影子的存在。

当然，这样的简约也是由繁复来的。十几年来，广西期刊传媒集团一直为期刊出版流程管理纠结。这一过程经历了期刊出版流程由编辑部管理的模式，到期刊出版流程由杂志社管理的模式，总结起来，还是以人来管理，由编辑部主任到杂志社社长管理。这样的管理模式，要由编辑部主任或杂志社社长掌控每种期刊的出版流程，对文字编辑、美术设计、印刷等各个环节的责任人来说，是被动式管理，编辑部主任或杂志社社长要在各个环节上协调，管理工作繁重。2014年，集团建成数字化期刊出版平台，解决了期刊出版流程管理问题。通过数字化期刊出版平台，借助技术手段，我们很快把出版流程透明化，每位责任人的工作计划、工作状态、工作预期都在线上，且能做到即时交流沟通。

广西期刊传媒集团在广西期刊出版界率先研发并使用"期刊协同编辑出版系统"，使困扰大家多年的期刊出版流程管理问题迎刃而解。这个"期刊协同编辑出版系统"不仅让一本期刊的出版流程管理简约化，也使集团跨地域整合期刊出版资源有了管理上的技术保障。广西期刊传媒集团总部在桂林，以前，跨地域组建期刊编辑部、整合期刊出版资源相对容易，但对这些期刊进行有效管理却颇费心力。有了这个系统，所有的期刊编辑流程都能够在网上完成。十几年前，集团主办的《新营销》杂志为了便利一线城市的采访组稿，分别在北京、广州、上海等地派驻组稿编辑，在广州组建编辑部完成编辑流程。当时，我负责《新营销》的终审工作，每月要求广州编辑部用快递把初审、复审后的稿件邮到桂林来终审。由于要照顾到期刊发行的时效，到终审环节，离印刷时间已经很短，终审往往流于走程序。除了重点把握书稿导向及选题价值外，我对里面稿件的取舍很难决断。现在有了这个系统，这一问题已经不是问题。期刊的终审责任人能够在线即时调阅稿件，与复审责任人进行沟通，每个环节的责任人可以即时响应，异地协同完成编辑审稿工作。这个系统被评为广西数字化出版转型的示范项目，也是广西期刊传媒集团作为"国家数字复合出版系统工程应用试点单位"所承担的一个子项目，这个项目的实施，对期刊出版的集约化及实现期刊集团的跨地域发展均具有非常重要的意义。

再一个方面是顺应互联网时代的传媒业融合发展大势，谋求集团的未来。

2015年11月起，我有一年时间在北京大学出版业管理研修班学习。在这个由国家新闻出版广电总局人事教育司和光华基金主办的研修班上，同学来自各个出版社、出版集团，课间讨论得最多的是互联网思维以及互联网时代的出版传媒业发展趋势。这说明互联网已经是传媒生存发展的生态背景。这个话题已经超越以往经常讨论的数字化出版的问题。互联网思维是"道"，数字化出版是"术"。很多时候，我们为"术"的瞬息万变而焦虑，纠结于"术"的不断更新，被动追逐。

大约十年前，广西期刊传媒集团的前身广西师范大学杂志社已经依托纸刊建设网站，通过网站给读者以更多的增值服务。最近两年，我们也结合集团期刊选题的开发，开设了微信公众号，开发了 APP，进行以微信、微博为平台的读者服务和营销活动。微信公众号的编辑推送，非常有创意，比如集团的官方公众号"广西期刊传媒集团"，结合集团发展板块设计了"规划师""晒书法""学传统"等微信矩阵。可以说，这些公众号的发布，每一条都与期刊的编辑出版热点、读者活动紧密相关，也吸引了大量作者、读者的关注与转发。通过微信，我们还尝试了社区营销、微信征订等活动。这些紧跟新的互联网技术的探索有没有价值？当然有价值。紧跟互联网新技术，改变了我们的传统期刊编辑出版和营销模式；互联网技术也使我们传统期刊的编辑空间得到了延伸。以广西期刊传媒集团主办的《作文大王》为例，2001 年创办时，《作文大王》就打破了传统的中小学生作文辅导期刊的编辑出版理念，通过超常规的营销策划，月发行量创刊之初就突破一百万册。我当时担任执行主编，主张"以读者为中心办刊，让读者参与编辑出版"。在当时的通讯条件下，要做到读者参与，相当不容易。正因为不容易，《作文大王》的编辑出版模式不太容易被复制。当时的读者来信是邮局用麻袋大的邮包送来的，每天好几包，光读者来信的信息录入就要有一位同事专职来做。这位勤奋的同事录入了十多万读者信息数据。很多读者以在《作文大王》上发表文章为荣。纸刊的容量毕竟有限，能够在杂志上发表文章的读者每期不过三四十位。为了让更多的读者能够发表文章，我们把杂志的"天头地脚"都利用起来，刊登读者"佳作片段"。即使这样，每期能够发表文章和"佳作片段"的读者也不过一百来位。每天大量来稿都堆放在仓库无法使用。为了服务读者，我们聘用中文专业的大学生给每位来稿来信的读者复信，读者的来稿来信就更多了。后来，随着互联网的普及，读者和编辑的交流可以通过网络实现。再后来，网上投稿成为主流。《作文大王》网也成为读者与编辑、读者与读者交流的平台。随着技术的进步，目前，《作文大王》杂志社正建设基于互联网技术的"作文生态圈"。"作文生态圈"的概念更新了传统作文期刊的编辑出版模式，打破传统的以杂志为中心、以编辑为中心的期刊出版模式，使期刊出版通过新的互联网技术成为新传媒业态，真正做到以每一位读者为中心，让每一位读者成为自主交流、自主学习的主体。简而言之，每一位读者都可以编辑出版自己的《作文大王》，读者编辑出版的《作文大王》可以在"作文生态圈"发布，并通过互联网与编辑及其他读者链接。读者可结合自身的情况，实现个性化阅读和写作；而编辑出版者则隐身于幕后，做技术和资源整合的工作。通过"作文生态圈"资源平台吸引的读者，包括全国中小学语文教师和学生父母，读者编辑出版的每一本网上《作文大王》，都能得到开放式阅读和评点。如果读者有个性化出版需求，可以通过"作文生态圈"点击印刷配送，由"作文生态圈"按需印刷系统印制几十本专属期刊。《作文大王》杂志社的同人认为，这样的模式，拥有互联网出版传媒的特点：去中心化，人人都是中心。从文化影响力来说，这样的"生态圈"平台建设，能够影响每一位读者——一两万读者看似不算什么，如果积累下来，十几二十万读者从这样的"生态圈"学习汉语作文，就会形成较大的影响力。如果长期积累，有百万以上的读者参与其中，影响力就不可小视了。

那么，这是互联网时代的期刊出版吗？其实，本质上，这样的"生态圈"建设还是传统期刊出版经营中读者增值服务的一部分，还没有做到互联网时代期刊出版经营模式的重构，还不是互联网思维下的期刊出版。我觉得传统媒体与新兴媒体的融合，多年以后反观起来，可能是个伪命题。新兴媒体与传统期刊出版思维无法兼容，新兴媒体是去中心化的，传统期刊出版的没落难以逆转。那么，我们现在如何应对这样的大趋势？

互联网媒体思维不是征订期刊的电子商务，也不是用微信、微博做期刊营销活动，不是支持传统期刊出版营销模式的工具。互联网可能会颠覆传统的期刊出版运作模式和流程。互联网将世界从工业时代引领进入大数据时代。这个时代，我们无法把"内涵式发展"与"外延式发展"对立起来选择其一。在期刊出版经营上，期刊社之前做的数字出版探索留下的多是迷茫：传统期刊社的数字化探索多是把传统期刊换了一个载体，把纸媒搬到线上；封闭式读者数据库没有意义，孤岛式的杂志社的经营将遇到越来越多的困难。由单体期刊出版单位发展而来的广西期刊传媒集团同样也有这样的焦虑，你越努力，焦虑越多。

尽管焦虑，还是得谋求生存，探索发展之道。

广西期刊传媒集团的未来，在互联网时代，将留意做几件事情：

一是利用传统期刊的出版资源尽快整合大数据，并通过即时的数据共享创造共赢的期刊出版经营生态系统，其核心不在于一个个孤立的数据，而是价值共享的商业模式。这个领域，广西期刊传媒集团文化教育、专业学术、出版行业三个出版板块都将有所作为。以文化教育为例，《作文大王》杂志社提出建设的"作文生态圈"，将是2016年到2018年工作的重点。《作文大王》在少儿报刊界有良好的品牌，有较大的订阅读者基数，具有大数据资源整合和数字化平台建设的条件。大数据不是数据的简单平台集成，而是构建生态系统。这个生态系统将改变以往的"期刊读者"的内涵。传统的期刊读者与期刊出版者隔空相对，而进入"作文生态系统"的读者将参与构建这个生态系统，读者自己的成长与生态系统的成长如影随形。在期刊出版经营方面，将由集中式走向分众式，读者与《作文大王》"作文生态系统"做到即时响应，以每一位读者为中心，通过这个平台，可以做到多极互动。集团将通过平台，以客户（读者）个性化服务为中心，形成盈利模式，探索互联网时代的期刊经营之道。专业学术媒体方面，集团将重点推进《规划师》与互联网结合，以互联网思维探讨专业学术期刊在新媒体时代的办刊模式。

二是充分利用已经建设好的"期刊协同编辑出版系统"，为更多的单体期刊出版单位提供出版资源，吸纳更多的期刊进入集团经营，使集团成为真正的互联网时代的期刊传媒集团。

国家新闻出版广电总局和广西壮族自治区新闻出版广电局把广西师范大学主管主办的广西师范大学杂志社、广西师范大学报刊传媒集团名称变更为广西期刊传媒集团，其目的是把有一定产业化发展基础的单体期刊出版单位升级为以期刊出版经营为基础的传媒集团，加快传统媒体向新兴媒体发展，并以此为抓手，推动少数民族地区期刊出版业的发展，使广西期刊出版业尽快形成集约化经营，形成产业发展合力。政府的产业发展导向是宏观的，也是战略性的，落实到企业经营上，我想以集团为平台，为广西区内外众多单体期刊出版单位提供更多的出版资源，包括"期刊协同编辑出版系统"这样的出版平台服务，以开放的平台达到互联、互通、共生、共享的互联网期刊出版生态模式。

以广西高校学术期刊的整合为例，广西有以学报为主的数十家高校期刊出版单位，除了少数几种办得有特色的名刊，多数学报同质化严重，封闭式办刊，编辑出版质量不高，而这些期刊出版单位要依靠自身完成媒体融合发展，也有诸多困难。集团规划探讨各高校出版单位形成一个联盟，组建

"南方学术期刊群"。这个学术期刊群以学科为依托，分别编辑出版《南方学术·历史学》《南方学术·人类学》《南方学术·东盟研究》《南方学术·民族医学》《南方学术·方言》《南方学术·民族学》《南方学术·古代文学》《南方学术·物理学》《南方学术·化学》，等等。由不同的高校根据自身不同的教学科研特色承办《南方学术》期刊。比如，以民族人类学研究见长的广西民族大学，就可以承办《南方学术·民族学》《南方学术·人类学》；以民族医学研究见长的广西中医药大学，就可以承办《南方学术·民族医学》。这些期刊的编辑出版流程都可以通过集团的"期刊协同编辑出版系统"完成。同时，集团为《南方学术》期刊建设统一的网上出版平台，实现线上线下同步出版，同时注册出版电子期刊。"南方学术"期刊根据各个高校学科教学科研优势，策划出版选题更加集中的学术期刊，这既能够发扬各个高校学科教学科研优势之长，形成学科专业期刊出版品牌，又能集中广西高校期刊出版资源，形成"南方学术"期刊大品牌，并通过集中出版资源形成广西学术品牌。我们立足于广西，又不局限在广西，将以市场化的运作和出版平台的技术支撑，吸纳区内外更多期刊出版资源，形成期刊经营的合力。

这样的基于市场化和技术平台服务的运作，目前可以不改变期刊的主管单位，以减少主管单位变更所带来的体制上的阻力，对各个关联方都有利。因为，如果把一个高校的学报纳入集团经营管理，校领导会有顾虑，尽管这个学报办得不怎么样，但终归是学校的资源，怎么能在他手里失去呢。那么，我们考虑不改变高校作为这个学报的主管单位，而是通过增加广西期刊传媒集团为主办单位，转移期刊出版经营权，集团所属的《南方学术》杂志社作为这个学术期刊的出版单位，办刊经费由集团负担。这样没有改变这个学报的行政归属，集团作为主办单位负责出版经营，可聚集广西学术期刊出版资源，为这些学术期刊提供更多的服务。而这些学术期刊便容易形成品牌合力，突破某个高校乃至广西的局限，从而吸纳更多的国内外优质学术资源，较为迅速地形成期刊品牌。这样做，对这个高校来说也是好事情，在当前学术期刊办刊困难的情况下减少了投入，但保留了学报的行政归属。当然，学报为高校教学科研服务的功能，可以通过我们一个期刊号出版《南方学术》，专给各个高校教师提供论文发表的平台，免费为教师提供发布科研成果及评定职称服务。

集团所属的《规划师》杂志社，办有《规划师》杂志，在转企改制过程中已纳入集团。纳入集团后，集团为《规划师》杂志社提供图书出版、电子期刊出版、期刊协同编辑出版系统等出版资源，组织《规划师》杂志做城市规划大数据集成项目，使《规划师》杂志社由单体期刊出版单位向城市规划专业复合出版传媒机构转变。

学术期刊整合到集团后，集团将形成规模化期刊产业经营的新业态，吸纳更多的期刊出版资源，建设以互联网思维为基点的学术期刊出版平台。

三是参与互联网传媒平台建设，为社会大众提供文化服务，形成有影响力的文化品牌。

传统的出版机构生产的是文化产品。互联网时代，出版机构应更加注重文化品牌的经营。我想，十年以后，提到广西期刊传媒集团，能有两三个品牌符号让社会大众有印象就非常好了。这两三个品牌符号应该是有文化影响力的文化品牌的象征。当前，"作文大王""规划师""出版广角"是广西期刊传媒集团的品牌符号，分别在基础教育界、城市规划专业领域、出版行业有一定的影响力。未来五到十年，集团除了经营好以现在主办的十二种期刊为基础的品牌之外，将把"诗""汉字""晨诵夜读"等作为文化品牌经营。"诗""汉字""晨诵夜读"将以互联网媒体融合平台建设为基础工作，形成跨媒体经营的文化平台。

"诗"——集团将建设国际化诗歌互联网传媒平台。在这样一个浮躁的时代，复杂的社会环境让人有深切的危机感和焦虑。诗歌虽是小众的文化形式，但却是滋养人类精神的清泉。广西期刊传媒集团在我的理想中应该是有丰富的精神追求的文化传媒企业，集团将把传统书刊出版与互联网传媒平台建设紧密结合起来。在传统书刊出版方面，集团将做专业的诗歌出版，依托广西师范大学出版社集团组建诗歌出版中心，同时建设互联网诗歌传媒平台。诗歌出版中心不仅仅出版国内外经典诗歌，也举办诗歌活动。例如，我们正探讨举办"桂林国际诗会"，每年出版数十部诗歌选集，出版诗歌年选。网上诗歌平台建好后，集团将在线举办"国际诗歌大赛"等活动，把"诗"做成集团长久的文化品牌。

"汉字"——汉字文化传播是广西期刊传媒集团未来重点业务板块，"中国—东盟书法文化媒体融合传播平台建设"项目申报了国家新闻出版广电总局2016年新闻出版改革发展项目库项目。2016年，广西期刊传媒集团主办的"中国—东盟青少年汉字书法网络大赛"已被列入广西网络文化节。"中国—东盟青少年汉字书法网络大赛"是公益性项目，以国家外交战略和广西地方文化建设为切入点。集团成立了项目部，正建设"中国—东盟青少年汉字书法网络大赛"的专题网站，传播汉字书法文化，推出汉字书法期刊。集团所属的虎视动漫文化传播公司将拍摄汉字动漫视频和"书法在民间"系列微电影。集团汉字书法项目部还推出了"晒书法"微信公众号，吸引了大量读者的关注。

"晨诵夜读"——广西期刊传媒集团在全国中小学和社会大众中倡导晨诵夜读，申报了2016年新闻出版改革项目库项目及文资项目。这个平台将为社会大众提供经典诵读的多媒体资源，结合社会大众通识学习，形成开放式的资源信息交流中心。对一个人来说，每天十几二十分钟的阅读可以改变一天的精神状态；长期积累，阅读可以改变一个人的素养。"让阅读成为生活方式"，广西期刊传媒集团将积极推进利于社会大众身心健康的全民阅读活动。

这些开放式的平台建设，集团将投入较大的人力、财力。集团也将把开放式的互联网平台建设与传统期刊的经营结合起来，一方面推进传统出版板块的经营，一方面逐渐培育互联网时代的期刊媒体生态。

二

在采访中，记者认为广西期刊传媒集团在"十二五"期间实现了两次飞跃。这两次飞跃是内涵式发展的创新之举。

"十二五"期间，原广西师范大学杂志社名称变更了两次。这两次更名是集团调整发展思路的结果，也是内涵式发展基础上扩大自身影响力、向外拓展的举措。但我认为，这不过是集团抓住了两次发展机遇，还不能说是"飞跃"，更谈不上"创新"。我们仅仅是为未来的发展做了一些准备，做了一些尝试。其实，广西期刊传媒集团目前还处于非常原始的发展阶段。目前，集团的主要利润来源还是传统期刊的发行利润，集团互联网时代的期刊出版经营模式和盈利模式还处于探索阶段。这个探索阶段也许需要几年。

这也是目前期刊界同人都面临的问题：传统期刊经营面临危机，新的业态尚不明朗。正是基于这样的期刊业现实，我和同事们强调，应对传统期刊出版和以媒体融合为特点的新期刊模式同样重视，并积极探索互联网时代的期刊出版模式。

2015 年，很多名刊大刊经营业绩下滑，有不少停刊。微信朋友圈里的期刊界同人时不时发出某某期刊停办的消息。焦虑悲观的情绪在同行间弥漫。我也在思考期刊行业的走向。如果能静下心来，认真读读年度期刊行业的数据分析，我想，大致能了解各类期刊的走势。这些年来一个很值得关注的数据是少儿出版物在各类出版物中逆势上扬；另外，我和同事们分析全国期刊经营状况时发现，个性化的专业性越强的期刊越有生命力。那么，我们认为，既然是"期刊传媒集团"，还是要立足于"期刊"，以期刊出版经营为基础，向跨界传媒发展，并在传统期刊和媒体融合发展并重中探索互联网时代期刊出版经营模式。这也就是这几年来广西期刊传媒集团"内涵式发展"的基本思路。

广西期刊传媒集团的前身广西师范大学杂志社，以少儿期刊的经营出版见长，出版了品种齐全的小学生期刊，《作文大王》《奇趣百科》《数学大王》等具有一定的影响力，《作文大王》还远销美国、加拿大等国家，这些期刊的发行量还在增加。近几年，集团在各期刊编辑部基础上成立各期刊杂志社，引导各杂志社独立核算，提高出版经营效益。同时，由集团统筹，下大力气为传统期刊引进新技术，实现读者线下阅读与线上参与性阅读结合，实现传统期刊出版与互联网技术的衔接。集团所属的少儿期刊社不仅仅编辑出版一本纸质期刊，还围绕"作文大王"这一品牌做了大量的编辑出版工作，一方面基本上做到了通过新技术实现对读者的立体增值服务；另一方面，通过多介质的编辑出版活动探索了数字化出版模式，引导读者参与到期刊编辑出版过程中。这大大增加了传统期刊的内涵和外延，扩大了传统期刊的影响力。

例如，一位小读者花钱订阅了《作文大王》，除每月得到期刊之外，还能够成为集团少儿期刊的读者会员。在不久的将来，"作文生态圈"建设好以后，每一位读者都可以在这一平台上自主建构自己的"作文生态圈"，在平台上自主创办自己的《作文大王》。"作文大王"这一品牌是广西期刊传媒集团的，也是所有中小学、中小学生可以用的。在传统期刊出版时代，《作文大王》每月只能出版一本纸刊，通过邮局发行到全国各地，《作文大王》是出版活动的中心。读者订阅《作文大王》，多是被动阅读、被动接受。而现在，除了纸刊之外，通过互联网提供的"作文生态圈"把期刊出版经营活动的外延扩大了，每位读者都可以把自己的作文上传到平台上，通过自助编辑平台编辑自己的专属电子期刊，自己设计封面，自己画插图，也可以通过与其他读者协作，完成电子期刊的编辑工作。多媒体技术使《作文大王》从静态的纸质期刊延伸到动态的媒体融合的复合性期刊，读者可以上传音频展示"口语作文"，也可以上传视频展示"作文"的背景资料。这样的读者专属数字期刊可以伴随读者成长并与读者相伴，即使将来读者长大了，他们的数字期刊还保存在我们的"作文生态圈"里，成为读者成长的足迹。当然，一个班级、一个年级、一所学校都可以在"作文生态圈"里办自己的《作文大王》电子刊。把互联、互通、共产、共享的互联网生态思维模式真正融入"作文生态圈"的构建，这样一来，"作文生态圈"也具有互联网社交平台的功能。我认为，传统的编辑出版职业功能也将自然升级到"新版本"：《作文大王》编辑将由纸媒的筛选内容编辑出版期刊，转型到为读者提供开放式平台，依托互联网技术，通过文化创意与读者实现作文这一文化活动的共享。而作文是什么？作文不仅仅是语文教育的一部分，学生学习作文不仅仅是为了考试，作文是一个人表达思想、交流感情的活动，其基本的功能就是社交功能。"作文生态圈"将把作文作为国民的基本素养、国民养成教育的重要组成部分。传统期刊这样的"内涵式发展"，既是媒体融合的必然，又拓展了传统期刊出版经营领域，提高了传统期刊的传播价值。

如果集团所属的期刊都能围绕受众（读者）做好这样的媒体生态圈的建构，我们的期刊就不会没落——比如《作文大王》。或许《作文大王》的纸刊将来会消失，但"作文大王"这一文化品牌还会存在，围绕这一品牌的期刊传媒活动也还会继续。消失的只是出版活动的介质。

基于对期刊出版这样的认知，我觉得集团"内涵式发展"需要做的工作很多，没有"内涵式发展"，也就没有拓展外延的基础。

三

正如我接受记者采访时所说，集团发展要靠"天时地利人和"，企业经营要有敏感性，做到"相时而动"。同时，不积跬步无以至千里，集团需要一步步夯实发展根基。

"这是一个最坏的时代，也是一个最好的时代。"凡是有点儿追求的企业，其发展都不外乎审时度势，即根据企业发展的实际情况找突破的机会。确实也如前所言，不积跬步无以至千里，集团确实需要一步步夯实发展根基。这就要谈到广西期刊传媒集团 23 年的发展历程。

1993 年，广西期刊传媒集团的前身广西师范大学杂志社成立，创业社长是刘绩元，之前刘社长担任广西师范大学党委宣传部部长。我和刘社长的工作交集时间不长，2000 年我从广西师范大学出版社文科编辑室调任杂志社副总编辑，2001 年刘社长就调离了杂志社。刘社长和以他为首的杂志社首任班子非常了不起，以小学生期刊起家，《小学生跟我学》在较短的时间里就成为广西区内发行量最大的教学辅导期刊；又以《中学生理科月刊》为基础，通过"书刊互动"，不仅期刊销售在广西期刊界处于领先地位，还结合期刊经营开发了针对初中生中考的教学辅导图书，经营得风生水起。1993 年到 2000 年这七年里，广西师范大学杂志社在区内教辅出版物市场的影响力较大，完成了原始积累。现在广西期刊传媒集团的办公大楼就是当年在第一任班子领导下建设的。第一任班子不仅建设了办公大楼，培养了团队，还积累了出版资源，目前集团重要期刊品种《作文大王》的前身即是《小学生跟我学》，《数学大王》的前身即是《中学生理科月刊》。

《小学生跟我学》《中学生理科月刊》是适应当时应试教育的出版物，发行渠道主要靠广西区内教育行政系统的支持。随着1999年基础教育改革的深入，教育部发布中小学"减负令"，依赖教育行政系统发行的这两种期刊发行量锐减，杂志社面临生存危机。而当时，同为广西师范大学主办的文化企业广西师范大学出版社在业内崛起。广西师范大学经过调研，将出版社与杂志社整合，杂志社成为出版社管理的企业。当时的出版社党总支书记王建周兼任杂志社社长，出版社发行科科长卢培钊担任分管发行的副社长，我从出版社文科编辑室调任杂志社副总编辑，分管《作文大王》的编辑出版工作。以王建周为社长的第二任领导班子在危机中寻找突破口，南北奔波，整合办刊的优质资源，使《作文大王》创办之初就得到全国一流的出版专家、教育专家和儿童文学作家的支持，并充分利用出版社在广西区外的教辅出版物发行渠道，不按常规出牌，在大多数教辅期刊迷茫期快速转型，转战广西区外少儿期刊市场。《作文大王》的创刊号发行量达到118万册，成为2001年期刊发行界的一匹黑马，使面临生存困难的杂志社在一年内找到快速发展的新模式。我记得《出版发行研究》就《作文大王》创刊发行量进入全国期刊发行排行榜前20名采访过我，我从《作文大王》的编辑理念创新、发行上不走寻常路、经营上注重以短期利润迅速换取生存空间的灵活战术做了一些分析。16年后，我再回过头来看《作文大王》创刊这一期刊出版案例，还觉得具有研究价值。《作文大王》的出版顾问是时任世界图书出版公司总经理的李峰先生，王建周社长接受了他的出版战略思维，以一本小小的少儿杂志的创办为契机，在期刊出版界率先实施了少儿期刊品牌化经营模式。经过三年的市场化运作，广西师范大学杂志社的期刊发行由通过教育行政手段发行全面转变为通过市场发行。这一转型意义重大，不仅化解了1999年"减负令"导致的企业生存危机，更重要的是更新了期刊出版的理念。我们把《小学生跟我学》更名为《作文大王》，把期刊由教学辅导材料真正转型为有思想、有情感、有精神追求的少儿期刊。我曾经在《出版广角》上发表过一篇文章，名字大致是"在漓江边玩一团泥巴"，谈《作文大王》的办刊理念。我提出《作文大王》将以读者为中心开放式办刊，倡导"自由的表达，平等的交流，愉快的抒写"，倡导读者参与的编辑方式。这种编辑模式和编辑风格使得《作文大王》在少儿报刊界很快形成影响力，广西师范大学杂志社顺利度过生存危机。

2003年，王建周书记不再兼任杂志社社长，社长由卢培钊接任。2003年到2010年，卢培钊社长带领杂志社员工做了大量细致的工作。在期刊编辑工作方面，由于《作文大王》的引领，《英语大王》《数学大王》等少儿期刊陆续创办；在出版社本部的支持下，杂志社开始拓宽期刊出版领域，面向经营经理层的《新营销》杂志创刊。这个时期，《作文大王》一改以往的教学辅导期刊同质化的僵化模式，让读者在阅读时能够感受情感，分享思想。"办一本有情感温度的期刊"，本着这一编辑理念，《作文大王》策划了很多有意思的专题，在读者中引起较大的反响。中国教育代表团出访新加坡时，看到新加坡的华文学校订阅了《作文大王》；2002年，美国华裔中小学生还来桂林参加《作文大王》夏令营。2003年创办的《英语大王》则把小学英语教学与世界人文地理历史结合起来，运用新的媒体技术，把动漫引入英语课堂教学。期刊配光盘，这不仅让读者通过期刊学习语言，使静态的语言教学动起来，还开阔了读者视野。这使《英语大王》在当时的英语辅导类期刊中脱颖而出。为扩大影响，卢培钊社长还和我与中央电视台教育频道合作，录制播放了《英语大王》的广告片，这在少儿期刊中是开先河之举。2005 年，《英语大王》被台湾出版商购买版权在台湾地区出版发行，这是大陆少儿期刊首次在台湾地区发行。《数学大王》的编辑出版模式，则在体制上做了创新的探索。为占据基础教育发达地区的出版资源，在南京设了《数学大王》编辑部，聘请新闻出版专业的博士吴燕担任杂志的执行主编，实现了广西师范大学杂志社跨地域办刊的第一步。在期刊营销方面，卢培钊社长采取稳扎稳打的策略，与全国上千所中小学合作，在少儿报刊界较早提出并实践了为读者提供"增值服务"的策略。杂志社聘请全国基础教育界的名师组成讲师团，到广东、广西、湖南、江西、江苏等省区举办教改讲座，在广西、湖南、广东陆续走访中小学，与各地中小学合作，挂牌"《作文大王》友好学校""《作文大王》教学实验基地"等，推动基础教育改革，把期刊编辑出版工作与基础教育改革结合起来，形成良好的影响。这些营销活动使杂志社少儿期刊发行渠道得到巩固和拓展，做了发行渠道"建设高速公路"的基础性工作，为集团少儿期刊的发展打下了良好的基础。这一时期，是广西师范大学杂志社第二次创业期，杂志社同人在卢培钊社长的带领下艰苦奋斗，企业实现了稳健发展。

2010 年 8 月，卢培钊社长调任广西人民出版社社长；10 月，我接任广西师范大学杂志社社长。

当时的杂志社以少儿期刊出版为主要业务板块。《作文大王》《英语大王》《数学大王》等少儿期刊在编辑理念、办刊风格等方面已形成一定的特色，发行渠道建设初见成效；此外，新营销杂志社在广州、北京、上海组建组稿中心，借助一线城市的媒体运作资源开始稳步发展；同时，杂志社陆续参股广西师范大学出版社的北京、上海、广州、南京等分公司，在期刊经营之外向图书出版领域拓展。在广西壮族自治区新闻出版广电局的广西期刊产业分类里，广西师范大学杂志社被列入广西四大重点期刊出版单位之一，杂志社的期刊发行总量也位居广西期刊出版单位前四名。但总体而言，杂志社体量不大，期刊出版品种单一，除了少儿期刊，尚未形成有影响力的期刊出版板块，数字化出版的探索尚处于初级阶段。同时，杂志社期刊经营方面，新期刊的创办、配套发行渠道的建设投入大，周期长，期刊年经营利润不高，导致员工整体收入低，在广西师范大学出版社集团所属二十多家独立法人企业里，杂志社员工的年人均收入位于倒数前三名。长期的低收入，导致杂志社员工士气不高，企业文化建设乏力，期刊编辑出版和营销人才流失严重。优化期刊出版质量、数字化出版探索、营销渠道的开拓等方面的资金和人力投入捉襟见肘，杂志社处于发展的瓶颈期。在担任杂志社社长之前，我一直负责编辑工作，一介书生，我们这个领导班子是不是能维持杂志社的发展，社内外都有一些疑虑。

人是文化创意企业的核心。我和班子所做的第一件事情就是稳定队伍。

稳定队伍首先是让每一位员工找准自己在企业里的定位，根据自己的情况和企业发展实际，形成自己的职业发展规划。在职业定位方面，我和同事们谈到，在一个杂志社，社长只有一个，总编辑只有一个，每个期刊编辑部里的编辑部主任也只有一个，那么，是不是新入职的年轻人只能在这样的小作坊式杂志社里竞争一个一个的管理职位，消耗掉宝贵的年华？以科普期刊为例，《奇趣百科》编辑部只有四位编辑，营销由营销公司负责，四位编辑能够做的似乎只有编好每期的杂志，再做得好一些，就是维护一下网站，具体再做一些服务读者的工作。期刊编辑部的体制我认为是僵化的、封闭的，是传统期刊出版事业体制下的部门制，不符合互联网时代的现代传媒企业运作要求，改革编辑部体制势在必行。于是，我们逐步在各期刊编辑部基础上成立以各个期刊为依托的杂志，比如《奇趣百科》编辑部组建奇趣杂志社，杂志社社长从原编辑部内部产生。在目标管理上，作为传统期刊出版机构，《奇趣百科》的目标定位为建成全国一流的科普期刊杂志社。作为互联网时代的媒体融合的探索试点，我们要求奇趣杂志社同时建设成一个媒体融合的科普开放平台。《奇趣百科》杂志纸媒仅仅是科普产业链的一环，开放的媒体融合科普平台将是聚合资源、媒体经营的重点。仅以这一平台下的军事科普板块为例，3D 数字化科普期刊编辑、舰船模型、军事科普夏令营、国防教育等经营单元就有很多事情可以做，每个业务单元形成一定规模和影响力之后，又可以升格为一个部门甚至一个独立的公司来运作。比如国民国防教育，关系到国家安危，也关系到民族存亡。我请有兴趣的同人研究民国时期中国国防教育和日本国防教育，研究对比二十年来我国青少年国防教育和日本国防教育，并以此为基础探讨我们国防教育存在的问题和对策，并进一步探讨如何做军事科普和国防教育的传媒。杂志社可以与国家和地方国防教育管理部门合作，为社会提供青少年国防教育服务，包括国防教育读本的编辑出版发行、国防教育训练营的组建运营，等等。有了这些领域的运营，科普杂志社完全可以成立一家子公司。这样一来，以《奇趣百科》编辑部为切入点，组建奇趣杂志社，给编辑部的同人有了担任杂志社社长的机会，为他们提供了更广阔的事业发展平台。未来，随着奇趣杂志社传统期刊媒体融合向纵深发展，这个杂志社将成为科普教育提供商。随着运营板块的拓展，经营能力的提高，这个杂志社也有潜力成为一个科普传媒集团，旗下可以有多家子公司。做企业要有文化理想和精神追求，做文化企业尤其是这样。小而言之，这是为企业经营做基础的研究工作；大而言之，是为国家、为民族承担责任，这是一个有社会责任感的传媒集团应有的家国情怀。

现实与发展愿景尽管有差距，但从企业文化上和企业制度上，我们给每一位员工以创业的平台，激发同人对自己的职业生涯做出规划。每一位有思想有能力的同人都能在创业中脱颖而出，当社长、当总编辑。我想，每一位同人有了既有现实可行性又有前瞻性的职业发展规划，每个编辑部都能结合期刊办刊宗旨找准期刊在互联网时代媒体融合发展中的定位，制定发展规划，积累出版资源，丰富期刊内涵，拓展期刊编辑出版和营销的外延，集团也就有了战略布局的雏形。

奇趣杂志社成立之后，原来的编辑部主任担任社长。这位社长年纪轻，但对新媒体有敏感性，执行力强。团队结合科普期刊的特色，在期刊新技术应用、组织社会科普活动方面很快走在同类期刊前面，形成了自己的特色。2015 年 9 月，在中国（武汉）期刊博览会上，奇趣杂志社展示了丰富多彩的新媒体技术与传统期刊结合后的科普新形式，得到业内关注。同时，丰富多彩的媒体融合成果结合期刊读者活动，"全国科普日"杂志社在多地同时举办读者科普活动，被中国科协评为优秀科普活动主办单位。在科普资源的整合方面，奇趣杂志社和中国科协、中国科普期刊研究会加强合作，初见成效。

每个期刊编辑部都靠机制和运作能力成为杂志社，成为传媒公司，成为各自领域的专业媒体集团，那广西期刊传媒集团的格局自然也就被同人的事业发展抬得更高了。

对同人进行职业发展的激励之外，近几年我们倡导让同人过上体面的生活，连续增加员工收入。在传统期刊经营困难加大的情况下，提高效能，提高经营管理水平，是企业能够稳步提高同人收入的前提。五年来，集团对期刊产品结构进行了优化调整，对生产成本进行合理化控制，进行了营销模式的改革。正是基于这些编辑出版和经营管理的不断优化，集团期刊经营过程得到流程化管理，出版效能得到提高，期刊发行量稳步提升。有一个很有意思的现象，每次提高同人收入，我都担心企业年度利润下滑。但这几年，集团连续提高员工整体收入，企业利润不但没有下滑，还稳步上升，企业规模也越来越大。目前，集团员工人均年收入在当地居民人均年收入中处于中等水平。同人收入逐渐提高，不再为衣食住行忧心。集团稳定了团队，同人在工作中传播善意，逐步形成共同创业的企业文化。两年来，人力资源部门在招聘工作中也发现一个变化，原来很难在东部发达地方招到毕业生，现在却有不少广西区外知名高校毕业生和海外留学生前来求职应聘。

2013年5月，根据广西师范大学杂志社发展实际，国家新闻出版广电总局同意在广西师范大学杂志社有限公司基础上组建广西师范大学报刊传媒集团有限公司。我记得广西师范大学报刊传媒集团成立的消息报道出去后，有业内人士在微博调侃：一个大学还成立什么报刊传媒集团！觉得是非常滑稽的事情。我当时看了这个微博脸还是有点儿发烧。确实，集团总资产不过一个亿，年期刊销售总量才五六千万元，其他相关产业的年产值加起来也不过一亿元，所属报刊号称"九刊一报"，真正在旗下经营的就六种期刊，其余的"三刊一报"是为了壮声势，把广西师范大学的学报、校报和物理学院办的一本学术期刊名义上列入集团。尽管基础薄弱，让敏锐的业内人士一眼看出软肋，但广西师范大学报刊集团的成立确实意义重大。这是广西第一家报刊传媒集团，也是中国高校第一家报刊传媒集团。在起名字的时候，广西壮族自治区新闻出版广电局分管期刊的领导和我探讨了好几次，是"期刊集团"好呢，还是"报刊集团"好？最后，国家新闻出版广电总局一位领导建议，为了体现媒体融合发展，重心应该定位为"传媒集团"。经过广西壮族自治区新闻出版广电局对广西师范大学杂志社期刊产业发展情况的多次调研论证，经过国家新闻出版广电总局的严格审核，广西师范大学报刊传媒集团有限公司得以组建成立。集团的成立，使集团的期刊经营有了新格局，这在新媒体时代具有战略性的意义。同时，集团的成立使广西区内更多出版资源得到整合，这为企业也为广西的期刊集约化发展打开了新局面，企业走上快车道。

经过一年多的市场调研，2015 年，经广西壮族自治区文化体制改革领导小组办公室批准，广西"四大期刊集群"之一的广西出版杂志社与广西师范大学报刊传媒集团实现整合，经广西壮族自治区新闻出版广电局报国家新闻出版广电总局批复同意，广西师范大学报刊传媒集团有限公司名称变更为广西期刊传媒集团。

广西期刊传媒集团是国内首家，也是唯一一家由国家新闻出版广电总局批复成立的高校期刊传媒集团，现拥有桂林虎视动漫传媒有限公司等三家子公司，拥有广西出版杂志社、《规划师》杂志社、《作文大王》杂志社等七家下属期刊社十二种期刊，期刊年销售总量和利润超过广西期刊的 50%，另有七家公司为集团参股公司。期刊传媒集团是国家数字复合出版系统工程应用试点单位，是广西数字出版转型示范单位和广西企业文化建设先进单位，是广西壮族自治区党委宣传部认定的十六家自治区直属重点文化企业之一。

四

集团的发展布局最初是在杂志社格局下规划的，杂志社的格局更适应传统期刊的经营管理模式，而传媒集团则是与媒体融合发展背景相适应的传媒企业经营模式。作为集团的前身，广西师范大学杂志社成立之初就有发展战略，就是依托广西师范大学的教育科研资源，把杂志社办成广西有影响力的教学辅导期刊出版机构，这与当时的社会经济发展状况相适应。在这样的战略布局下，杂志社以很短的时间完成第一次创业，成为广西壮族自治区内有一定知名度的教学辅导期刊社，形成在区内有竞争力的期刊发行渠道。2000

年，王建周社长的战略规划依然重视基础教育期刊，把基础教育期刊作为杂志社发展的主业，逐步把杂志社出版的基础教育期刊的品牌化、市场化发展作为工作重心。2003 年到 2010 年，以卢培钊为社长的领导班子在战略布局上更加明晰，提出杂志社做"全国有影响力的教育期刊出版服务商"，调整杂志社产品结构，完善读者服务体系，致力于基础教育教学辅导期刊群建设，逐步延伸期刊产业链。2011 年，随着期刊品种的增加，我和杂志社同人提出以少儿期刊出版和专业学术出版为杂志社发展的两个板块，逐步完善全国少儿期刊出版界品种较为齐全的少儿期刊群；同时，随着行业性期刊和各类学术期刊的创办，提出逐步把专业学术期刊作为杂志社发展的又一重要板块。

以上的战略布局一脉相承，都是以杂志社出版的期刊为依托，依据的是各个时期杂志社发展的实际情况和广西壮族自治区内及国内少儿报刊发展的情况。分析起来，这些发展战略在各个时期都有可行性和前瞻性，明晰了企业经营思路，推进了杂志社的发展。

2011 年以后，尤其是 2013 年在杂志社基础上成立广西师范大学报刊传媒集团以后，传统期刊业受到网络冲击越来越大，期刊经营困难也越来越多。我和同事们一方面注重传统期刊出版形式与新媒体的对接，在新的传媒技术背景下不断提升传统期刊的竞争力，继续推进期刊品牌建设，一方面在经营体制和管理模式上做一些调整。

我们逐步把企业发展战略与员工职业规划结合起来考量。我认为，在互联网时代的文化创意企业，比如广西期刊传媒集团，就是一个开放式的创业平台，在这个平台里，聚集了一群有共同精神追求和文化理想的人，一起做文化创意的事情。不同于工业制造企业的流水线工作，文化创意企业更注重个人的个性化创造。基于这样的考虑，广西期刊传媒集团的发展战略逐步由所办的传统期刊的出版发行为着眼点，转向由传统期刊形成的文化品牌及其相关的文化产业为着眼点来布局，并把每一位员工作为考虑发展战略的重要因素。比如，以《作文大王》《奇趣百科》《数学大王》为代表的少儿期刊群，我们不仅仅围绕这几种期刊的编辑出版经营来谋划未来发展，而且从传媒的角度，把这些期刊的编辑出版经营放在互联网时代媒体融合的背景下来考量。这样一来，期刊经营和发展空间与以往相比，就大大拓展开来。比如由《作文大王》杂志刊首语的"阅读"小栏目，延伸出"晨诵夜读"文化传播品牌。我们通过网络技术制作中小学生晨诵网和APP，吸引越来越多的中小学生参与到每天十分钟晨诵和三十分钟夜读的活动中来，并通过互联网保存中小学生的"晨诵夜读"信息，组织各级各类型的线上线下诵读活动和阅读方面的专题讲座，全方位经营"晨诵夜读"文化传播品牌。这个文化品牌与传统期刊相比，是开放性的，其经营也具有拓展性。比如有同人热心于组织线下活动，就可以专门负责"晨诵夜读"的线下活动。他可以把这个活动作为自己负责的一个项目向集团申请，其可行性报告经过集团组织的专家论证可行，就可以作为这个项目的负责人按照规划运作项目，项目的运作如果成功，可以成立集团全资子公司，以公司制形式经营这一项目，也可以由这位同人参股经营。这样一来，集团这一事业的发展就与这位同事个人的事业发展紧密联系起来。他有多大的能力，事业就可以做多大。由一本期刊、一个小栏目，通过互联网技术，运用互联网思维，就有可能做成有很大影响力的文化事业。"晨诵夜读"面向两亿多中小学生，为他们提供专业的晨诵夜读指导和交流平台，如果经过两三年的发展，有1%的中小学生参与进来，就有两三百万的读者（用户）。而互联网时代的平台不是封闭僵化的，而是一种互联共享、互通共生的生态系统。能够做成全国第一的经典诵读和阅读交流互动平台，形成自己的文化品牌和影响力，经营潜力将不可限量。

　　这是目前我能想到的传统期刊发展的方向：以虚拟空间为载体，以互联、互通、共产、共享为特点，以情感交流和精神提升为要素的微文化生态系统。所谓"微文化生态系统"的"微"，是指切入点小，比如由十分钟"晨读"为切入点的"晨诵夜读"。这样的小而专业的"点"，会产生出互联网时代期刊的价值网。在这个文化创意系统中，编辑、设计、生产、营销乃至客户都被纳入其中，一起创造价值，互联网期刊不再是"编辑—印刷—发行"的传统期刊出版经营模式的单向运转的价值链条，而是一个多维价值网。谁能够在媒体融合的变革时代率先完成这样的多维价值网的建构，谁就最先抢占了未来期刊市场的先机。

　　基于这样的认识，广西期刊传媒集团的战略发展规划把互联网时代的期刊出版经营模式作为重要的研究对象，并在做好传统期刊的基础上，从技术层面完善媒体融合的期刊出版平台。从期刊出版前瞻性的意义上说，媒体融合发展是技术层面的问题，解决好这一问题，为未来互联网期刊出版模式的形成将起到关键性的作用。

　　基于这样的认识，广西期刊传媒集团的战略发展规划中把传统期刊出版资源的整合作为重要的基础性工作。当前，传统期刊对读者的黏着度、品牌公信力、专业性是纷繁复杂、瞬息万变的新媒体一时难以企及的。这"一时"具体时间有多长，我一时也难以判断。另外，传统期刊的权威性也是新媒体一时难以撼动的。同时，传统期刊还有制度性的优势，就是专属出版权。这些出版资源都是传统期刊弥足珍惜的资源。然而，这些资源也很脆弱，单体期刊出版单位难以形成新业态下的价值网络，固守传统期刊这些出版资源，如无法结合新业态发展，过不了多久，其价值也会逐渐淡化。广西期刊传媒集团规划整合传统出版资源，利用集团化集约经营的优势推进传统期刊的转型升级，比如对广西数十家高校学术期刊体制改革和经营改革的规划，形成"南方学术"期刊群，优化编辑出版资源，整体完成互联网时代学术期刊的变革。

基于这样的认识，广西期刊传媒集团的战略发展规划中把同人文化建设作为重点工作之一。企业是个动态的生生不息的系统。企业的物质系统有物流、资金流；企业的精神系统有价值体系，包括存在的意义、经营的理念、员工的精神追求、产品的文化品质，等等。企业，尤其是文化企业，其运行过程中需要有自己的企业信仰。我理想中的广西期刊传媒集团的企业信仰是传播善意，"开启民智，传承文明"，推动社会文明的进步，实现"利己"与"利他"的和谐统一。"开启民智，传承文明"不仅是对外的，也是针对企业每一位同人的。我们每一位同人要以文化传播"利他"，首先要以文化传播工作"利己"，自己能够传承文明，能够以自己传播的文化开启自己的智慧，不囿于一己小我的小利益，以开放的心态与更多的人分享善意，分享智慧，分享利益。有这样文化精神的同人文化，企业自然是充满活力的，也自然是有基本价值判断的。有了这样的企业文化，企业建构的同人创业平台将因企业文化而延伸到企业之外，与更多的关联者合作。这样的企业是开放的，是与社会共享的，是社会需要的——与关联者一起形成价值网，形成价值生态系统。这是期刊传媒集团未来能够在互联网时代或者智能化时代生存发展的基础。具体到目前集团化发展的实际，我们也需要以企业文化精神为介质，把多类型多元化特点的期刊社凝聚起来。针对不同的期刊社和子公司，集团在管理模式上可以因地制宜，采取不同的形式。但企业文化上，需要各所属期刊社和子公司及每位同人有基本的认同。只有这样，广西期刊传媒集团才有可能成为一个有活力的平衡的文化生态系统。

五

出版行业媒体记者认为广西期刊传媒集团期刊品牌和构架具有跨品类、多元化的特点，期刊集团"多马拉车"发展的优势和难点都有，让我谈谈如何在这样的发展状态下，体现集团化管理。

目前，广西期刊传媒集团期刊品牌有少儿、教育学术、出版行业、新闻传播学术、建筑规划设计、大众文化等类型，正如《出版广角》记者所说，具有跨品类、多元化的特点。媒体记者所说的期刊传媒集团"多马拉车"是一个形象的比喻，是多匹各自有差异的马形成一个合力，拉动集团的发展。每匹马跑的方向或者体力不同，就存在协同的问题，不断根据企业发展目标进行内部调整的问题，这就需要集团形成强有力的制度管理系统，对这些马进行自上而下的训练、规范，按照某个目标前进。问题是我们这套马车前进的目标是什么。按照一般企业的目标管理，是给这辆马车一个目标，让这个企业在媒体行业竞争中跑得越来越快，赢得更多的马加入，圈更多的地，谋求成为一个强有力的传媒集团，得到更多的利润？我担心的是，这样不同个性组合起来的马车，为了这个利润目标跑得越来越快，将会迷失我们做文化企业的初心。做文化传媒企业是我们安身立命的一个方式。社会大众运用高速发展的科技文明，享受丰富的物质生活，而精神与心灵的丰富性却被忽略，导致疯狂攫取自然资源等问题，导致自然环境的恶化和人类内心的荒芜。比如一个远洋捕捞集团，为了得到更多的利润，难以考虑海洋生态的平衡；一个传统期刊出版企业，为了快速发展，往往也不会考虑全球用纸量的升降与森林版图的变化。

在互联网时代，我更愿意把期刊传媒集团比喻为一个开放的文化生态系统。这是一个需要关注自然生态和文化生态平衡的企业。

期刊传媒集团作为一个文化生态系统，每一个作为资源整合的平台的期刊都有各自的生态系统，各个生态系统既是文化生态系统，又是经营运行的经济生态系统。互联网时代的经济秩序特征是流动性。传统期刊的出版经营，谋求的是期刊本身价值的传递，形成一个单向价值链。互联网时代的期刊出版经营，不再是一个单向运转的价值链条，而是一个多维价值网的建构和运行。这样的生态系统，自身就有强大的生命力。在集团的文化生态系统里，每个传统期刊转型为互联网时代的新期刊业态的过程，也就是构建这一生态系统的过程。

以《规划师》杂志为例，《规划师》杂志与集团传统的少儿期刊出版、教育学术期刊出版不同，是专业性非常强的城乡规划行业学术期刊。目前纸质期刊的期发行量为 7000 多份，与少儿期刊动辄月发行数十万份相比，差别很大。但《规划师》杂志背后有目标定位非常明确的读者和关联方。《规划师》的目标读者主要有：从事或涉及城乡规划的人员，包括各省、地级市、县规划管理机构，如住建厅、规划局；规划院、建筑院、研究院从事规划的专业人员；高校中的规划专业教师、学生；涉及城乡规划的学科或行业中的从业者。读者共有二十多万人。其中重点目标读者是拥有全国注册城市规划师资格证书的专业从业人员，有近万人。城乡规划行业年产值高，与国家基础建设宏观战略发展具有紧密的相关性，涉及的产业则更多。这样一个小众的专业学术期刊，背后却是一个具有与国家发展紧密相关的具有多产业资源聚合特征的目标受众。编辑出版《规划师》这样一本专业学术期刊，经营空间有限，期刊的订户有 7000 多在学术期刊中已经相当不容易，围绕期刊编辑出版活动展开的"规划师论坛""理事会年会""书刊互动"等经营活动也做得很好，但期刊总体经营体量不大。近两年，在新媒体技术的应用方面，《规划师》进行了探索和尝试，在虚拟空间应用三维技术展示城乡规划学术成果，拓宽了编辑空间；也利用理事会资源，开始建构城乡规划专业数据库。这是传统学术期刊的做法。在集团规划中，集团将支持《规划师》杂志社以《规划师》杂志为切入点，为全国二三十万城乡规划从业者建设"规划业传媒生态系统"。这一开放性的互联网传媒平台，将为城乡规划从业者提供与专业相关的互联、共享、互通共产的社交平台，并支持《规划师》杂志社围绕这一生态系统建设，让越来越多的城乡规划从业者进入平台，让他们的职业生涯与这样一个行业传媒生态系统如影随形。有了这样的生态系统，广西期刊传媒集团就与一个行业进行了对接。我相信，其经营潜力将让《规划师》杂志社同人感到震撼。

如果集团所属的期刊都能以互联网思维和互联网技术、互联网时代期刊传媒开放性共享性的运作模式来经营，集团的发展空间也自然会得到拓展，发展格局也会得到提升。集团在所属期刊的经营管理中，我想更多的是以企业文化凝聚同人，分享期刊出版思想，分享期刊出版资源和平台，分享利于同人创业的运营机制，至于细节，我相信每个期刊社同人的能力，也相信互联网时代期刊——具有互联、共享、互通、共产特征的开放的"微文化生态圈"，其自身有强大的生命力。

从这个意义上说，互联网时代期刊将超越传统期刊经营中期刊多品类、多元化在一个期刊传媒集团下协同发展的问题，每个期刊都将是一个生态系统，也有可能成为一个媒体集团，就看这个期刊背后的资源有多少，这个生态系统的资源整合能力有多大。

六

出版行业媒体记者在采访中谈到，广西期刊传媒集团能够抓住先机，必定是集团有自身文化、自身的生命力，请我从这个角度谈谈集团发展的内因。

其实，记者问的这个问题是集团企业文化和企业生命的问题，也是集团发展的根本问题。这几年，我也一直在想这个问题：这个传媒集团为何而存在；传媒集团的存在与每一位员工，与社会、与社会大众有什么关系；我们坚守什么样的价值观；采取什么样的发展模式——这些都与集团自身的精神追求和操守有关。

2014年，我写过一篇文章讲期刊传媒集团的保安陈常志的故事，文章就叫《陈常志》（收入《书之旅：一个出版社30年的故事》，广西师范大学出版社，2016），这个故事也许能够体现我对企业同人文化的理解。其实，广西期刊传媒集团的每位同人都有类似的故事。听集团同人们讲关于"爱""责任""分享"的小故事，可能更能形象地解读集团发展的内因。

2016年春节前，我请同人在春节假期每人都写一篇作文，主题是工作中难以忘怀的人和事。这几天，我读着同人们写的文章，感动之余，逐渐明晰集团同人文化和集团发展的内在关系。这些文章，会编成一本小册子，小册子的名字就是"故事——一只流浪猫与广西期刊传媒集团的相遇"。这本小册子即将在2016年内出版。

百万创刊量的背后

——《作文大王》创刊前后

◎ 李苑青

一、创刊背景

1996 年国家新闻出版署提出"社刊工程"，鼓励和扶持书刊互动，以此促进图书出版与期刊出版的资源共享，以谋求双赢发展。为了最大限度地共享出版资源，走集团化发展的道路，2000 年 6 月，在广西师范大学的协调下，成立于 1986 年 11 月 18 日的广西师范大学出版社与成立于 1993 年 6 月 8 日的同属于处级建制的广西师范大学杂志社进行了资源的整合，杂志社成为了出版社的一个全资子公司，出版社将王建周书记和我委派到了杂志社，分别担任社长和副总编辑。

出版社和杂志社整合之初，杂志社拥有《小学生跟我学》《中学生理科月刊》两种刊物。根据当时国家新闻出版署关于建立中国期刊方阵的构想及广西壮族自治区新闻出版局关于社办期刊"十五"发展目标，为了打造"社刊工程"，杂志社的领导班子做出了要将社办期刊作为新的经济增长点的规划，着手实施"留一个（《中学生理科月刊》）、创一个（《网际商务》）、合一个（与广西文联合办《南方文坛》）、改一个（《小学生跟我学》）"的发展战略。当时的《小学生跟我学》由于定位不够清晰，刊物名称宽泛模糊，内容不能体现基础教育倡导的素质教育要求，不利于培育个性化的品牌期刊，再加上其市场化程度不高，多年来发行数字平平。经过大量的调研，杂志社的领导班子达成共识，将《小学生跟我学》改为《作文大王》，并将《作文大王》作为"社刊工程"的龙头产品，将其作为杂志社"双效"突出的标志性期刊；与此同时，进一步优化《中学生理科月刊》《网际商务》《南方文坛》的栏目，提高刊物的质量，在确保社会效益的同时，经济效益不断攀升，使期刊出版真正成为出版社的支柱产业之一。

二、创刊过程

2000 年七八月，冒着酷暑，编辑们分头开始调研。我带着一些编辑去北京召开座谈会，听取专家们的意见。王建周社长带领一队人马到西安请出版社的老朋友，时任世界图书出版公司总经理李峰，担任《作文大王》的总策划，聘请原《中学生》杂志主编庄之明为编委会主任，聘请了李峰、王吉亭、满亚莉、韩树俊、张玉仁等一批语文教研专家为杂志的专家编委。当时，大家考虑更多的是如何走出一条以树立品牌为前提、以读者为中心的经营之路。2000 年 9 月，我们拿到了《作文大王》的改刊批文，马上紧锣密鼓地开始做《作文大王》试刊号。大家信心满满，编辑们群策群力，为了一个栏目，为了一句广告词，那段时间编辑们几乎都在加班加点。9 月，出版社又陆续委派了沈伟东到杂志社做副总编辑兼《作文大王》执行主编，委派了卢培钊到杂志社做副社长，分管发行。沈伟东、卢培钊的加入，让大家更有信心：我们一定要办有思想的期刊，全力将《作文大王》打造成一个读者交流、表达、抒写的平台。

与此同时，我赶赴上海，请著名装帧设计家陶雪华老师为《作文大王》创刊号设计封面。陶雪华老师的装帧作品多次在全国获奖，是设计界的大腕，但人却很随和，像邻家大姐姐一般。记得我到她家时，看见十几平方米的书房里，堆满了她设计的作品以及各式各样的奖状、奖杯，电脑桌上也摆满了书稿。她告诉我，设计一本图书的封面，她需要对全书的内容进行了解，将图书的特点以及读者对象的喜好融入到装帧设计中，这样的设计才有灵魂。我们就如何吸引小读者的眼球，如何让《作文大王》的小老虎形象深入人心，封面的设计元素要立足基础教育，充满童趣，符合我们的办刊理念等，进行了深入的探讨。后来，她交给我们三个封面设计方案。

资源整合后的杂志社共享了出版社带来的各类资源和渠道。比如，出版社出面邀请了教育部中央教科所基础教育课程教材研究中心共同作为杂志主办单位，广西教科所作为协办单位。当时，广西师范大学出版社的教学辅导读物在全国市场占有率很高，为了推动期刊发行，出版社出面把全国各地数十位做得比较好的经销商召集到桂林，就《作文大王》的发行进行研讨……

为了体现对读者的人文关怀，我们还多次请教了广西壮族自治区新闻出版局印刷处的领导以及印刷行家，去找学校的老师和学生，了解在刊物上使用什么字体字号使得小学生阅读不费力，使用什么样的纸张和油墨印制刊物比较环保，什么克度的纸张适合小学生阅读，图片套色用什么样的颜色不伤眼睛，等等。

《作文大王》（试刊号）于 2000 年 10 月 12 日～15 日在南京召开的第十一届全国书市上亮相。出版社和杂志社以前所未有的阵容派员参加了南京书市，"包机前往南京"在书市开幕前已经引起了业内同行的关注。四天的书市中，那只代表《作文大王》形象的小老虎，总是"张牙舞爪"于书市的醒目之处。而10月的南京还是相当热的，穿上"虎皮"的同事大汗淋漓，但大家都坚持着，即使再热，也要把这个颇具特色的形象推放到小读者的心中。有效的前期准备工作，使得《作文大王》创刊号发行量超过了一百万册，引起了业内的关注。随后，我们对创刊号超百万的印数进行了公证。

三、品牌的打造

1. 树立品牌理念

《作文大王》创刊之初，我们考虑最多的是品牌战略问题。教育类期刊发行量大，但品牌建设却普遍相当薄弱。《作文大王》看到这一点，始终坚定树立办一流期刊、做一流品牌的办刊理念，从刊物的形象包装到刊物内在质量，无一不渗透着这种品牌理念。《作文大王》聘请国内知名学者、著名作家王干、王蒙、王安忆、叶兆言、苏童、秦文君、黄蓓佳等为顾问，聘请国内一流的出版人李峰为总策划，原《中学生》杂志主编庄之明为编委会主任，同时搭建了一支高水平的编委班子；《作文大王》不惜花巨资请专业设计公司进行了刊名包装与刊标形象设计，并在《中国少年报》上向全国读者征集刊标名字，并注册了商标。"小老虎"是《作文大王》的刊标形象，从编辑部复信的信封信笺，到杂志社大楼巨幅的垂楼广告，到处都能看到《作文大王》刊标。从创刊之初到现在，这种品牌为先的理念就始终不折不扣地实施，这种坚持换来了读者的认可。

一个期刊品牌的形成，除了需要树立一个高起点的品牌理念，还要把这种理念通过扎扎实实的行动一点一滴地渗透到、深入到读者中去，这些看似琐碎的小事，恰恰体现了对读者的关怀、尊重。对办刊人而言，《作文大王》不仅仅是一本杂志，更是一个品牌的系统工程，是对品牌理念始终如一的坚持与执着。

2. 以创新谋求突围

《中国新闻出版报》《中国图书商报》《出版发行研究》《出版广角》等业内媒体，对《作文大王》提出的"自由的表达，平等的交流，愉快的抒写"作文教育观和服务性开放性的办刊思路进行了报道。紧随其后，编辑部从一篇有争议的作文出发，精心策划了一场在小学生中对生命观的讨论。《作文大王》连续几期刊登后，被《中国少年报》通版（两版）刊登，引起秦文君、叶兆言、黄蓓佳等作家的注意。秦文君在《新民晚报》中发表对《作文大王》作文观的看法，认为《作文大王》的讨论将引起中国中小学生作文教育的大反思。《作文大王》还引导学生关注学校生活和社会现实，及时针对学生课业负担的繁重、校园暴力事件等问题做了专题栏目，得到很好的反响。《作文大王》出版后，有多篇文章被《中国少年报》《中小学优秀作文选》转载。

为了真正体现《作文大王》为广大小读者提供高质量的精神食粮的办刊初衷，在栏目的设计上，强调读者的参与性、实践性和操作性，鼓励学生诉说真情，张扬个性，比如，"大王擂台赛""小记者广角镜""大王四重奏""风采写真""小作家笔会""小鬼学作文"……给了小读者更大的参与空间。注重打造品牌栏目，如"小记者广角镜"是个极受读者欢迎的栏目，因为该栏目中所发文章，全是小记者通过自己眼睛发现的问题、用自己的笔写出来的文章，力求培养和提高学生的思维、想象、联想和幻想的能力。

3. 高质量的内容呈现

要做品牌期刊，必须保证出版的刊物质量是一流的。《作文大王》每期邀请一位著名学者或知名作家，向小读者推荐、点评优秀的文章及图书，让小读者从更高的层面感悟作文。编辑部的月度审稿例会，对每一篇稿件进行评议。在编校质量的把关上，每一期的印前质检，都请了业内知名专家江达飞、周奇、陶征等共同把关。聘请了一批《作文大王》专职评刊员，小学版的有上海虹口区教师进修学院科研室的朱福生、广西南宁肉联厂子弟学校韦彩凤、重庆市渝中区巴蜀小学任运昌、桂林教育学院范肖丹等，中学版的有徐国民、张伯华、莫少清、秦林凤等。专家评刊员对刊物的政治导向、思想倾向及编校质量方面进行严格的审查。美编与文字编辑则积极收集读者、专家关于封面、版式的反馈信息，思考每个栏目的特点，在版式、插图以及刊物整体风格上全力打造品牌形象。建立读者信息反馈制度和发行员信息反馈制度，通过反馈回来的信息，及时优化刊物的栏目，调整我们的思路……树立品牌期刊，做大市场形成了共识；关注读者、注重营销，以服务赢得市场已成为一种氛围。各方齐发力，让《作文大王》的每一步都走得坚实。

创刊号一炮打响，随即而来的组稿工作迫在眉睫。2000 年 12 月、2001 年 2 月，杂志社组织了两次外出组稿。然后，开始筹备"新世纪作文大王杯"作文擂台赛。2001 年开始，杂志社不断以座谈会、辅导讲座等方式安排名家、名师与读者见面沟通；邀请著名的教育专家、教师深入各地，为当地教师学生举办专题讲座；把每年一次的夏令营变成了联系读者、作者和编者的一座桥梁。

4. 品牌推广模式

（1）充分利用区位优势，做透广西市场。《作文大王》充分利用了广西师范大学作为广西基础教育师资培养基地这样的区位优势，进行刊物的市场推广。同时，还利用高校大学生的优势，每年都在校内征集近百人的"文化形象大使"。他们利用暑假期间返回家乡各地，进行大学生社会实践活动。他们与新华书店联合，开展主题宣传活动月，宣传推广《作文大王》，收集信息，联络读者。成千上万的中小学生就是通过这些"形象大使"认识了《作文大王》。

（2）以服务为中心，构建发行网络，做大全国市场。《作文大王》创刊伊始，为了让更多的小读者了解《作文大王》，我带着编辑部主任梁艺、发行部业务员魏纪益，在江西经销商刘润生的陪同下，在江西一个县一个县地跑，有时一天跑三个县，在每个县中挑选有示范性的学校，跟学校的老师座谈，到班级中向学生约稿，给学校挂"广西师范大学出版社友好学校暨《作文大王》实验基地"铜匾。就这样，自 2001 年 5 月以来，杂志社在全国一百多所学校建立了"友好学校实验基地"，为这些"友好学校"提供包括捐赠图书、发表作品、优惠购书、免费培训、设立奖学金等一系列的优质服务，通过"友好学校"形成链条式发展模式，建立了教研、组稿、宣传、发行为一体的庞大网络。

（3）以读者俱乐部为依托，做好增值服务。"增值服务"的基本思路落实到《作文大王》的出版工作中，就是要让读者订阅《作文大王》得到的不仅仅是一份杂志，而是一系列的服务。《作文大王》精心挑选百名优秀大学生为读者辅导团，对读者做到每信必复、每问必答；俱乐部会员免费获得赠阅的会刊《作文大王》报，参与俱乐部的各类活动，享受购书优惠，得到专家的远程辅导，和全国各地的会员结成笔友，每年还得到生日贺卡。2001年 7 月举行的《作文大王》夏令营活动，邀请优秀的会员与父母一起免费参加……读者订的不仅仅是一本杂志，而是通过网站、俱乐部、书信、热线电话、活动等一系列的平台，获得杂志一个优质的售后服务。杂志社的全体同人达成共识：读者订了一本杂志，就等于进入了一所免费的快乐学校。

5. 挖掘资源，延伸品牌

自从实行"社刊工程"以来，品牌延伸发展思路就成了杂志社领导班子研究的课题。"书刊互动"，具体而言，就是利用广西师范大学出版社教辅图书出版发行的优势，挖掘期刊作者资源优势和发行优势，有计划地开发与期刊相关的图书选题，出版相关的图书品种，做到"以刊带书、以书育刊"的良性互动，实现两者的优势互补，也为刊物的发展开拓更为广阔的空间。由刊带出的《中考先锋》《同步优化设计》《作文大王金牌书系——小学生新同步自主作文》得到了读者的好评。其中，《中考先锋》占据了广西同类教辅的半壁江山。如今，在广西师范大学杂志社基础上发展起来的广西期刊传媒集团，以少儿教育期刊方阵为主轴，优化结构、整合资源，产品链以期刊为起点，形成了包括期刊产品、增刊产品、图书产品、网络（电子音像）产品、广告产品、教育服务及教育培训等相关产业。通过跨界整合大平台资源，业已形成立体、多元化的产品链。

四、取得的成效

一方面新刊如林，另一方面以系统发行为主的报刊社遭遇"减负令""一费制"所带来的寒冬，在这样的背景下，2001年1月，《作文大王》一亮相就以全新的作文教育办刊理念，赢得了读者的认可，并且以独特的期刊品牌运作模式，经受了市场的考验，创刊号发行量超一百万册，被业内人士称为教育类期刊的一匹"黑马"，称为期刊运作的一个奇迹，在广西及至全国出版界都产生了很好的影响。而《作文大王》作为"社刊工程"的龙头，是出版社经济发展的重要增长点，在出版社走向集团化进程中扮演了重要角色。《作文大王》《中学生理科月刊》《网际商务》《南方文坛》四种期刊，分别在教辅类、财经类、文学评论类期刊中名列前十名。《南方文坛》成功入选"中国期刊方阵"；《中学生理科月刊》被评为"广西优秀期刊"。《中国新闻出版报》《中国图书商报》《出版发行研究》《出版广角》都对广西师范大学出版社"社刊工程"做了重点报道，广西壮族自治区新闻出版局"社刊工程"现场会在杂志社召开，"社刊工程"初见成效。由于《作文大王》成功的品牌运作，在短短两年的时间就打下了良好基础。出于对《作文大王》的肯定，对我社的支持，在广西壮族自治区新闻出版局等上级领导的直接关心下，我们成功申办了《英语大王》。

2016 年是《作文大王》创刊后的第 15 个年头。每一年编辑们都会对刊物老牌栏目做些翻新和改造，不断加强刊物对读者的吸引力，将刊物办得更有活力。经过多年发展，期刊的版式、开本等都随着时间的推移而不断改进，但是《作文大王》一贯秉承"自由的表达，平等的交流，愉快的抒写"的理念不曾改变。《作文大王》始终把人格培养、品质塑造、心理疏导、思维训练等学生素质培养融入作文期刊中，使期刊充满人文关怀，有了精神内涵。《作文大王》也因此保持着强劲的发展势头，取得了良好的社会效益和读者的口碑，三次获得中国优秀少儿报刊奖金奖，获得过"中国最美期刊"奖，是广西"十强期刊"之一，还是广西唯一进入全国百万发行量排行榜的期刊，也是广西唯一荣获中国优秀少儿报刊金奖和优秀社会科学期刊奖三连冠的期刊。

4

服务，所有的事都是一件事

出版业本质上是一个服务行业。这有几个含义：一是要服务好作者，因为在这个知识生产和传播体系中，作者无疑是核心；二是要服务好读者，因为读者是购买图书产品的消费者，只有在读者那里实现了购买行为，才会有出版社的可持续发展；三是服务好图书经销商，因为他们是协助出版社做好大量分销工作的主体，出版社的图书依靠他们才可以走向社会的各个角落。

再进一步深入，服务其实是无处不在的，比如出版社内部，每项工作都是为下一个环节和下一个阶段服务的；行政部门和各类支持部门，是为编辑和发行部门服务的。要提高经营质量，就是要提高服务质量。

知更社区则是互联网时代出版社自身定位重新定义的一个产物——出版社的未来定位应该是服务商，而且是知识服务商。责任技术编辑制度的实施，为编辑和发行提供了技术服务，保证了出版物内容、装帧设计与材料、印刷能够完美呈现。数字技术的发展对传统出版不一定是颠覆，更多的是融合，数字时代我们该做些什么和已经做了什么，出版社上海公司和《汉画总录》团队都有了很好的实践。而《把出版作为服务业来做》一文，则完满地阐释了出版业服务的本质，未来的发展充满无限可能……

知更社区：用时代的"基础设施"
做最贴心的知识服务

◎ 郭开敏

"自媒体是要做势能的，单纯的品牌推广意义不大。"

"出版社的未来定位应该是服务商，而且是知识服务商。"

"没有社群做基础，再好的项目也很难得到推广。"

"品牌、情怀之类我们不能再多提了，下一步就是切实的服务。"

"图书要有更多的附加值，出版机构要跑在时代的最前端。"

这一连串的判断来自知更社区的三位联合创始人，这群年轻人豪气冲天，似乎已经在 2016 年布下了"天罗地网"般的规划，准备倾全力而发之。

知更社区是什么？是一个出版圈的创新。事实上，2015 年对于出版社而言是变革的一年，在大部分出版同行还在眼红"罗辑思维"等社群经济的同时，一些出版社早已在悄悄进行着改变和开拓，越来越多的出版机构开始尝试从上到下或从下到上的转型，尤其在互联网和出版融合的道路上，新媒体新项目层出不穷，知更社区就是其中较为显眼的一个。

知更社区：一个社群项目的诞生

什么是知更社区？进入微信公众号（zhigengshequ），其介绍是这样的：有酷炫思想，哲学、人类学、心理学、医学……极尽高冷之能事；有线下读书，高谈阔论、红袖添香。首家O2O知识服务社区，足够让你嘚瑟！……

其实，知更社区很年轻，它最早公开出现在公众视野是在2015年10月31日举行的第二届读书会发展论坛上，其参与编撰并发布了《2015年北京读书会发展状况调查报告》（以下简称《调查报告》）。事实上，该论坛虽由民间团体发起，背后却得到了像中央编译出版社、广西师范大学出版社等出版机构以及北京阅读季办公室的大力支持，是真正的"全民阅读"盛事。大会当日，来自全国各地的120多家读书会和40多家全民阅读推广机构齐聚北京，围绕如何在全民阅读时代构建阅读新生态等问题展开了研讨。据了解，作为协办机构之一的知更社区背靠的正是广西师范大学出版社，这是该社2015年大胆求新，寻求"互联网＋出版"革新和媒体融合道路的重点尝试。

广西师范大学出版副总编辑汤文辉说："我们要看到，出版业究其本质，是提供内容服务，我们需要扩大单一出版的功能，向服务商转型。之前，我们距离读者较远，今后，我们要借助各种阅读、读书会的平台，来做好图书推广乃至策划选题的工作，新组建的知更社区根植于百家读书会而生，与我们的理念高度契合，因此，我们支持这个团队。"

而据知更社区创始人汪毓楠介绍，知更社区其实早在2015年初就开始酝酿，6、7月正式进入筹备阶段，正式上线是8月15日。作为首个O2O知识社区，知更社区从一上线开始便抛出了知识服务的概念，其定位正是服务于读书会和读书人的知识社区。知更社区的形态目前主要呈现在微信公众号上，基于这个平台，读者可以找到自己喜欢的读书会、喜欢的读书活动；读书会可以找到和他们气质相符的微信公众号、优质读者，可以解决场地，找到合适嘉宾。知更社区的网站和 APP 亦在同步开发中，网站已进入了测试阶段，预计将在 6 月份上线，届时将会邀请全国各地的读书会入驻发布读书会信息。

说到知更社区上线前筹备阶段的工作，汪毓楠表示："我们的筹备工作主要集中在对读书会、阅读类微信公号、书店咖啡馆等场地设施的考察和采集上。为此我们还专门精心招募京城几大名校的研究生，让他们深入参与各个读书会的读书活动，并撰写体验测评报告。同时我们也约见、走访了近百个阅读类微信大号和阅读推广人。"事实上，这项工作一直在进行，以场地为例，知更社区所在办公室有面墙挂着一幅比例极大的北京地图，上面贴满了新开辟出来的咖啡馆、书店，"每走访一个，我们都会贴上条，有时候看着地图也是一种成就感。未来，如果技术允许，这将会变成一幅电子地图"。这幅地图已经发挥了很多直接的作用，"我们的每次活动都会根据主题选择合适的地方，像《耶路撒冷三千年》在 1901 咖啡馆、任剑涛读书会在 706 青年空间……这张地图也为很多读书会和出版机构提供了场地服务。未来，我们希望每一个场地都能有我们的活动，也形成他们固定的读书沙龙品牌"。

而在场地之外，读书会和阅读类公众号显然更为重要，前文提到的《调查报告》正是该调查的结晶。"读书会是区别于讲座的一种存在，他们规模更小、零散、形式容易操作，但对参与者要求更高，当然收获也更大，事实上我们扶持和发展读书会，也是想改变以往出版社新书发布会的方式，想让读者有更多的参与和收获。"汪毓楠说道，"在调查中我们也发现，北京至少有 200 多家中小读书会，并且发展水平参差不齐，阅读水准也高低不同。这其中媒体牵头的读书会，像凤凰网读书会、南都读书俱乐部（深圳）等都发展得有声有色。这两年越来越多的媒体开始重视起线下活动，《北京青年报》的"团结湖参考"、《文化纵横》杂志等都在 2015 年进行了系列尝试，这也许是在纸媒江河日下的今日，他们寻求生存转机的另一种探索。"

当然，更多的还是民间读书会，他们才是北京读书会的中坚力量。汪毓楠特别提到了爱思想读书会、一起悦读俱乐部和燕京读书会，"'爱思想'迄今已组织了 70 多场读书活动，其发起人王大鹏、领读人李雪等都是具有相当经验的组织者，知更社区第一次线下活动就是和爱思想读书会一起合办。而'一起悦读'2011 年创建至今已策划组织读书活动 200 多场，创始人石恢也一直在孜孜不倦地进行着阅读推广，一起悦读俱乐部已成为北京地区最具影响力的品牌读书沙龙之一。"

在汪毓楠看来，一个读书会发展得如何，如何发展，与主创人的眼光和思考息息相关。在北京，每年都有读书会产生，每年也都有读书会消亡。"像'阅读邻居'，他们本身就以出版人和媒体人为主体，如今也开始尝试起了'DIAO'计划等知识输出。当然也有像'沙之书'等读书会，随着主创求学深造早早夭折，令人扼腕叹息。"

事实上，从《调查报告》中我们也可以看到，全国各地的读书会，包括北京的读书会，发展水平差异很大，既有高度专业化的读书会如集智俱乐部、知止中外读书会，又有商业模式十分清晰的如总裁读书会、樊登读书会，又有偏居城市一隅独具地方特色的如武汉隐形人读书会、深圳后院读书会、威海相聚星期三读书会等，这在第二届读书会发展论坛上有清晰的呈现。从论坛的讨论来看，这些读书会反映出的问题也是与北京读书会呈现的状况如出一辙。知更社区联合创始人西凉老郭特别提到了他在第二届民间读书会发展论坛上的见闻，"全场最让人眼前一亮的是南京嘤鸣读书会的发起人赵健，他是南师大的学生，1994 年出生。如今他和嘤鸣读书会的故事已经成了众多读书会羡慕和效仿的对象，甚至还引起了联合国的关注。也许这是读书人的幸运，也许这是时代的幸运，因为我们看到有越来越多的年轻人加入到了其间"。甚至在他看来，北京的读书会发展水平还不及深圳，"深圳这座'文化沙漠'读书会一点都不弱，单像南都读书俱乐部和后院读书会等就比北京的绝大部分读书会发展得好，这显然离不开深圳读书月的推动。"

大众阅读的痛点

汪毓楠和他的知更团队还对新媒体排行榜前百位的阅读类微信公号进行了仔细研究，在他看来，这些微信大号的影响力在某些方面已经远超一些普通纸媒，但在分析中他们发现，绝大部分公号几乎没有线下活动，普遍缺乏黏性。"这其中'十点读书'无疑是最具代表性的，坐拥数百万粉丝，线下也从厦门一步步拓展，'十点读书'扩张之路越来越快，他们已经找到了自己的商业模式。'不止读书'也是如此，主创魏小河以一己之力在用自己的笔头从线上到线下拓展着他的阅读王国，如今'不止读书'在全国很多城市都有读书会，深圳、北京都已极具规模。"

汪毓楠表示，在和阅读类公号的接触中，几乎所有的公号都表现出想做线下、想做社群的期许。"一方面这是他们增强粉丝黏性的必经之路。另一方面，阅读类微信公号商业模式和生态并不明朗，带有极大的自主性和个体性，如何将线上粉丝转化为用户进而产生商业估值，几乎是所有公众号都梦寐以求的事情。"但现实却是很少有像'十点读书'那样线上线下做得极好的，"他们普遍或没有精力，或没有经验，或一直没能开展，或半途而废，或无从下手"。

从知更社区的发展来看，他们似乎和大象公会有着天然的亲近，并在

2015 年连办数场沙龙。对此，汪毓楠解释道："大象公会是接触较多的一个自媒体，他们以强大的内容生产力著称。我们拜访黄章晋主编的时候主要是谈出版，聊出书，然后从中产阶级聊到未来构想，几次畅谈下来，一些共同认同和契合的话题便发展成了读书会。"事实上，汪毓楠还提到，真正想要和大象公会合作最初是看到一个民间读书会在读《耶路撒冷三千年》，知更社区发挥策划优势推出了"何为一个优秀民族的精神结构"主题读书会，并说服了大象公会一起参与，戏剧性的却是那个民间读书会拒绝了邀请，最后变成了知更社区和大象公会的合作。

说到对阅读类微信公众号的调研，汪毓楠还特别提到了知更社区通过"我们的零度历史"招募行动和任剑涛教授系列讲座试水的例子，"我们试图通过前者发现优质的作者，也试图通过后者逆出版而行从源头上做一本畅销书"。然而，事态发展却远远超出了他们的预估，"我们 9 月初策划了这次招募行动，那时知更社区刚上线，为了推动招募顺利进行，我们联合了《文化纵横》杂志、'高和分享'和'历史百家争鸣'等大号，同时还对几乎是排名前一百的历史类微信大号、QQ 群筛了个遍，然而事实也证明，发现一个好的作者是多么困难和过于理想，我们并没有得到想要的结果、收到想要的稿件、发现能力出众的作者……甚至于时至今日根本就无从评比。当然，我们也借此机会知道了这样一个群体的真实水准，知道了这样一个群体的特点，尽管也许是我们还没有通过对的方式找到对的点"。

而在任剑涛教授的系列讲座中，联合创始人之一的西凉老郭则特别提到了"燕南园爱思想"，"'燕南园爱思想'前身是爱思想网，在圈内很有影响力，我们在任剑涛教授系列讲座初期正式建立合作。'爱思想'的黎老师属于那种聪敏且豪爽有见识的人，很多合作甚至不用我详细尝试便一拍而和，我们和'爱思想'一直保持着良好的合作，并进一步和诸如'政治学与国际关系论坛''壹学者''政治学人'等公众号进行了系列合作"。西凉老郭同时表示，"事实上，我们所做的一系列策划和活动也都是建立在对读书会、公众号了解的基础上，没有一次不是拿着气质相同的二者一起整合"。汪毓楠指出："任教授的十讲系列讲座，既是对一个学术明星的包装和粉丝的寻找过程，也是对出版的一次新探索。从第一次的惨淡收场，到后来场场人满为患；从大学教室到读书会、互联网公司……系列策划中，我们对一系列未知的或是已知并不熟悉的领域进行了探索，走了很多弯路，也学会了防患于未然，积攒了很多经验，摸清了一条条生态链和模式，到了最后反而发现书成了其次，过程远比预先设定的那个结果好很多。"

事实上，知更社区也正是在对读书会、阅读类公众号的不断调研中寻找着发展方向，一直在变幻中寻找到底什么是读书会和阅读类公众号的痛点。这条路并不新鲜，读书会一直存在，但也是过去出版社不屑于看在眼里的团体。但随着阅读类微信公众号的出现，随着互联网的发展，线上线下结合成为最有效的必然，如何更好更有效地推动阅读、如何互相借力发展，也成为读书会、微信公众号需要去面对并做好整合的必然。而这显然也是知更社区找到的服务点，也是他们正在努力突破的痛点。

能否叫"知更模式"？

而据笔者观测，围绕着智趣的特点，知更社区的内容主要呈现为文章选编和活动策划。据知更社区主编王宏亮介绍，知更文章有一套特殊的编选流程，所选皆是经典著作中仍符合当下语境的酷炫思想，如《荣格日记：心理学家如何盖房子？》《弗雷泽〈金枝〉：为什么有的人总喜欢找"替罪羊"？》《叔本华：如何用一种痛苦来结束另一种痛苦？》《休谟自传：如何总结我的一生》《帕斯卡：人在自然宇宙中的位置》，等等，都是其中较为精彩的篇章。知更并不满足"知道得更多"，为此也是一次次深陷孔夫子旧书网，一次次跑潘家园、国图、北大图书馆、杂书馆……

不仅如此，知更社区还开发了一款"知更天问"的哲学游戏，王宏亮介绍说："这款名为'你是疯子还是天才？'的小游戏皆是摘录自中西方思想家的经典著作，时代感、幽默十足，同时还能考察读者是否是这些思想家的'铁粉'，颇受好评。"而在读书活动上，知更社区策划并发起的活动无一例外都是线上线下结合的模式，他们并没有像很多社群一样展开单纯的线上活动。这其中，像"人类会最终走向孤独吗？""何为一个优秀民族的精神结构""生于哪个年代的人最容易成功"是其中口碑较好的活动。据汪毓楠介绍，知更社区的读书会首先会围绕着主题花两周的时间通过微信群在线上展开讨论，进而发展到线下，前几次主要是在北京落地，如今已实现了北京、上海同步，深圳、南京、重庆等地也在陆续开拓中。

知更社区正式上线是在 2015 年 8 月 15 日，并在 8 月 29 日举行了第一次读书沙龙。据西凉老郭介绍，截至目前在没有进行大力推广的情况下，平台已通过线下活动累计粉丝近万人，已经和全国近百家读书会近百个优质微信公众号建立了联系，文章精选发布 50 余篇，发起策划及参与联合主办活动 50 多次，发布活动近百次。尽管西凉老郭一直在强调数字并不重要，但从这一串数字我们也能感受到阅读的力量，全民阅读不正是这样一点点汇集起来的吗？

都说文化是一场不赚钱的生意。每每遇到同行问起如何来检验成果，这样做有什么意义，西凉老郭表示想用一个读者的一条"朋友圈"去回答这个问题："分不清明清还是五四，真正的仁人志士，真正的自由讨论，没有政治……"西凉老郭表示："这是一个浮躁的时代，人人在谈出版是夕阳产业，人人在说全民阅读，我们只是默默地在做这样一件事，我们一直在畅想这样一幅局面：未来我们可能因为知更社区而结缘，因为阅读而成为朋友，在这个城市不再孤独；可能因为互联网打破一切、连接一切，我们可能通过一个个能引人思考的主题，通过一场场叩击灵魂的读书活动，一步步借助线上平台，突破一座城，相约一场跨越时空的阅读。"

如何将粉丝转变为用户，这也许是所有借助微信起家的阅读类公众号在思考的问题。前面的标杆有吴晓波、罗振宇。后面又有谁呢？谈到未来的商业模式，汪毓楠表示："我们没有想太多，我们有强有力的支撑把这件事一直做下去，事实上我们也在不断尝试。现在知更正在慢慢树立起口碑，我们能向知更的读者甚至更外围的读者提供优质的阅读体验，我们服务越来越多的出版社；我们可以为中小读书会、中小商家提供独到的包装策划；我们积攒起来丰富的资源，未来可以以较快的速度提供合适的场地和有效的推广途径；我们可能会做会员，读者只需花很少一部分钱，就能每年任选中国较具影响力的几大人文社科出版社的优质图书，参加他们的优质活动；我们可能会在线下有自己的据点，我们可能会将阅读与生活更好地结合在一起……"

在 2016 年 11 月 29 日的深圳首届华文领读者大奖颁奖典礼上，知更社区获得了入围奖，颁奖词这样说道：用"出版"和"互联网"武器行走江湖，解决了北京百家读书会在场地、会员、嘉宾方面的困惑，通过线下读书活动增强了近百个阅读类微信公众号的黏性，一场场叩击灵魂的读书活动突破一座座城的"知更模式"，前途无量。而诚然，从一种模式到一种成功的模式还有很长的路要走。

从"试错"到"试对"，我们还在"扎根"

"2015年下半年，我们几乎将知更社区诞生前设想的所有计划都实践了一番，"西凉老郭说，"我们最大的成就就是用极短的时间试错，得出的结论就是2016年的方向，我们可以分享给大家，让同样想法的小伙伴少走弯路。第一个误区就是阅读的社交属性并没有那么强。这是我们成立初期就设想的一种蓝图，读者因为阅读而成为朋友，并且相约一座城，进行一场跨时空的全民阅读。然而，我们发现推行起来并非如此，读书人天生愿意纯纯地读书，而且阅读更见私密性，不像音乐和电影那样易于快速结群。这也是包括微信读书等一直没有做起来的原因。第二个误区是书评征文。我们曾尝试通过招募的形式试图发现好的作者和好的文稿，结果效果很差，读书和写作不是一回事。第三个误区是场地想象。以往，我们和很多人一样，以为绝大部分场地都是收费的，而事实上，北京的免费场地特别多，只是没有将资源做到合理的配置而已，因为互相之间都有期许，所以我们一定要找互补型的合作方。"当然，这也是我们的一家之言，因为样本和别的因素可能并不放之皆准、十分精确。

作为一个运行仅一年多的文创项目，知更社区尚是一棵幼苗。"目前我们还处在努力地扎根阶段，"团队负责人汪毓楠介绍说，"知更社区按照规划是两步走，第一步是用户积累，第二步是商业运营。关于商业运营，还曾在读书圈引起了不小的争议，有几家读书会坚持自己是公益组织，有了商业诉求就觉得难为情。然而，只有商业逻辑才能持续更久。"

如何实现商业价值，是2016年知更社区思考的重点。"知更团队可能会从三个方面入手：第一，深度文化旅游，因为出版社的背景优势，所以我们与熟悉各个领域、学识丰富的作者打交道，可以由这些作者带队，设计一些独具文化内涵的旅游线路，我们称之为'知更游学'。第二，荐书、卖书，这是针对书店转型而做的探索。书店仅仅做卖场是不够的，读者买书也不仅仅是买一本书，他要知道关于一本书所携带的所有信息。除了陈列之外，富有个性的荐书一定会吸引更多人。第三，小众文化产品的营销推广。在丰富的信息结构中，之前的很多小众没有那么小了，只要找到合适的方式，就有足够多的人群为之买单。"汪毓楠说。

当被问到对于一个刚刚起步的公司团队而言，最紧迫的需求是什么时，"合适的合作伙伴！"汪毓楠几乎脱口而出，"资金、资源、头脑、热情，我们都信心满满，可目前就是缺少跨界做事的势能，知更非常想和更多伙伴一起合作，做更多、更有价值的事！"也许，伙伴多、创意多、爆发力强，但自身始终保持小而美的队形，才是这个知更团队的未来画像。

三十而立，再求创新

回到知更社区背后的支持者广西师范大学出版社。即将迎来30岁生日的广西师范大学出版社是近十年来中国最具影响力的出版社之一，他们一直有着高度的市场化，广西师范大学出版社自我裂变的发展模式近年来也一直为各大出版机构所称道。可以说，广西师范大学出版社是近些年粉丝较多的出版社，他们也一直大胆地走在开拓出版行业新路径、探索出版未来的道路上。在互联网如此强势的冲击下，作为传统产业的出版必将迎来极大的变革，出现新的拐点，中国书业正在悄悄发生着变化，出版业将会迎来新一轮的创业潮，一大波小而美的策划团队将会涌现出来。

"我们就是要做一点和传统出版不一样的事，告诉外界出版社并不仅仅是做书卖书，尤其是在互联网和移动互联网不断深入人们生活，纸质书被不断唱衰的今天。做这样一件事是一种挑战，更是一种机遇。"汪毓楠介绍说。

汤文辉副总编辑表示，知更社区做了很多探索的事，这也为出版提供了众多生机，而秉承着"互联网＋出版"理念的知更社区，围绕着知识与阅读服务，正是广西师范大学出版社对图书出版、发行新模式的一种探索，目前仍处在探索和摸索中，也许这将成为一项可能改变阅读生态的文化项目。

虽然是否成功都是未知，但显然广西师范大学出版社又迈出了勇敢的一步，这也是出版业的幸事。在互联网时代，唯快方能立，我们也看到知更社区还不够强大，团队也急需扩张，唯愿其能早日探索出适合自己的发展道路。

如何做好图书馆的服务工作

◎ 杨春阳

我国图书馆数量多，典藏丰富，功能齐全，借阅方便，据不完全统计，大约有 2845 所高等学校图书馆，2453 所省市县级图书馆。图书馆是读者免费的借读书店，也是出版社的"连锁书店"。相比网络书店，图书馆的采购量相对比较稳定，资金回笼及时且有保障。在网络书店铺天盖地的情形下，做好图书馆的服务工作显得尤其重要。目前，大型和专业的出版社都有自己专门的营销队伍，一对一为图书馆服务，有效地对接图书馆，为图书馆做好相对应的服务工作。

那么，如何做好图书馆的服务工作呢？

一、了解图书馆

知己知彼，百战不殆。要想做好图书馆的服务工作，必须对图书馆进行全面了解。

图书馆是搜集、整理、收藏图书资料，供人阅览、参考的文化机构。我国图书馆主要分为文化系统的公共图书馆、教育系统的学校图书馆、科学院系统研究机构图书馆和工会系统的工会图书馆四大类型。了解图书馆的分类对于图书的投放起着决定性作用。不同类型图书馆典藏图书的种类、复本量、图书加工及上架要求有所不同，作为出版单位必须了解图书馆，紧密关注图书走向，这样才能更好地服务图书馆，服务读者。

第一，熟知图书馆采购及上架的工作流程。图书馆从采购到上架的工作流程包括：采购、验收、登录、分类、编目、技术加工及典藏，等等。熟悉此流程，将为图书馆服务奠定良好的基础。

第二，明确图书馆采购方向。只有明确图书馆的采购方向，才能有的放矢，推荐适合图书馆需求的图书。

第三，准确掌握图书馆的经费使用情况。图书馆经费是创办图书馆、发展图书馆事业和维持图书馆日常活动的资金，是图书馆存在的基本条件。不同性质的图书馆购书经费有所不同，像省级图书馆、重点大学图书馆及国家重点扶持的个性图书馆，经费比较充足。图书馆的经费预算周期一般是一年，当年采购结束，图书馆还须向上级主管部门提供结算报告，使上级主管部门及时掌握图书馆经费预算的收支情况，并做好下一年度的经费拨款预算。作为出版单位，我们必须准确地掌握图书馆采购图书经费使用情况，协助图书馆完成当年图书采购任务，做好图书的查重补漏工作。了解了图书馆经费的使用情况，才能合理地向图书馆推荐图书。

第四，关注图书馆的招标网站。图书馆招标网是提供图书馆招标信息和相关拟在建项目信息的网站。作为出版社，我们须时刻关注此网站，在图书馆进行招标之前开展实地拜访工作，第一时间了解图书馆招标情况，包括采购经费、招标时间、招标要求等，并及时在合理的时间内向图书馆提供适合其采购方向的所需图书信息。

第五，协助中标单位完成图书的采购工作。协助中标单位完成图书馆的采购工作是服务图书馆的重点工作之一。图书馆完成招标工作，接下来最重要的就是采购图书。一般图书馆的中标单位不少于三家，我们一定要了解图书馆中标单位（中盘商）的实际情况，包括进货能力、回款能力及加工能力等，选择和进货性质与本社出版方向一致的中标单位（中盘商）合作，提供完整的图书书目，协助中标单位（中盘商）共同完成图书馆的图书采购任务。经费是固定的，图书采购方向是不变的，但是采购哪家出版社的图书是可以选择的，这时就要看出版社与图书馆及中盘商的客情关系了。

第六，熟悉图书产品分类。图书分类就是根据图书的学科内容或其他特征的异同，按照一定的体系，将图书馆的藏书分门别类地揭示出来，并据此系统地把它们组织起来的一种方法。只有熟悉图书产品的分类，才能准确地为图书馆提供所需的书目。

第七，提供图书 MARC 数据。出版单位要有专门的部门及专人负责做图书 MARC 数据，并及时准确地为图书馆提供 MARC 数据，精准查重，避免重复采购，减少图书馆的工作量。

第八，掌握图书馆系统应用。每个图书馆都有适合自己馆使用的图书管理系统，熟知图书馆的图书管理系统，可以更好地协助采编部老师完成图书录入及查重工作。

二、参加馆配会

图书馆完成采购招标后，图书采购来源一是供应商提供的书目；二是出版社提供的新书信息；三是在招标规定范围之内，图书馆到书店组织的馆配现场看样现采。除每年固定的三大典型订货会——元月份北京图书订货会、全国图书交易博览会（原全国书市）及全国大学出版社订货会之外，春秋两季各地各家书店多种形式的馆配会也不可忽视，这些馆配会对图书馆的采购起着非常重要的作用。为此，绝大部分出版社非常重视馆配会，竭尽全力做好准备工作。

出版社业务员参加馆配会必须要做到以下几点：

第一，充分做好参会前的准备工作。事先与主办方进行沟通，了解有哪些图书馆参加现采。业务员应及时和参会的图书馆联系，确定是否参会、参会的时间及采购任务量等。

第二，准备适合馆配会需要的参展样书。同时准备本社条目较全的书目，以供图书馆老师现场查重。

第三，告知参会的图书馆本社展位所在位置，方便图书馆老师第一时间内及时找到本社展位，这样才不会遗漏采集本社品种。

第四，学会使用各种型号的采集器，协助图书馆老师采集图书信息。因为每一家图书馆最多有两位老师参加现采会，图书馆老师要一本一本地选择适合典藏的图书，再扫描每一本图书的信息，一次馆配会就要采集上百家出版社数万种的图书信息，工作量大而辛苦，所以出版社业务员要积极配合图书馆老师的工作，熟练使用各种型号的采集器。同时熟悉本社的新书出版情况，迅速而优质地服务图书馆。

第五，图书馆老师挑选过的图书，参会的业务员要尽快整理好，方便下一位图书馆老师现采。参加馆配的出版社如果发了样书，就一定要有人参加，做到书到人到，采购现场推荐才能取得良好的效果。

第六，参会业务员要提前做好一份图书馆信息登记表，记录参会图书馆老师的联系方式、图书采购的情况等信息，加入到图书馆渠道数据库里，作为资料留存。

第七，会后及时整理参会信息，并跟踪回访，确认订单落实情况。新书信息第一时间传递到图书馆和中盘商，做好图书馆与中盘商的衔接工作，确保图书馆报给中盘商的图书不漏订。

三、网络书店平台是重要的补充渠道

在得不到供应商及时提供的新书信息或图书馆遗漏征订的少量图书时，图书馆采编部的老师会在网店上查找相关图书信息，并在网店上下单购买，作为图书馆采购工作的一个补充方式。所以，作为出版单位必须做好各网络书店的销售工作，尤其是做好完备的图书信息和保证供货。

图书馆的图书配备工作在图书销售中起着纽带作用。为了满足图书馆的图书采购需求，出版社须明确图书定位，尤其是我们出版社文献分社的大部分古籍图书，此类图书多数是通过馆配市场来完成销售。而这类图书的最终使用者是各个相关领域的专家学者，其采购单位也是具有一定实力并有相关研究机构的省级图书馆和高校图书馆。而对于其他一般图书、大众图书（图书馆一般不收教材教辅、挂图、试卷本等），虽然主要市场是在大众渠道上，但是也不能忽略图书馆馆配渠道。一些生僻冷门的图书，通过这个渠道同样会取得意想不到的销量。

责任技术编辑制度：印制管理体系的优化
与应对、解决困难的良方

◎ 王增元

编（辑）、印（刷）、发（行）是图书出版的三大主要环节。其中的印，狭义即是印刷，实际不仅包括印刷，还包括印前制作及印后加工两大流程，以及流程中的许许多多的细小环节。出版部则是各生产环节管控的枢纽中心。

一、建立印制管理体系

俗话说：没有规矩难成方圆。如何有效管控好出版产品印制流程、环节的各种问题，三十年来社领导们非常重视，前辈们不断摸索，从无到有，从有到全，逐步建立了比较完整的印制管理体系，如关于排版、制版、印刷、装订管理办法以及入库验收质量标准等。实践证明，这些办法、标准细致可行。而建立这些制度离不开老领导沈明副社长长期精心的付出，不断地完善，不仅框架体系一直沿用，还常被国内同行参考使用。制度的实施对出版物生产、成本管控起到了很好的促进作用，体现在印制质量方面，我社连续八年荣获新闻出版总署（2013 年与广电总局职责整合为国家新闻出版广电总局）出版物印制优质产品管理单位铜奖、银奖。

二、酝酿优化管理制度

2008 年底，在出版部（当时还叫出版科）照常召开印制会议的预备会议上，总结出的一组数据（见表一）引起了与会同人们的思考。

表一：2006 ~ 2008 年度三年印制任务完成情况

年度	印刷品种	印数（万册）	用纸量（万令）	造货码洋（亿元）
2006	5250	6870	37.2	4.8
2007	5630	8220	44.7	5.7
2008	7065	9080	49.5	7.1

上表中几项逐年递增的数据，实际就是出版管理任务量增长的集中体现，或是工作量增加的重要表象。当时，出版部实行的是按流程分工负责的管理模式，印制管理人员都毕业于国内大中专印刷院校，清一色"科班"出身，同时或少或多具备印刷厂的工作经历。素质全面的黄珊虎负责付印稿件审核把关，计算能力突出的黄崖负责开单办证，拥有广西民族印刷包装厂工作经验的伍智辉负责单据审核和进度管理，多年参与广西全区印刷质量评比活动的李春林负责质量管理，条理清楚、把关细致的余吐艳负责费用结算，技术管理责任心稍强的我则负责任务发放和整体协调，可以说安排合理、人尽其才！

随着任务量的逐年增加，人还是那么多，出版科的同事经常拖班加班，很少按时吃饭，家庭难以顾上，繁忙景象历历在目，几乎到了心尽力竭难以支撑的窘境。即便如此，出版社内部仍在自我内涵裂变、外部跨越式发展，几家分社（公司）相继成立，编校人员、任务量均相应增加。长时间看着电脑的开单人——眼花，经常低着头的审核人——颈椎病，面对还在增加的工作量，出版科该如何应对？在一次预备会上，我们首次提出了按图书分类负责的大胆想法，得到绝大多数人的积极响应，并得到与会社领导沈明副社长的直接肯定，他指示，尽快拟定《责任技术编辑制度》，望大家讨论尽快试行，优化出版社印制管理体系。

三、试行责任技术编辑制度

什么是责任技术编辑（以下简称"责任技编"）？责任技编的主要职责是发放排制版、印刷装订任务，核查原稿、胶片或出版文件的"齐、清、定"工作，提供印制材料的选订、使用数据，拟订印制合同，开具、审核、发放、保管各类生产施工单据，规范办理印制委托手续；严格控制印制周期、质量、成本，努力按时、按质、按量完成印制任务，为编辑和发行提供技术服务，保证出版物内容、装帧设计与材料、印刷能够完美呈现。

于是按当时分社（公司）统计出图书品种，根据品种大致数量、图书难易程度以及现有人员职称、性格、特长，出版部做出了首次责任技编分工安排（见表二）。分板块由专人对接，从选题策划开始参与，到成品入库以及事后处理等全流程负责到底。

表二：首次责任技编分工安排

板　块	负责人	技编范围
板块一	黄　崖	社科分社、北京公司、上海公司和印制质量的监管工作
板块二	黄珊虎	文献分社、高等教育、职业教育、语言教育、工具书、综合中心、杂志社、南宁公司、电子社及其他印刷品
板块三	余吐艳 李春林 伍智辉	基础教育事业部、广州公司、南京公司

出版部虽然进行了大体分工，仍然强调"分工不分家"的协作精神，特别要求树立几方面意识，如责任、质量、周期、成本、服务意识等。当时要求树立的意识虽然不很具体，但是实际工作中责任技编们不约而同做到了，大致列出如下几点，与同人们共勉。

第一，责任意识。出版管理者肩负着传播先进文化、传承人类文明，激励、引导人们树立社会主义核心价值观，创造团结和谐社会氛围的光荣职责，只有具备这样高度的责任感和事业心，才能树立政治敏感性和鉴别力，才能有积极向上的动力，工作才不会迷失方向。

第二，质量意识。当今读者对图书质量的要求不仅停留在内容差错层面，而且对装帧设计、纸张工艺、印制质量等提出了更高要求，要求我们在日常管理中时刻想着读者和市场需求，努力学习、掌握、贯彻标准，严抓生产过程的质量控制、样品检查和入库抽查等监督环节，完善管理、创新方法，不断提升产品的印制质量水平。

第三，周期意识。"出好书，快出书"是当今市场节奏，在尽可能短的时间内设计、编校、印制、发货送客户一条龙全部完成，如此情形的图书现在还真不少。这要求我们统筹发放任务、合理控制进度，做好各方面的沟通，协调各生产环节的衔接，想出更多更好的办法处理和解决问题，尽力按期交货，兑现接单时的承诺。

第四，成本意识。影响成本的因素很多，要熟悉成本的基本构成，熟练掌握节约成本的技巧方法，生产过程中时刻注意成本节约，同时加强费用预算、结算审核，不断提出节约成本的合理化建议，有效降低生产成本，进而提高经济效益。

第五，服务意识。责任技编既是生产管理者，也是技术服务者，所要服务的对象很多，社内主要有责编、美编、各地分社（公司）以及各职能部门等庞大群体，社外不仅服务好出版、物价主管部门等，还要致力于与合作单位如排制版公司、印刷厂、材料供应商等百余家单位建立兄弟般的长期合作关系。同时，自身还应端正态度、改进方法、查漏补缺，不断提升服务意识和服务质量。

建立制度、实行分工、明确责任，责任技编们的工作积极性空前高涨，责任感明显增强。分社（公司）均有专人对接，书书都有人跟踪负责，每年都能较顺利完成印制任务。责任技编们看到本本署有自己名字的成品书，心中自豪感不禁油然而生。

四、再次调整责任技编分工

时间很快来到 2013 年，责任技编制实施五年有余，分社（公司）更多，编辑数量每年以数十人递增，头年新人未识全，今年新人又进社来。年末总结发现：全年总印数上亿册，使用纸张数量 80 多万令，实现造货码洋近 15 亿，三项数值较实施责任技编制初期分别增长 40%、68% 和 109%，增长幅度非常大，责任技编的担子更重了。不仅如此，新的难题还突如其来。部门原本人手就不富足，根据社里的安排，丘立军主任兼任了人多事多的广大印务公司总经理，黄崖出任广大印务副总经理，人手变得更加紧张。于是，为了各项印制管理工作平稳顺利地展开，部门向社里提出增补人员的请求。直至 2014 年，印刷专业科班出身的郭鹏、马其键和姚以轩相继加入出版部行列。三位同志在大家指导和帮助下成长迅速，逐步进入技编队伍。为更好应对出版社业务范围扩大、分社（公司）与人员数量的增加以及印制任务量的增长，责任技编们的分工中途有过局部变动，出版部又一次做出更加精细、更加全面的责任技编分工调整（见表三）。

表三：责任技编再次分工调整

组别	板块	负责人	技编范围
业务一组	板块一	王增元	迅风公司、杂志社，全面质量管理
	板块二	黄珊虎	文献分社、金图公司、南宁公司
	板块三	伍智辉	广大教育、状元红、北京公司，送评样书统管
	板块四	马萁键	数字分社、社杂件、南京公司、上海公司，办证、单据打印、发票登记转交财务
业务二组	板块一	余吐艳	基教分社，教材教辅报价、出版统计、办公文件管理
	板块二	郭鹏	北京昊福、电子社，发票流转登记；基教分社排制版开单及进度跟踪，协助余吐艳、李春林完成相关工作
	板块三	李春林	社科分社、柳州分社
	板块四	姚以轩	阅秀公司、广州公司，胶片管理等；社科分社排制版开单及进度跟踪，协助李春林、余吐艳完成相关工作

五、实施责任技编制度"药效"明显

2013～2015年，责任技编们不计较个人得失，自觉加班，克服重重困难。三年里，在沈明副社长的正确领导和丘立军主任的带领下，责任技编们艰难完成出版社成立三十年来数量值最大的印制任务，2013～2015年累计印刷品种约1.6万种，3亿多册，用纸量200多万令，每年在广西壮族自治区新闻出版广电局组织的印制质量评比活动中获得优等品（含一等品）总数量（见表四），获奖品种数、印张数为广西最多，多年来总体印制质量保持在广西领先水平，向社里及全社同人们提交了一份较令人满意的答卷。

表四：2013 ~ 2015 年度三年印制质量获奖品种总数量

年度	优等品种数	印张数	一等品种数	印张数
2013	11	282.5	174	3049.50
2014	5	129.5	209	3789.00
2015	7	207.0	249	4373.75
合计	23	619.0	632	11212.25

特别值得一提的是：在国家级评奖活动明显减少、获中国出版政府印刷复制奖难度非常大（获奖几率约十万分之五）的情况下，由社科分社出版、广西师范大学印刷厂印制的《桂林老板路》荣获首届中国出版政府奖印刷复制提名奖，我们出版社成为至今为止广西唯一获此殊荣的单位；由艺术分社出版、深圳中华商务安全印务有限公司印制、本人担任技编的《广西师范大学美术学院教师作品集》荣获第四届中华印制大奖铜奖，实属不易。

六、责任技编制"良方"继续"发酵"

成绩属于过去，展望活力四射的集团公司 2016 年以及未来规划，济南分社、成都分社、内蒙古分社、玉林分社、人文分社、文化与文学分社、儿童分社、深圳分社、青少年分社等多家分社（公司）相继成立，印制任务量不久将会出现新的峰值，责任技编制度这一"良方"可能会继续派上用场。

电子书时代，我们在做些什么

——广西师范大学出版社（上海）公司的数字出版业务漫谈

◎ 吴嫦霞

选题策划、编辑、印制、营销、发行……在出版的整个闭合流程里，"电子书"是个略显尴尬的新兵。作为新生的业务，它哪个环节都涉及，却又好像哪个环节都没它什么事儿。不同于出版人热衷于谈论的热门 IP、电子书趋势、阅读体验功能或者是商业模式，电子书运营是基于现有数字出版环境下供应商（或称版权方）的策划、营销和发行活动，这里每天进行的是实实在在的上新、推广和维护，一切都悄无声息地发生着。

一、暗流：尴尬的电子书运营

我所认识的编辑里，多数对电子书怀有复杂的感情。一方面，他们是最关注时代变化的一个群体，思想敏锐，勇于创新，敢于尝试；但另一方面，处在起步阶段的电子书盈利能力不强，也未被分配到编辑的考核中来。因此，当纸书要"电子化"时，他们又不免抱有漠不关心的态度，甚至担忧电子书影响纸书销售、侵蚀纸书利润，从而裹足不前。

这方面，中信出版社做了一个大胆的探索。2014年，电子书的销售额在整体销售额中的比例微乎其微。中信社规定，所有书都要"纸电"同时签，这项规定推行了近三年，编辑们现在已经习以为常。中信社认为，作者意识的改变是一个过程，但首先在于编辑的沟通和说服。

这项行政命令是否值得呢？网络白皮书调研显示，用户在进行数字阅读时，对出版内容偏好的用户占49.7%，与原创内容几乎平分秋色。长远来看，这样的举措对数字出版布局非常有益。显然，在市场培育期，这样的决定很难由个体做出，编辑更关心的是他所负责的书的利益，而一本书的销售黄金期，通常只有一年不到。事实也证明，电子书并不会影响纸书，反而让更多不逛书店而习惯于看电子书的读者——尤其是"80后""90后"——接触到新书的信息，增加了图书的曝光机会。

低定价是被编辑诟病的另一个问题。电子书定价一般在纸书的30% ~ 40%，这使得编辑担心它会抢夺纸书的读者。国外同样面临着这种困境：2015年，不甘电子书被"贱卖"的美国五大出版商夺回了定价权，电子书的平均售价上涨了10美元；结果当年美国电子书销售总额应声下跌，由上一年度的27%跌至24%。人性是无国界的，图书定价的敏感属性，不止国内如此，国外皆然。

由于电子书所处的尴尬处境，它并不像一般人所想的那样高歌猛进。根据中信出版集团姜峰总监（原亚马逊数字内容总监）提供的数据，2015年亚马逊（中国）入库新书20多万种，而其中实现电子化的不超过1万种。我们的工作，正是从这"可怜的"1万种开始。

二、起航：电子书的制度建设

"你来上海公司负责数字出版吧！"一碗面，一句话，广西师范大学出版社（上海）公司要做数字出版的事就这么干脆地定了下来。2012 年 1 月 1 日，上海公司的新媒体部门宣告成立。一开始，我们定了两个方向：电子书运营和学术数据库。前者是大众出版，后者属于专业出版。

电子书业务运营初期，我们更多地是凭着经验和热情在做事。2012 年，电子书的局面是群雄逐鹿，为了抢占先机，京东、淘宝、当当、中国移动……各家都给出了不菲的重点书或全品种版权预付价格。当时，谈合同，看模式，帮助平台圈用户，是我们最主要的工作。大家都在同一个起跑线上，你有用户，我有流量，他有技术，谁也不知道谁会笑到最后。

虽然这样的合作更多遵循了互联网的游戏规则，但随着时间的流转，整体的支付环境在完善，用户付费意愿在增强，平台的阅读体验也在改善。在合作的过程中，我们的运营思路渐渐清晰，建立了自己的一套业务流程。

如何让读者买到一本电子书？看起来很容易，实际上至少包含了版权—制作—信息采集—上线—运营—结算—下架这七个流程。它们一环扣一环：在流程的源头，需要和总编室、营销部、编辑部、出版部等各部门积极协调，获取信息、服务和支持；在流程的中段，需要对外沟通，争取持之以恒的曝光和推广，同时也要做好与读者互动；在流程的后端，要做好数据分析和管理，一方面用数据驱动运营，另一方面做好报表，为作者结算提供数据。

2014 年、2015 年连续两年获得亚马逊十大畅销电子书荣誉的《你一定爱读的极简欧洲史》，一开始并没有数字版权。外版书在授权给国内时，一般指定是纸质书简体中文版授权，因此在 2013 年，国内的引进数字版图书并不多见。当时我们认为，《乔布斯传》《失控》，包括我们自己签约的乐嘉的《微勃症》，经过推广，都取得了不错的口碑和成绩，引进数字版是值得尝试的。而多看平台也大力支持我们的想法，提出可以为我们垫付引进数字版的预付金，只要象征性地独家授权给他们两三个月。解决了"没有预算"的后顾之忧，我们积极和版权室联系，提出《你一定爱读的极简欧洲史》《一画一世界》《费马大定理》等书的签约需求。事实证明，我们的判断是正确的，整个策划获得了巨大的成功。比如在市场上颇有口碑的《你一定爱读的极简欧洲史》，2011 年 1 月 1 日出版，当年销售 5 万册；2012 年仅加印 1 万册，进入销售平缓疲软期。2013 年 4 月，电子书先在多看平台上线，7 月在亚马逊上线，随即迎来了市场销售的第二个春天：2013 年，《你一定爱读的极简欧洲史》纸书销量 2 万多册，电子书销售 4 万多册；2014 年纸书 8 万多册，电子书 18 万册；2015 年纸书 11 万多册，电子书 24 万册；2016 年还在平稳增长中。2014 年和 2015 年，在亚马逊中国发布的"Kindle 年度电子书阅读行为报告"中的"Kindle 年度电子书排行榜"上，这本《你一定爱读的极简欧洲史》连续两年斩获了年度付费中文电子书的第三名，同时在各大电子书平台上也是长期占据排行榜前三。纸质书和电子书同时并存，延长了该书的销售生命周期。

在业务建设上，不断积累经验并使之日常化，是实现业务平稳高速增长、壮大人才队伍的重要途径。比如，我们建立了电子书数据库，所有数字版权图书的合同情况、出版信息、营销资料、电子书定价、文件加工情况，都可以在这里查到；建立了电子书加工远程培训制度，经过简单的培训后，实习生也可以做好加工工作；及时在后台上传新书，并与平台沟通，保证纸电的同步上架；不区别对待本社图书和其他签约图书，根据每个平台受众面的不同，为不同类型图书（小说、社科、经管……）匹配最适合的平台进行推广；了解各平台的营销规则，挖掘历史数据（如豆瓣图书的"想读"数，亚马逊的纸书销售数据，掌阅的月销售排行等），以数据驱动运营，使推荐更有效。

除此之外，电子书还支持有限的创新。我们曾经在豆瓣 FM 上投放情人节祝福语，由《平如美棠》的作者饶平如爷爷送出，收获了万千的感动；也曾在 ibooks 上线初期，跨洋约了约翰·赫斯特的微视频"对中国读者说的话"，嵌入到《你一定爱读的极简欧洲史》电子书里，赢得读者的称赞；将《贾志刚说春秋》《世界通史》等系列图书制作成合集，满足读者的一键藏书需求……虽然业务模式的创新和阅读功能的开发大多是由平台实现的，但作为内容的提供者，我们努力实现内容的增值，也会更容易获得合作伙伴的认可。

在业务开展的四年多时间里，我们实现了年年翻倍的增长，这也是市场在某种程度上对我们工作的肯定。

三、前方：数字出版何处去

如此描述下来，电子书似乎并不是什么"新生的事物"，而更像是一个"新兴的渠道"。然而，我想很多人不会忘记贝佐斯的"狂言"："在图书出版领域，只有两个环节是不可或缺的，就是作者和读者，其他一切都可有可无。"当然，他真正想说的是：作者、读者和亚马逊。

亚马逊真的可以取代出版社，完成选题的发现、编辑、发行和宣传吗？还是说，在大数据时代，"发现""编辑""宣传"都已经不重要，只要"发行"出去就好了？电子书会摧毁出版吗？这是称得上"出版人之问"的命题。

答案不是一朝一夕能获得的。实际上，我认为出版的变革早已开始，但并不局限在数字出版领域，只是现在业界已经越发感受到变革的力量。以童书为例，公众号订阅、微信群讲座早已不可或缺；大 V 店异军突起，成为发行渠道的后起之秀。它们都无一例外更贴近人们现在的生活方式——通过移动设备获取信息。电子书的出现，并不是"颠覆性"的变革，它既没有改变生产方式，也没有改变传播规律，版权也没有发生转移，只是省略了库存和物流环节，将"阅读体验"的决定权由出版社部分转移到了平台商。虽然理论上讲，书籍的边际成本无限降低了，但人们的时间成本并不会相应降低，人们仍然需要为他的时间支付费用——这显然更符合书籍内容的稀缺属性，而不是根据纸张的成本定价。

但这不等于没有危险。作为互联网的一分子，我们也关注着新媒体的一切。事实上，更大的危险不是来自亚马逊，而是知识获取来源、获取习惯的改变。当你更习惯在 APP 上学习英语，而不是买书；当你更愿意周末去看场电影，而不是小说；当你更喜欢在手机上刷微信文章，而不是捧着一本书看……你会看见，变化一直都在发生。不要低估了电子书的发展前景，不要将市场微小作为轻视的理由，电子书市场的爆发式增长，恰恰说明了我们应该面对挑战，拥抱数字时代。当数字出版不仅仅是电子书销售，而且能够启发我们响应移动阅读的需求策划选题乃至策划产品；当数字出版不仅仅是一个部门的事，而能够提醒我们改变思维方式，带动整个公司乃至出版行业进入云办公时代，它的功能才是得到了最大发挥。也唯有如此，我们才能更好地应用时代赋予我们的技术，继续为大众提供好的思考、好的内容，继续我们"开启民智，传承文明"的文化使命！

历史文化遗存项目数字出版实践

——以《汉画总录》为例

◎ 李 琳

传统出版对于我国历史文化遗存的整理、保护与研究事业功不可没，各种文物图录、考古发掘报告集、研究文集陆续出版，起到良好的学术积淀作用，有力地推动着新时期的文化建设。但令人遗憾的是，由于学术门槛较高、基础资料和研究成果发行范围狭小等原因，相当一部分宝贵的文物及其形象资料犹如散落的珍珠，大多数时候不为大众所了解，其第一手资料也并不能供读者方便、快速地查询到。随着数字出版时代的来临，这种情况有了改变的契机。从《汉画总录》的编辑过程，我们可以管中窥豹，探讨数字出版如何服务于历史文化遗存的整理、保护和再现。

一、数据库方法对于"求全保真"原则的实践

在中国历史文化遗存中，汉代图像规模尤为宏富，存世的材料主要有画像石、画像砖、壁画、帛画以及器物纹样等，学界统称为"汉画"。汉画被

誉为"石上的史诗"，其图像信息广及汉代政治、经济、文化、宗教、日常生活等，因此汉画研究成为我们回溯中华文明源头的一条重要通路。然而，汉画的整理和保护面临着急切的问题。首先是原件情况非常复杂。虽然经过专家们艰苦卓绝的工作，大量汉画相关的考古材料得以重见天日，或原址保护，或进入馆藏，但是汉画材料保存地点分散，不易搬动，面临风化、水蚀等自然力的破坏，部分图像有着随时间推移而湮灭的风险。其次，迄今为止，在世界范围内，中国汉代图像尚缺乏全面、系统的整理、记录。在汉画研究专家朱青生看来，现有的记录整理也存在诸多问题：一是目前汉画著录数量不足存世材料的五分之一；二是其图像著录多沿用宋代金石学以来的传统拓片方式，这会使汉画在未来的研究、使用、保存等诸多方面产生信息偏差，且相关考古信息著录不够全面，不能充分反映其出土环境，阻碍了对汉画的研究，进而也影响了对汉代政治、经济、文化、思想的研究，最终影响了对中华文化形成及确立这个重大课题的深入研究。有鉴于此，北京大学汉画研究所 1995 年即启动了《汉画总录》的编辑工作，由朱青生教授带领一批青年学人与广西师范大学出版社的编辑团队共同组建了"《汉画总录》项目工作室"，邀请海内外的汉画研究专家组成编辑委员会，联系全国各地的文物保护单位对汉画资料进行全面调查与整理，力图囊括存世的汉画。这一学术项目某种程度上带有文化抢救的意味，因而也得到了国家出版基金的大力支持，从"十二五"开始陆续推出纸质版，截至 2016 年，《汉画总录》已出版第一辑"陕北卷"、第二辑"南阳卷"，共 30 册。这套大型图像志对汉代"图"的状态做了分门别类的著录，使汉画成为可以索引稽查、全面观看的资料，由此形相学方法透入历史、文化和人性，对图像的整体关系进行考证和记录，有望为中国上古历史、社会、文学、宗教、艺术等方面的研究奠定关键性的基础。

在《汉画总录》立项之初，项目团队就引入了数字化技术来帮助学术基础资料整理工作。要囊括传世的所有汉画，即"求全"，则需对汉代史料、汉代墓葬考古发掘情况做全面了解，第一步就要对古文献资料进行整理。这时，数据库分类集成、海量存储的功能发挥了巨大作用。1997年，海德堡大学和北京大学合作创建了汉画古文献数据库，包含五大方面：一、传世史籍；二、全汉文；三、汉代疏注；四、谶纬文献；五、出土文献。通过这个数据库，学者想了解汉代的专名、典故、文章等，都可以快速检索到。此外，汉代画像石因其珍贵，近年也出现不少造假的情况，要做出鉴别，即"保真"。除了组建一流的专家团队外，还需集成汉画研究文献数据库，以便随时查阅此前汉画的研究状况，进行严谨的学术考证。经过二十多年的努力，汉画古文献数据库和研究文献数据库已颇具规模，据统计，研究文献部分包括中文资料2000多种，西文（包括德文、英文、法文、意大利文等）文献600多种，以及日文文献300多种，为存世汉画的收集、整理、检验真伪以及最后的著录工作打下了坚实的基础。

二、数字技术运用于《汉画总录》的编辑

《汉画总录》作为国内最新的汉代图像志，不仅继承了中国古代类书编撰的优良传统，而且运用了当代图像学研究的最新方法。该书体例结构为：（1）以照片、拓片、线图、墓葬结构图等图录方式记录汉画图像，发挥各自的优点并弥补缺陷；（2）对图像的出土地点、年代、尺寸、材质、考古环境、画面内容、图像关系等信息做全面著录；（3）注出与图像相关的古文献和研究成果。显然，《汉画总录》编撰前期的准备需要建立大规模的专业数据库，而实际的编辑也采用了数据库的方式——因为汉画材料存世量大，每

一个画面及载体包含着繁杂的信息，传统的制表记录方式费时耗力，不便记忆、阅读和传播。要对每一件汉画材料做精确的描述，进而对图像的整体关系进行记录，在过去是很困难的，现代数字技术则为汉画图像相关要素的全面记录打开了方便之门。并且，由于汉画在中国各地分布、收藏情况会有差异，著录项会随区域调查情况的不同而做出调整、增补，有了数据库海量存储、快速检索技术，在上述体例三大层面列出的著录项就可以因地制宜地处理。当然，对于这样一部大型图录，读者首先关注的是汉画图像的呈现方式，这也是数字化工作的重点。例如，南阳麒麟岗的一件画像石，一面上刻有一只"神鹿"，在《汉画总录》南阳卷中的编号为 HN ～ NY ～ 001 ～ 35（1），该画像石对应三种图像信息：原石图、拓片图和原石所处墓葬结构图。如下图所示：

  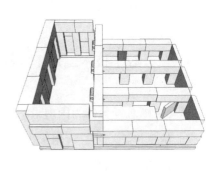

图一　原石　　　　　　图二　拓片　　　　　　图三　墓葬结构

（图片来源：凌皆兵、朱青生主编《汉画总录·11·南阳》，173页，桂林：广西师范大学出版社，2013）

这一图示法是传统文化传承方式同现代科技、学术方法的结合。运用现代摄影技术拍照的原石图可以捕捉住画像石一些三维立体的特征（见图一），最能反映原始状况，因而被置于首要位置；传统记录和描述汉画的方法是制作拓片（见图二），尽管这些拓片因地域工匠的审美趣味、捶拓工艺的特殊性而具有创作的意味，可能导致研究者对画像原始状态的认识出现偏差，但仍不失为一种有效的记录方法，处于辅助地位。此外，项目团队运用三维扫描技术对画像石进行立体测量，注意记录画像石的残存痕迹，包括它是什么材质的，有什么样的坑、洞或凹槽，表面凿刻有怎样的纹路，同时考查历史上流传的形象资料及相关研究文本，考证它和别的石块是怎么拼装的。在专家完成原始信息搜集、整理和基本事实的考据工作后，即可通过三维建模绘制墓葬结构图（见图三），给这块画像石做清晰的定位。这时就需要更为复杂的数字技术的介入了，即进入朱青生先生所说的"图像的复原、拼合与重组"阶段："所谓复原，就是将图像在历史遗传过程中已经损失的部分，利用数据库的全部资料和各种研究成果，对其进行虚拟性复原。这种复原除了要考虑遗存到今天的考古学证据，还要通过形相学将留下的一些痕迹（包括画像石已经被破坏或消失的部分）进行有根据的逐步虚拟复原，以'恢复'和接近研究对象的原始状态。"[1]图四（见下页）所示正是当下《汉画总录》编辑团队运用数字技术所做的虚拟复原尝试。

图四截取了计算机动态模拟过程中的三个片段，分别为南阳麒麟岗汉画像石墓外观、开启墓葬后内室俯瞰图，以及进入墓室后定位到的那幅"神鹿"图。在这种数字虚拟复原中，图像及空间都流动起来了，整个麒麟岗汉

---

1 凌皆兵、朱青生主编：《汉画总录·11·南阳》，序言，桂林：广西师范大学出版社，2013。

图四　麒麟岗汉画像石墓三维动画演示（图片来源：北京大学汉画研究所）

墓中的天象、人物、神兽、云纹符号等图像的位置及整体关系更直观地展现出来，进一步打开了我们对历史的想象空间。众所周知，汉代事死如生，"学界普遍同意，汉代墓葬图像艺术的特色在于它生动反映了时代的日常生活"[1]。从大量考古材料中可以发现，汉代上层人士有着将世间幸福快乐延续到来世的强烈愿望，对"死"后生活有一套信仰体系和相应的完整细致的安排，"下至东汉时期，正如从墓葬中陪葬物品的类型所见到的，死后生活已经变得完备无缺"[2]。这就要求我们在观看汉画时，不仅仅进行艺术审美，而且要有历史的理解，"汉画里面常有宴饮、出行的场面，还有天象图，还有很多陶仓、器具等随葬品，加在一起就是为了建造天地人间生活三位合璧的关系，而这种合璧关系和他的生活是互相对照、互相交映的。正是有这种对应关系，人才可以觉得死亡虽然是悲哀的，但一旦进入了这个系统，两个世界之间是并行的，同样的幸福、同样忧伤并行不悖的关系。这就是我们在理解汉画的时候的重要原则"[3]。仅仅通过某一块画像石的文字描述、图片复制

1　常任侠：《汉画艺术研究》，上海：上海出版公司，1955，8 页。

2　王仲殊：《汉代物质文化略说》，载《考古通讯》，1956，75 页。

3　朱青生：《汉画像石艺术与汉代》，载《社会生活》，天津美术学院讲座，2008。

还不足以给现代人以如此深刻的感受，而通过数字技术构筑起汉画的整体关系和虚拟体验空间，我们才更容易"进入"这样一个辉煌的文化艺术世界。

三、构建多功能检索数据库和多媒体展示平台，使历史遗存完美再现

目前，与《汉画总录》对应的"中国汉代图像信息综合调查与数据库"项目已被文化部列入"国家数据库专项"系统，传统出版与数字化工作同步进行着，但这些还是主要针对汉画的整理与保护而展开的学术工作。可以预期的是，在汉画的再现工作中，数字出版有着更为广阔的发挥空间，一方面可服务学术，构建多功能检索数据库；另一方面可服务大众，建立汉画的多媒体展示平台。在现有基础上建设汉画多功能检索数据库，以一定的学术标准开发图像与文献数据分类检索、学术研究专项检索等功能，可供研究者方便地获取第一手材料，精确检索到存世的每一幅汉画，乃至汉画中的某种纹样、特殊的刻画技法等，通过大数据计算来对各类图像进行分析、比对和解读。这就好像为每一件汉画材料构造了一个全息影像系统，由汉代图像局部精微的雕刻遗痕，到完整墓葬中各图像的位置关系，再到汉画出土区域间风格的流传变换，以及有汉一代图像所反映的精神世界、社会生活图景，乃至影响到中国现代文明机制的关键信息，读者都可以通过这个系统去研究、探索。

《汉画总录》所追求的整体关系的复原，是建立在严谨的学术考证依据之上的，而数字出版将极大地推动这样一种对于历史的想象与重构。多媒体展示平台能集合汉画图像、整体关系复原动画、汉画研究及解说音频和视频等，这不只利于学术研究，更利于汉画走出博物馆，突破一时一地的局限，

真正走向大众。当全国各地以画像石、画像砖为载体的图像资料都能在《汉画总录》的多媒体展示平台上呈现出来时，读者不仅能感受到汉代极为高超精湛的造型艺术成就，而且可以解读出上古时期的神话传说、思想观念、世俗生活等丰富的信息，触摸到中国文化的历史脉络和核心问题。这个平台所能展现的中国汉代文明之悠远、宏伟、盛大，给观者体验（阅读体验）带来的震撼，是不言而喻的。当越来越多的人能通过这个平台接触到汉画丰富的数字资源，也就为汉画这种历史文化资源的多元开发提供了更多可能性。例如，人们可以根据汉画出土地信息制作汉画相关的文化旅游数字地图，根据汉画中的形象和文字描述创作影视动画，以汉画数据库为基础开发各种互动体验软件，等等。

从《汉画总录》项目的运作来看，数字出版工作已极大地改变了传统学术出版"单打独斗"的局面，能穷尽先进技术手段整合资源，为我国历史文化资源的开发提供多元的传播渠道和创作空间，由此，汉画这古老的"石上的史诗"得以在现代文明中重生。这是中华文化返本开新的一种极具创造性的工作，值得我们给予更多的关注与投入。

从单体输出到品牌矩阵再到渠道和平台构建

◎ 陶 佳

中国是一个历史悠久的文明古国，也是人口大国。作为一个使用汉语的文化市场，我们国家的市场够大、人口够多、文化资源够丰富，有点作为的国有出版机构大可以依托这个市场过上不错的日子，为什么我们还要走出去，去完全不同的文化、语境中去闯荡呢？我想，大概我们需要被理解吧。在资源全球化、市场全球化的互联网时代，文化的樊篱也许是最后一道壁垒，但是这道壁垒有时候是决定性的。比如崛起后的中国会收购全球的企业，但是文化的差异和误解会让收购的成果大打折扣。对中国的怀疑、轻蔑现在经常见诸报端，我们的人民和人民币到世界各地去旅行，却并不都听到欢呼声，有时驱逐的声音更大。也许只是我们的文化走得慢了点。作为国有文化企业，我们有责任输出我们的文化，让世界了解我们的民族和人民。

广西师范大学出版社最早的版权输出是单体输出，也就是一本书一本书地卖版权，依靠作者的知名度和题材的热点性积极进行版权贸易。比如我们的"百家讲坛系列"输出韩国，靠的是《百家讲坛》栏目和作者的知名度。《百家讲坛》栏目以中国中央电视台为平台，以平民化的姿态阐释长期被禁锢在庙堂的中国文化，在现代中国社会有很强的文化影响力。通俗易懂，是《百家讲坛》的取胜之道，也是其图书走向国际市场的法宝。现在学习中文的外国人在增多，"百家讲坛系列"图书和光碟，作为中国文化基础教程，拥有很好的文化推广前景。《孟宪实讲唐史》《王立群读史记（上、下）》《蒙曼说唐——武则天》都已经出版了韩文版本，在代理机构和外国出版商中产生了一定的品牌效应。再比如，在一段时间内，国际社会对一个话题会形成热点讨论，我们也比较关注针对热点图书的版权推介。比如，四大发明中的造纸术到底是哪一国的文化遗产？借助这个热点，我们的《中国纸和印刷文化史》输出日韩地区。房价暴涨和部分无法顺利就业的年轻人的弱势地位，不仅是中国也是全世界共同面对的问题，讨论这一话题的《蚁族》也输出韩文版权到韩国。又如，2008 年在北京举办奥运会，依托北京奥运会的东风，我们将旅游图书版权输出到韩国。

这种方式当然是种"笨"方法，但是我们一直认为这种方法相当有价值，因为我们很了解自己的图书和作者，因此一直没有放弃这方面的努力。近年来比较成功的例子是《平如美棠》，这本书描述的是夫妻间几十年相濡以沫的感情，非常感人，图文书的画风有中国味道，同时延请名家装帧设计，每个环节都力求完美，因而在国内就已经是畅销书。我们的版权人员也很有底气地将其作为重点书推荐，为了取得最佳的推荐效果，制作了专业的翻译材料，力求还原原文细腻典雅的语风，最终通过版权代理成功输出七个国家版权，几个合作出版商还是国际巨头，会按照国际畅销书的模式运作，将于 2017 年陆续推出各国版本。

经过多年的探索，我们力图从单体输出过渡到品牌经营，这其实跟我们国内市场的品牌化发展思路是一脉相承的。国内市场经过多年的精耕细作，渐渐形成了品牌效应，出版社集团旗下的"理想国""小阅读""新民说""魔法象""神秘岛"几个文化品牌小有名气，嗅觉敏锐的代理也渐渐认可了品牌的价值。一些不太出名的作者、译者也慢慢有作品输出，依靠的是品牌的号召力和对品牌品味的认可。所谓"品牌"，是指具有经济价值的无形资产，常代表消费者对企业及其商品和服务的一定程度的信任。当我们想到品牌时，往往和文化、理念、时尚联系在一起。我们熟悉的品牌，如餐饮界的"肯德基""小肥羊"，服装领域的"耐克""安踏"，均可以让人联想到该品牌的一系列品质特征。当商品的特定属性在人们的思维中固定下来后，就具有了文化属性。怎样为书籍这一文化产品打造出特定的文化属性，是我们一直在思考的问题。也许有人会觉得奇怪，文化产品会不具有文化属性么？这恰恰是常被忽略的问题。出版社希望在沙中沥金，习惯了为他人做嫁衣裳的编辑希望从海量的稿件中攫取出伟大的作品。编辑的作用就是发现社会生活的需要，用有品位的作品满足大众需求。但在各个方向上盲目地挑选好的作品会让整个出版活动杂乱无章。相反，在一个领域深耕细作之后，编辑会有所心得，这种心得的积累会渐渐形成编辑的直觉，引领编辑挑选优质的书稿。如果出版社进一步凝聚这种心得，就可成就一个品牌，不仅指引大众的购买方向，也为稿件的投递和挑选树立灯塔，从而形成文化向心力。在版权贸易领域，编辑同时面对国内和国际市场，面向海量的图书，就更需要这样的灯塔效应。

由于我们在图书出版方面有清晰的品牌定位，有所为有所不为，故而吸引了相关领域的国外出版商。一家美国学术出版商与中国国内某机构有合作，当他们提出想采购一些中国学术图书版权时，中国机构直接推荐了广西师范大学出版社，说根据他们的市场定位，广西师范大学出版社是最合适的。这个案例突显了品牌效应，良好的口碑、高度的社会认同度，便利了版权的输出。另外一个案例也与品牌有关。在传统文化出版方面，我们有一个中医文化板块，由社内的优秀编辑细心经营了多年。后来一家台湾的出版社引进了其中一本。这本书是慢热型的，口耳相传，渐渐取得了不错的销量。然后他们试着又引进了一本，在前一本中医书的口碑带动下，第二本也有了不俗的销量。于是这家出版社又引进了第三本，并表示，但凡此系列有新产品，一定要留版权给他们。这又是一个品牌带动版权输出的实例。

虽然我们已经形成了一个品牌矩阵，但是我们仍旧意识到国际通路的不畅。与国内很多的文化机构类似，我们都有走出去的欲望，但是总有一道无形的墙，让我们走到一个拐角就再也没法前进一步了。当下，我们更多依靠的是国际文化、文学代理机构进行图书推介。但是由于各个机构都有自己的兴趣点和地域局限性，同时也针对多个客户和多种业务类别，很难满足我们具体的需求。于是我们考虑收购国际公司，也考虑在国外开立分社。2014年，我们完成了对澳大利亚视觉出版集团（Images）的收购，启动了系统性的海外布局。澳大利亚视觉出版集团是全球知名的建筑设计品牌，有积累了30年的优质内容资源，还拥有成熟的国际销售网络。收购之初，我们也曾担心无法操控跨国公司。但是经过两年的整合之后，我们发现经营一个国际团队是可行的，其理念就是"双本土化＋一体化"。"双本土化"指在保留保持海外经营管理队伍的同时，注重具有国际视野与业务技能的中国本土团队的培养与建设，形成海内外协同发展的效应；"一体化"是全球品牌、内容、人力与资金资源的集约调配。

在这个经营方针指导下，出版社集团在2016年完成了对英国ACC出版集团的收购。ACC出版集团代理了全球近300家艺术与设计类出版社图书在欧美地区及亚洲部分地区的销售，其渠道包括欧美地区的网络书店、批发商、连锁书店、专业书店、独立书店、博物馆、美术馆与政府采购等。通过这两次对国际知名文化品牌的收购，我们的目标是建立建筑类和艺术类图书以及艺术品的国际渠道，让中国图书、文化产品（不限于我们自身的产品）通过这个渠道真正走到国际消费者能看得到、买得到的地方，并频繁地出现在他们的视野中，成为他们生活的一部分。在同样思路的指导下，2016 年我们成立了"魔法象"品牌的克罗地亚分社。

　　广西师范大学出版社从一个边陲小社通过自我裂变发展为一个全国跨地域的出版集团，再通过收购拓展成一个跨国文化集团，大概总有点原因，我琢磨就是有点"闯劲"，一点冒险精神，还有一点文化使命感。我们有时大步流星，有时跌跌撞撞，但是勇气和理想，再加上点担当，我想，我们大概不会停下脚步的。

浅谈概念设计在书籍设计中的运用

◎ 张 明

当下，概念设计作为最具影响力的设计方法之一，几乎渗入所有设计的领域。在建筑设计、室内设计、工业设计、VI 设计、时装设计等设计领域中，这种方法被普遍采用，并获得了很大的成功，但在书籍设计领域却鲜有提及。实际上，书籍设计也完全可以采用这样的设计理念、使用这种设计方法。运用这种方法进行设计，可以培养设计的逻辑思维方式，进而快速找到设计思路，提供各种有效的创意方法和灵感来源，从而提升自身的创造性思维和书籍的艺术品位。

一、设计概念和概念设计

我们知道，概念设计是一个从分析用户需求到生成产品的一系列有序的、有组织的、有目标的设计活动。用户提出需求后，设计师根据这些需求进行广泛的调研，继而提出多种方案，并从中筛选提炼，抽取其中关键性的概念元素进行设计创作，逐步生成一件完整的设计产品。从思维角度讲，概念设计是一个由粗略到精细、由模糊到清晰、由抽象到具体的不断认识的过程。而就设计方法而言，概念设计是利用设计概念进行设计，并将这种概念贯穿设计始终的设计方法。

毫无疑问，设计概念是设计活动的核心，也是设计过程的主线。设计概念是设计者对设计对象产生的各种感性思维进行分析、归纳、提炼出来的思维总结。概念设计的过程便是挖掘、筛选、确立设计概念的过程。设计者从设计前期的调查研究与策划，分析客户的意图、市场的需求，产生一系列设计创意，经过提炼，选出最恰当、最准确的设计概念，并不断地进行完善和修正，直至最终创作出优秀的作品。有人把概念设计比为写文章，设计概念便是主题思想，作者在文章中是依据和围绕主题思想谋篇布局，阐发观点，逐段论说，讲明道理，得出结论，而设计是依据和围绕设计概念而展开和进行，并创作出完美的作品。可见设计概念在设计中具有十分重要的作用。

二、设计概念对于书籍设计的重要意义

古往今来的人常赋予书籍至高无上的地位，将其称为人类知识的物质载体——承载着人类文明演进的漫漫足迹，在记录历史、传播文化等方面功不可没。而书籍设计是对书籍内容的规划，也在无形中实现了内容的延伸和补充。在这一过程中，设计师主要通过恰当合理的艺术表现形式，在装帧设计、编排设计、编辑设计三个方面来传递书籍的内容，力求实现外在与内在、形态与神态的完美统一。

为达到这一目标，设计师不仅要考虑到客户的需求，也要对书籍的内容、写作风格、思想倾向有所了解，形成一套有关此书的整体认识。在对书籍充分感知的基础上，运用设计师自身独特的艺术眼光，结合丰富的设计经

验，寻找并创造出与众不同，又与本书内容相吻合的创意理念，即设计概念。

设计概念在概念设计中有着十分重要的地位，在书籍设计中也是如此。核心的设计概念，不仅引导、支持整个设计，也掌控着本次设计的总体艺术风格。设计师可以通过各种设计手法，进一步形成自己的独特风格和定位，使自己设计的图书在同类书籍中脱颖而出，进而提升作品的艺术价值和商业价值。

作品的每一部分都是图书设计概念的表达，各个部分之间又都有内在关联，最终形成一个联系紧密的整体。如果说设计概念是一棵大树的树干，那么装帧形态、编排设计、编辑设计就是大树的枝叶，在树干上延伸并发展。缺少了概念的设计，书籍的设计必然流于空洞、松散与俗套，就如同脱离了枝干的树叶一样，随风飘散一地，看似花样繁多，但生命力荡然无存。因此，对设计概念的挖掘，是书籍设计过程中非常重要的一步。

三、书籍设计中如何运用概念设计

概念设计的关键，在于概念的提出与运用两个方面，它包括客户需求分析、市场调研、概念定位与提出、概念带入与运用等诸多步骤。

下面以《火车印象》一书为例，谈谈在实际操作中，设计概念如何一步步转化为书籍中的设计元素，即概念设计的整体流程。

《火车印象》是一本关于火车记忆的散文集，此书以对火车的记忆和情感为主线，记录了一位铁路新闻工作者心中的"火车印象"。

1. 第一步：设计概念的提出

第一，调查分析该书的市场需求，进行读者定位，是提出设计概念的基础工作之一。设计是为读者服务的，只有了解读者的需求，才能抓住读者的心。

考虑到该书的写作主线为火车，内容是与火车有关的知识、景象、记忆、情感等，因此初步估计读者对象应当是与火车有着密切的联系、对火车有着特殊的情感，同时又能欣赏散文的人。而能欣赏散文的人，其文化水平肯定不低，对审美品位也会有所要求。综合本书的内容与对读者审美偏好的预测，本书在设计风格上趋向于高雅和精致，同时富于情趣。

第二，相关的市场调查也是非常必要的。我们发现，大部分的同类型图书设计表现手法，以突出强调火车照片为主。同时，我们也整理出图书内文中一些有代表性的图片资料，进行细致的分析和研究。知己知彼，方能百战百胜，对现有市场的调查不仅能进一步活跃和调整设计师的思维，还可以使设计师在设计中少走弯路。同时，对既有资料的分析有助于设计师从中发现和提炼新的创意，进而丰富自己的设计元素。

第三，所有的前期工作，都是为设计概念的定位及提出服务的。可以说，设计概念也就等同于设计主旨，它可以是一件具象的物品，也可以是一种抽象的概念，关键在于它能准确反映书籍的内容和风格。在寻找概念的思考过程中，任何闪现的想法都要捕捉并记录下来，再以此延伸，从而获得灵感。我们还可以运用联想、组合、移植和归纳等思维方式来确立设计概念。

继续以《火车印象》一书为例，在进行了前面的几点深入分析后，我们产生了若干个构思和想法。在综合考虑之后，我们决定从火车的"印象"出发，并引申、提炼出设计概念。

火车给人的印象是什么？这恐怕是个见仁见智的问题：坐惯了马车、驴车的老一辈人，可能会对火车的轰鸣、滚滚车轮以及速度印象深刻；小孩子眼里的火车，可能仅仅是一个会在弯曲的轨道上跑动的玩具而已，而且这玩具体型超长；而对于当下的年轻人来说，则多半意味着梦想、远方、漂泊，还有拥挤……我们显然不能将所有的"印象"都应用到设计中，而只能凭借自己的眼光和观察力选取其中最具代表性的元素。作为西方工业文明的产物，火车这个"外来户"不仅意味着工业化，还代表着速度与线条美——运动着的火车拉成一条"线"，在轨道上呼啸而过；细长、锃亮的轨道向远方绵延着，没有它们，有关火车的一切都是空谈……这些思维都来源于我们的感性思维，我们将这些想法分类，找出其中的关联并定位，最终形成该书以"铁轨""红色"为中心的设计概念，并使归结出的设计概念具有相对性、独特性和唯一性，也就保证了我们设计的作品具有创新和独特的意义。

2. 第二步：设计概念的带入和运用

设计概念的运用，是一个将设计概念理性地带入设计的过程，即概念的视觉化和形象化过程。它包括了对设计概念的演绎、推理、发散等思维过程，从而将概念有效地呈现在设计方案之上。如果说概念的得出是设计者感性思维的成果，那么概念的运用则需要设计师理性地将概念运用到书籍设计中的每一个细节，并通过不断的尝试，反复修改、完善，直至获得最佳的视觉效果。

在《火车印象》一书的设计中，我们主要从以下几方面把设计概念植入到设计中。

第一，书籍的视觉形式。

在该书的设计中，我们对铁轨进行概念的抽象化处理，即获得简洁的线条，然后将这种类型的线条作为一种设计元素，应用到书中的各部分。

双排直线的应用，首先体现在书籍的护封和前环衬上。护封上除了书名、著者、出版社标志等基本内容外，只有两条由右下部伸出的烫银粗线装饰，没有过多的点缀。这两条简单的直线，便是抽象化的铁轨，似乎由远方延伸而来，又默默地伸向另一个远方，以艺术化的语言阐释了"火车印象"。

多排直线，是双排直线的衍生体，也是铁轨上枕木的抽象形式。它在内封、目录和辑封中都有所体现。在目录的设计中，我们采用较粗的线条分割两部分内容，又以细线填充整面。而在每章辑封的设计上，则采用了多排直线与火车线描图相结合的形式。

本书的内文也分为两部分，一部分为红色字体，皆为笔记式的短小文字；一部分为散文随笔，也是本书的主体部分。在内文设计中，我们将整个版面分成上下两部分，就像两条铁轨，图片贯穿上下，好似一列列火车穿梭而过，同时也起到连接上下两部分文字的作用。

通过对这些象征着铁轨概念的各种线条的安排与运用，本书的设计实现了抽象与具体、直线与曲线、静与动的对立统一。

第二，色彩的选择。

在整体设计中，我们采用暗红色为主色调。虽然我们印象最深的火车可能是绿皮火车，但是谁也不能否认红色在火车中的地位。红色有时候意味着热情、张扬和前进，有时候又代表着警告、危险与紧急，这与火车的脾性不谋而合——那些红色的火车头，还有涂着红漆的轮子，正是激情与前进的标志；而红色的排障器与警示语，又暗含着危险与警告。可以说，红色是火车的最佳诠释，正如作者所言："就像红色之于法拉利，火车的标志色，也许真应该是红色的。"

统一的红色调从封面到目录，一路挥洒到辑封，某些页面也做了淡红色处理。为了区分更为鲜明，我们将正文中类似笔记的那部分短文施以暗红色字体，或在暗红色背景上用白色字体。由于书中插图，也均为与火车相关的图片，有些还含有红色的零部件，因此在图片的排版与呈现上，我们也注重红色的运用，将主色调为红色的图片与其他色调图片穿插运用，以实现整体色调和谐饱满。

色彩调子往往决定了一本书的整体气氛，甚至传达了图书本身的一种精神状态，自然也成为表达设计概念的重要组成部分。

第三，书籍材料和工艺。

该书的内文选择米色、手感稍粗糙的纯质纸，以传递怀旧的情调。封面选择白色的石纹纸，抚摸之余，仿佛触到了铁轨下面坚硬的石头。烫银工艺则体现厚重的金属感，反映出铁轨的材料与质感。

材料的选择，并不是随意的，而是由这种材料能否准确有效地表达设计概念决定的。因此，不同的设计概念决定了不同的表达方式，即采用不同的材质。

综合来说，这本书的设计元素，无论是线条还是色彩，均来自与火车有关的客观物件，即"铁轨""红色"的抽象"化身"。这些经过抽象处理的火车元素，来自对具体形象的归纳、分析和演绎，也是对书籍内容的艺术化、抽象化呈现。经过抽象化的线条，在外形上与具体的火车物件有一定的距离，一如我们脑中那些貌似清晰却又讲不清的"印象"——明明是它，却又不是它，这不正是我们对火车的"印象"么！所有这些元素加起来，也就成了一本抽象的火车书，从里到外讲述着有关火车的故事。

四、结语

综上所述，设计概念在概念设计中有着十分重要的地位和作用，在书籍设计中也是如此，它是一条主线，贯穿作品的始终，引导着设计的全过程。

作品的每一部分都是图书设计概念的表达，各个部分之间又都有内在关联，最终形成一个联系紧密的整体。

在书籍设计领域内，概念设计相对来说是一个比较新的研究课题，还需要我们进行更多、更深刻和更全面的实践和探讨。随着时代的进步、社会的发展、文化产业的繁荣，相信我们在这方面会有进一步的感悟和认识，也一定会出现更多的践行者和更新的研究成果。

书籍设计师应处理好的几个关系

◎ 廖佳平

在某种意义上说，优秀图书的打造离不开优秀的装帧设计，优秀的装帧设计可以提升读者的阅读体验和感受。这离不开图书编辑和书籍设计师的通力合作。由于工作需要，笔者与书籍装帧设计师关系密切，因此得以从图书编辑这个旁观者的角度出发，近距离地看待书籍设计工作。在笔者看来，如何体现设计的优势和业务能力，书籍设计师需要处理好几个方面的关系，方能设计出令各方面满意的作品。

一、设计师与作品、成本的关系

著名出版家范用先生关于书籍设计有这么一个理念："不看书稿，是设计不好封面的。"据汪家明先生回忆，范用先生给很多后辈都讲过一个故事：有人设计黄裳《银鱼集》的封面，画了六七条活生生的鱼。设计者没看书稿，望文生义，不知道这"银鱼"是书蛀虫，即蠹虫、脉望，结果闹了笑话。优秀的设计要建立在了解作品的基础上，从封面设计、版式设计中，是可以看出设计师对作品的思考和感受的。好的设计是在设计里融入自己的思考，从产品的全局出发去考虑每一个细节，这样才能提交超出预期的设计方案。这一点相关讨论很多，这里不再赘述。

与此同时，降低可控成本，获得竞争优势，是每个企业努力的目标，也是图书生产需要重点考虑的问题。从设计师的角度看，降低成本的途径很多，从设计方面降低成本可能是见效最快，也是最具竞争力的措施。一般来说，在图书等印刷品的生产过程中，印制成本是总成本的大头，材料费用是印制成本的大头。这些因素貌似可由负责印制的出版部和材料部帮忙掌控和把关，但设计师脑子里应该明确成本意识——成本有很大一部分其实控制在设计师的手中。图书的成品尺寸是否合理利用了纸张，勒口的大小、纸张的纹理等影响纸张使用量的因素是否考虑到了，设计效果需要什么样的纸张、工艺来呈现，是否有更便宜的替代品，物料厂家所在地，物料的运输方式和购买时间，印刷厂的选择，等等，都会对成本产生很大的影响。客户的要求是高性价比的产品，永远是"又要马儿跑，又要马儿不吃草"，因此设计师不能顺水推舟地将成本控制工作转移到出版部和材料部，而必须在设计过程中切实考虑这个问题。

二、设计师与编辑的关系

这里的编辑主要是指图书编辑这个岗位和角色。编辑有时与设计师是同一战壕的战友，有时则会化身甲方或客户。图书设计界有一种观点认为，对于某些特别的图书，要达到理想的整体效果，设计师需要提前介入编辑工作甚至全程参与编辑工作。实际上，书籍设计师在业内或者出版社内部被称为美术编辑，是编辑岗位的一种，这就意味着他们需要与图书编辑一样了解图书，了解图书出版和生产的流程与规范，有时甚至也会担任责编或承担责编的职能。美术编辑不仅仅是要将设计方案的创意付诸实现，还体现了美术编辑的专业要求和对出版社职责所在，与文字编辑一样都为出版物的形态把关，完成出版物视觉形态的编辑工作，使之符合美学规律，符合国家的相关法律法规及行业准则，与文字编辑共同为出版物质量负责。比如设计中涉及中国地图，不仅文字编辑需要核对，美术编辑也要把关：地图是否有变形，是否遗漏了钓鱼岛、南沙群岛，等等。对于某些图书项目或者应某些作者的要求，美术编辑有时还会承担统筹出版的关键角色（也就是通常所说的项目负责人或者责编），需要对产品负主要责任，主动推进项目进展，项目完成后依旧关注用户的反馈。因此，对于将书籍设计作为主业的设计师来说，必须树立编辑意识。

三、设计师与作者的关系

一般情况下，与作者打交道时，更多的情况下是编辑站在一线。但有时，作者更希望与设计师直接交流而不是通过编辑间接传达，以免信息传递缺失。这时设计师就必须处理好与作者的关系。尤其值得一提的是，有些作者喜欢参与编辑和设计工作，他们往往有这么几个特点：其一，他们可能觉得作品分量不够，或者自我感觉良好，总之格外重视包装与面子；其二，他们可能甲方的态势十足，对编辑和设计工作指手画脚，要求很多；其三，他们无论审美能力高低，都自我感觉良好，甚至自我到固执，设计理念和编辑思想一旦与他们相左，设计师和编辑就可能就会沦为"扯线木偶"。在这种情况下，设计师的专业和姿态就显得非常重要。

首先，要表现出扎实专业的业务能力和职业的作风，以硬实力得到对方的认可。其次，要摆正心态，不能有懈怠的心理。客户不能接受你的方案，希望你完全按照他的想法去做，即使在这种情况下，设计方案仍然是有提升的空间的，一旦思想懈怠了，便意味着设计师已经放弃了这个项目。在这种情况下，设计师要学会调适工作中的挫折，与此同时还要培养自己抓住意外的机会和能力。这个问题的错误答案有可能是另外一个问题的正确答案，要把收集错误的答案当作是过程的一部分。再次，设计师要能够在与作者和客户的沟通互动中不断提高自身业务水平，同时要学会把自己推向社会，经营自己，并且通过学术交流与合作，从学习、消化过渡到创新，从而形成自己的特色，把自己的设计理念成功地经营好，成就自己创造更大的社会价值和个人价值。

四、设计师与读者的关系

强调设计师要处理好与读者的关系，实际上是要求设计师更多地考虑读者的阅读感受与体验，即使这个读者是出版者主观想象中的读者。梁冬与吴伯凡在《冬吴相对论》的《设计的本质》一文中就提到过一个观点，就是设计要"去我执"，要针对人性的弱点。比如，在我们的阅读体验中，经常碰到的就是字体、字号和字间行距等版式设计不利于阅读。号称以设计作为卖点之一的介绍日本人文风情的某 Mook 书可以作为反面案例，这本所谓的由前沿设计理念指导整体装帧的 Mook 书在出版初期给人的阅读体验就非常差，体例混乱，字号不是过小就是不统一，有时文字颜色不利于阅读，有时阅读的顺序前后颠倒，等等。这些都值得书籍设计师引以为戒。

五、设计师与营销的关系

美国成功出版家兼作家艾佛利·卡多佐说："从销售角度看，封面漂亮但内容糟糕的图书比封面糟糕但内容不错的图书要好销得多。"好看的封面有助于图书销售，而难看的封面则会葬送一本好书。做好营销工作有很多方面，封面设计只是其中一项，它并不能决定一本书营销工作的好坏，但会在营销过程中有所影响。

第一，对读者的购买行为有影响。图书内容、作者、书名和封面往往是影响读者选择图书的重要因素，除非我们在进书店之前已经确定了购买对象，否则书名与封面将是读者偶然性选择的决定性因素。第二，对经销商进货有影响。多数情况下，发行员能提供给经销商采购员的图书信息是有限的，无外乎图书的基本信息、内容介绍、封面以及一些拓展信息，能给采购员做判断的信息不多。加之面对的图书信息众多，知识面的局限也决定了采购员不可能懂得所有的图书。而封面的好坏、是否符合市场销售，采购员的心里往往是有数的，因此封面比较容易成为影响采购的因素。

但在日常工作中，设计师往往过多关注书籍设计本身的艺术性，而不考虑图书在市场上销售的实用性。设计师要意识到，图书首先是一个商品，商品的属性必然要求它在市场上有一个良好的表现。如果不能在市场上实现销售，不能抵达读者的手中，图书本身承载的文化属性、精神属性就无从实现，再好的艺术性，也只能束之高阁，或者待在仓库里成为库存。所以，一个好的封面设计，不仅要使图书成为一件艺术品，还要使图书大卖，这才是艺术性与实用性的完美结合。

  人都是要追求审美、追求感受力的，人人都喜欢漂亮。而审美能力在某种层面上说是共通的，不分领域和专业，文化更可以说是最高层次的审美。图书作为文化传承的载体之一，大家阅读书，本身就是一种精神追求，就是一种享受。其中，图书的形式（或者说装帧设计）直接影响了我们的阅读体验，因此，我们有理由对书籍设计师抱以更高的期待。

把出版作为服务业来做

——浅论学术出版针对作者的出版服务

◎ 沈伟东

中国传统意义上的出版社，有着鲜明的事业单位的特点，某种程度上有着行政单位的功能：例如对出版权的行使，对出版物的选择权，对出版物作者的选择权，对出版物价值的评判权，等等。随着互联网等新信息技术的飞速发展，传统出版物的信息传播功能、文化传承功能逐渐被更为简便快捷的出版方式所替代，传统的出版社已经开始淡化了诸多积累文化、传播文化的功能——一个小小的硬盘就可以容纳万卷图书的内容，文化积累可以采取比传统纸质出版更为有效经济的方式；而通过互联网，一部作品的传播可以一天之内有成千上万的点击率，传统书刊的文化传播功能也弱化了。同时，随着出版业市场化改革的深入，出版业的行政色彩逐渐淡化，文化选择的功能、社会价值取向的选择更多地以出版物的社会认可度和出版的服务功能来体现，而这种体现就决定了出版社能否生存和发展。从这个意义上说，出版业将向服务性行业转变，以服务体现其社会文化的功能。

出版业的服务功能将成为出版社核心竞争力的体现。

作者服务方面，未来的出版社将改变传统出版社等稿源、判断稿件的出版价值的做法，也不再囿于由出版社适应读者市场而组稿，而更加注重对作者需求的研究，具有针对性地实施对作者的服务。作者服务将成为未来出版社重要的工作，而这种服务将是个性化服务，是出版社特色的体现。传统的出版业忽视了这个方面的服务功能。作者是出版业值得深入开发的矿脉，作者需要的出版服务市场是具有市场开发价值的经营空间。

一般认为，学术出版是赔钱赚吆喝的买卖，出版社不得已而为之，其实可以转变一下思路——有需求就有市场。我们以前考虑得较多的是以读者为中心的市场，如果我们研究一下以作者需求为中心的出版服务市场，也许就会有新的出版矿脉被我们发现：原来出版还可以这样做！

剖析一家中小高校出版社的经营思路来说明这个问题。

一家专业性大学出版社，出书品种单一，年出书品种一百来种，多为专业学术图书，年销售码洋两三千万，库存15%——可以想见出版利润之薄，时刻存在生存危机。这家专业性大学出版社也有优势，为全国三十余所同类高校中唯一的出版社，有图书、期刊、电子音像制品的出版权。那么如何能使这个出版社迅速摆脱生存困境，走上特色化发展之路呢？

以读者为中心，开发新产品，参与激烈的市场竞争是常规的套路。但是资金短缺、市场运作经验的欠缺导致出版社以读者为核心的市场竞争处于茫然的状态。

那么，从以作者服务为中心，思考摆脱困境的思路呢？

这家出版社可以定位在为本专业和同类院校的出版服务方面。先简单思考一下市场有多大：以30所同类院校来计算，每所院校三年内国家级科研项目有多少、省级科研项目有多少，有多少中级、副高、正高职称的教职工。初步调查：每所院校国家级科研项目平均有15个，省级科研项目平均有 50 个；每所院校有中级职称的教职工 300 人，副高 200 人，正高 100 人；哪些高校要做校庆，哪些高校要进行本科教学评估，哪些高校要争取硕士、博士点；本行业有哪些科研、出版基金，有哪些科研、出版的国家和省级的政府奖……从这些数据可以看到什么样的出版资源呢？

仅仅以 450 个国家级科研项目计，平均每个项目的科研经费投入每年在 50 万元以上，每年的国家资金投入就有两个亿。这些项目中作为成果的体现，有多少需要出版专著呢？ 1500 个省级科研项目，平均每个项目的科研经费每年在 5 万元以上，每年的资金中有多少需要出版服务，这些都值得研究。

研究的重点是建立以作者为核心的数据库，放下出版社的架子，深入作者，了解他们的出版需求，为他们量身定制个性化出版服务项目。比如，一位副高职称的教师，出版过什么样的著作，现在负责什么样的科研项目，在国内处于什么样的地位，他的科研经费如何，能够有多少用于出版，他需要出版什么样的专著，他的出版目的是什么，出版社能够在出版上为他提供什么样的建议：根据他的需求和科研成果提供出版选题的建议，提供适合他的出版方案，提供什么样的报评科研和出版政府奖的建议，等等。这样的数据库如果有这个行业全国 30 所高校的近 2 万名教学科研人员的出版需求数据，就可以开始做出版工作了——其中即使每年仅有十分之一的人员有科研项目需要有出版的服务，就有 2000 个出版选题了；如果这 2000 个科研项目中每个项目出版社都能提前进行跟踪，参与出版策划和科研策划，为科研人员提供全方位的出版服务和学术会议、新闻报道、评奖设计等相关服务，那么出版社作为促进学术繁荣、提供学术服务的特色就突显出来。每年能实施其中的十分之一，就有 200 个出版项目的合作出版；每个项目出版费用平均以 3 万元计算，就有 600 万元的出版服务的收入；为作者量身订制，没有库存压力，利润当在 300 万以上。而这些学术图书进入市场，以传播学术文化为宗旨，发行但求平本，不存在太多的市场风险。

那么，这样的做法是不是有"卖书号"的嫌疑呢？没有，因为这个经营思路的核心是"服务"，针对作者的出版服务也是一种专业的服务形式，对出版不是很熟悉的作者需要这样的出版服务。需求就是市场，只要出好书，严格把握编辑出版关，为各个学科建设服务，为作者学术发展服务，是没有问题的，也是符合出版社的文化选择、文化积累和传播功能的。

以作者服务为核心的出版经营应当是读者面相对小的学术出版社转变经营思路的一个举措。那是不是说有了钱就可以出书呢？也不是，出版社要对教学科研人员的出版需求数据库进行跟踪研究，分析作者的情况、科研的进展等，从中遴选适合出版的项目。

严格要求，对出版项目的选择更加精细化，把出版社办成该行业学术出版的基地，也可以在行业内形成品牌。这个"作者出版需求数据库"还可以从高校拓展到本行业，需求量是非常大的。除了图书出版外，出版社所属的学术期刊、电子出版也可以为读者量身定制出版物。例如，为某个需要申报博士点的学科量身设计学术图书出版之外，还可以拍摄全面介绍该学科科研成果、学术团队的电子音像出版物；再如，某高校需要进行本科教学评估，拍摄全景式的介绍学校各个方面的本科教学成绩的光盘就非常有价值，电子音像出版大有可为。这些都有出版服务的空间，值得出版人去开发。有服务的需求就有市场，能严格把握好出版关，保证学术质量和学术规范，就值得出版人去做。

这样一来，这家出版社就有了不同于以往的经营思路，以教学科研服务为中心，以针对作者的出版服务为重点，以服务创品牌、创效益，抓住了潜在作者。提供令作者满意的服务，促进他们事业的发展，并对作者进行长期的动态信息跟踪，与他们形成良好合作基础，多年发展下来，出版社就会有自己的核心竞争力。这些作者将来出版什么图书，就会找这家出版社商量。抓住了作者，培养了优秀的作者，对一个以学术出版为重点的出版社来说，就抓住了关键。从发行看，学术积累方面的图书，尽管发行量不大，但是需求定位准确，只要是反映该学科研究前沿的图书，通过国内外众多的图书馆采购，还是会有稳定的销量的。

一路同行

—— 广西师范大学出版社公益助学记

◎ 欧阳瑜忆

爱心助学，扶贫教育，从心出发

回望 1995 年，出版社开始资助少数民族地区女童班，至今已经坚持 21 年，先后资助了七所中学（龙胜县泗水初中、融水县保桓中学、忻城县民族中学、富川县二中、蒙山县湄江中学、资源县二中、龙胜县民族中学）八个民族女童班的少数民族女童，使家境困难、濒临失学的她们顺利完成了九年制义务教育。其中 70% 的受资助女童升入高中或中专，还有超过三分之一的受资助女童考上了各类大专院校，成为大山里飞出的"金凤凰"。

十年树木，百年树人。集团公司积极响应时代的号召和社会的呼唤，践行"春蕾计划"，救助贫困地区失学女童重返校园。同时坚持贯彻集团公司一以贯之的"教育扶贫，回馈社会"的发展思路。"如果一个企业坚持助学一二十年，那他就不是在作秀。"中央电视台关于广西师范大学出版社资助女童班的报道，如是说。

出版社全体员工的每一份爱心、每一份善举，都在践行着广西师范大学出版社"知识的搬运工"的角色。不拒绝、不放弃、多付出、勤关爱是每一位结对子员工给女童们的深刻印象。出版社的每一笔资助、每一次关爱，都坚持从"心"出发，历久弥坚。

广西师范大学出版社不仅通过捐资助学，帮助贫困少数民族女童读书回报社会，还通过大量的捐款、捐物等活动，向更多地方的文化建设，特别是教育方面，提供力所能及的援助。2012～2013年度，出版社向广西残联、广西残疾人福利基金会、广西日报社和广西电视台联合开展的"帮助听障儿童走出无声世界"等活动资助近百万元；向宁夏回族自治区、云南老少边穷地区、西藏林芝地区青年读书屋、广西"书送关爱"等捐赠图书37万册，价值574万码洋。2015年1月，广西师范大学出版社大学书店积极参与永福"三下乡"活动，赠送图书码洋5000元；后又参加由桂林市发行协会组织的送书活动，赠送图书码洋2万元。为了支持广西师大漓江学院和梧州职业学院的文化建设，丰富校方的馆藏，大学书店分别向这两所高校捐赠图书码洋6万元和1.2万元。2015年11月，广西壮族自治区党委调研组在广西龙州县"十三五"扶贫联系点进行扶贫工作调研，广西期刊传媒集团积极响应区党委宣传部文化扶贫倡导，在最短时间内将59个品种25万元码洋期刊运至龙州县进行交接，实实在在地为贫困地区解决了业余时间阅读物匮乏的问题。除上述捐赠外，2014～2015年度，广西师范大学出版社还向广西蒙山农家书屋、资源农家书屋、资源扶贫20个支教点、阳朔遇龙小学图书馆、桂林市聋哑学校、浦北县圩镇仁旺村小学石榴分校图书馆、广西贫困地区100所中小学的校园图书室以及西藏、贵州等贫困地区，还有韬奋基金、国家出版基金等捐赠图书23017册，价值70多万码洋。

群策群力，共筑书香女童班

一个母亲影响一代孩子，一代孩子影响一段历史。妇女的素质影响家庭文明，家庭文明影响社会的进步。要发展民族经济、促进社会进步，就要提高妇女素质，就要从女童抓起。注重女性意识，塑造健全人格，培养"四自"（自尊、自立、自强、自信）新女性，是时代赋予我们的责任。出版社积极助学女童班，扶贫扶志，改变重男轻女观念，增强女童自尊、自立、自强、自信的意识，适应新时代女性的发展轨迹。

广西师范大学出版社积极从事社会公益事业，怀着强烈的社会责任感，把回报社会、扶助落后地区发展作为己任，尤其把对广西贫困少数民族地区教育的扶助和促进落后地区的发展作为己任。广西师范大学出版社先后在少数民族聚集区，坚持"女生＋少数民族＋边远贫困＋成绩优秀"的招生原则，实行全日制学习，以达到扶贫助学、多出人才、出好人才的助学目标。21年来慷慨解囊坚持如一，拿出100多万元扶助广西少数民族地区初中七届近430人完成初中义务教育。目前，有的学生已经走出大山，完成了大学、研究生的学业，走上了崭新的工作岗位。

就读于中国药科大学的何凤萍（第三届女童班的受资助女童）在写给出版社的信中讲道："时间如白驹过隙，一眨眼的时间，我在中国药科大学学习两年多了，而现在已经在广西花红药业实习了。因为有了你们的帮助，我摆脱了那些贫困的日子，也让我度过了美好的初中时代。现在回想起那时的学习与生活，心中依然会泛起阵阵的感动。六十张脸，六十朵花，我们在你们的关心与呵护下幸福地绽放着。我们努力着，拼搏着，坚持着自己的梦想。在这里，我真诚地向你们说一声：谢谢，谢谢你们对我们的关心！我相信我们这六十张脸也将会绽放出不同的六十朵花。也祝叔叔阿姨万事如意，工作顺利！"资助女童班，犹如在祖国大地上播撒一颗颗爱与感恩的种子，在出版社善心爱意的帮助下，生根发芽，茁壮成长！今天，每一位走出大山的自立、自强的女童都是广西师范大学出版社的骄傲！

教育精准扶贫，开启"独秀班"新篇章

2016 年是广西师范大学出版社集团拼搏发展的第三十个年头，也是回望历史、展望未来的重要开局之年。出版社积极贯彻广西壮族自治区党委十届六次全会通过的《关于贯彻落实中央扶贫开发工作重大决策部署坚决打赢"十三五"脱贫攻坚战的决定》，以"新"的自己，从"心"出发，瞄准经济发展不足、教育资源短缺的龙胜县，资助龙胜县民族中学教育精准扶贫班——独秀班。

集团在 2016 年的教育扶贫工作中，成立扶贫调研工作小组，深入地方，了解扶贫对象，考察合作学校，分析区内各个县区的经济水平、义务教育水平等，全方位深度细化教育扶贫工作，总结上一届扶贫工作的优点，深化下一届教育精准扶贫工作方案，就生源问题、入班条件、班级男女生比例、教师资源以及拨款通道等问题进行了一系列细致的研讨，因地制宜制定扶贫方案。不仅经济帮扶，而且送教育、送图书、设奖学金、结对子，形成"五位一体"的帮扶方案。

在集团领导的支持下，工作小组用好心、好用心地积极调研、筹备，终于在 2016 年 9 月 13 日，龙胜县民族中学独秀班举行了开班典礼。出版社希望独秀班 50 名学生能够在生活学习中展现出如广西师范大学王城校区内独秀峰般的独立自强、卓尔不群、追求卓越、勇于创新、卓然独立天地间的"独秀"精神，以"独秀班"为名，鼓励孩子们做一个对自己有信心、对未

来有希望、对社会有贡献的人。

让人与书的相遇，从身边开始

广西师范大学出版社在现有自身力量的基础上组建起广西师范大学出版社集团，在大步向前发展的今天，集团一样不忘初心，扛起社会公益责任的大旗，践行着一个做图书、做文化的企业所承担的责任和担当。做书，是为了更好地实现人和书的相遇。慈善助学，则是为了让没有书读的孩子们，更好地汲取知识的力量。当爱借由知识与书籍浇灌，这份爱就会变得更有力量，更加温暖，更加睿智。出版社今天坚持不懈的付出，给予的不仅是爱、是温暖，更是一份自立、自强、生生不息的力量。

百年之基，始于品质。广西师范大学出版社集团坚持"开启民智，传承文明"的使命，塑造独具特色的企业文化品牌。这一品牌体现在出版社出版的每一本优质图书上，凝聚着广西师范大学出版社每位员工的人文情怀，更因出版社每次公益善举的慈爱情怀而熠熠生辉。"山不在高，有仙则名；水不在深，有龙则灵。"虽然广西师范大学出版社偏居一隅，但在用每一次善举充实着自己的文化品牌，在用每一份"善心·爱心"诠释着企业内涵，在用时间与坚持见证着企业的发展和辉煌！

在互联网时代，让公益之路带着书香走上"慈善＋互联网＋"的新模式，是广西师范大学出版社集团慈善助学的发展新思路。推动"教育＋精准扶贫"工作细化，扩展出版行业"慈善助学"社会影响力，带动行业社会责任感意识，引领"人与书相遇"的慈善潮流，并从自身出发！